#FFF

安和 著

謹以此書　獻給我的母親

contents

目錄

第一章 啟程

第二章
線索

第三章
希望

第四章
秘密

第五章

隱喻

第六章 相信

第七章

自佛不歸　無所依處

第一章

啟程

被工作充斥的人生沒有價值
如果這工作僅僅為了滿足欲望

再次相見

我們經歷的所有痛苦，就是生命本身

二〇二二年七月十五日

說實話，我沒想到還能再見到琳子。

這天我起得很早，嚴格來說應該算是通宵未眠：最近睡眠品質持續下滑，一兩個通宵無法入睡早已變成習以為常的事情。儘管意識清醒，可辦起事來還是和剛睡醒的人一樣懵懵懂懂，剛起身就打翻了床頭櫃上的一個藥瓶，撿起來看了一眼，原來是昨天忘吃的褪黑素。既然已經掉出了幾粒，我便順手放入口中，就著昨夜的礦泉水服了下去。

不知道是不是過了夜的關係，水的味道顯得很不地道，有些酸澀。

胡亂套上睡衣，走出臥室，把客廳的音響打開，音量開到四分之三，這樣可以確保聲音可以傳遞至樓下的花園。

今天必須得把花園打掃一下了。

Nat King Cole 紅酒一般醇厚的嗓音也緩緩響了起來：

Pretend you're happy when you're blue
It isn't very hard to do
And you'll find happiness without an end
Whenever you pretend

順著音樂下樓，推開一樓院子的木門，陽光立刻射了進來，有些刺眼。

花園荒廢了一月有餘，應季的鮮花早已凋謝，木本植物也都逐漸化為枯木，實木地板上一片狼藉：枯葉、殘花、鳥糞幾乎鋪滿整個臺階。唯有榕樹還挺拔的立在西南角，完好如初。

我走到樹下的石凳旁，撿起地上的瓷杯，杯裡還剩下大半杯濃茶，想想那應該是幾天前留下的鐵觀音，又仔細看了看，水位比我印象中的有所升高，應該是之前下雨的結果。一飲而盡之後，我拿起旁邊的掃帚開始清掃。

花園面積不大，可由於荒廢時間較長，打掃起來著實有點吃力。整個工程足足用了三個小時才宣告完工，把垃圾都倒到門口的垃圾箱之後，我坐在院門外的木椅上，給自己點了一根七星，然後索性把身體也橫著放了上去，仰面沖著晨光，頭靠扶手躺了下來。

體力勞動帶來的疲倦終於開始發揮作用，思維逐漸迷糊，就在即將迎來三天來的首次睡眠之時，我突然發現三樓的窗戶裡好像出現了一個黑影。

影子一閃而過，我打了一個激靈：難道家裡進賊了？

剛買這房子那幾年，因為地處郊區，再加上物業防盜系統欠缺，社區裡偶爾會進來一些團夥作案的小偷，業主群裡也會不時傳出一些被盜的消息。為此我特意給房子裡外都布上了監控，也加固了院外的安保措施。但隨著最近幾年社區入住率持續降低，作案團夥們也似乎懶得光顧這裡，別說小偷，就連業主本人都很少見到了。見得較多的反倒是一些外來人群：很多業主索性把房子裝修成時下流行的轟趴館，對外營業。

我站起身，順手抄起旁邊一個鐵鍏，準備進屋一看究竟。

輕聲去掉拖鞋，屏住呼吸，赤腳走上樓梯。

沒想到剛走到二樓拐角處，眼前出現的一幕就讓我整個人呆立在當場：上方樓梯的盡頭，一個黑影出現在我眼前，它靜靜靠在牆邊，若有所思地看著我。

根本不用細想，我知道那是琳子。

我那三個月前去世的妻子。

我、琳子與 #FFF

二〇二二年六月六日

凌晨五點十六分。

我正在做一個很奇怪的夢：

我獨自在黑暗中行走。腳下一尺見寬的高牆，兩旁是萬丈深淵，隨時能感受到深淵下吹上來的烈風。目的地似乎是牆盡頭的一束亮光，在即將走到亮光所在處之時，我才發現前方又出現了一道矮牆，要繼續向前必須從目前所在高牆跳下去。都走了這麼遠，哪裡有不繼續的道理，就在我準備向下跳的時候，突然發現自己的兩隻鞋帶都松了。我索性脫掉了運動鞋，赤腳跳到矮牆之上繼續向前。

不知道走了多久，那束亮光竟然消失了。我暗罵幾聲，決定回頭，就在這個時候牆面開始左右劇烈搖晃，我只能勉力扶住不讓自己掉下深淵。來時的高牆在我眼前緩慢崩塌，有兩個東西掉了下去，隨後身後的牆腳下傳來人聲。我立刻回頭，只見一個影子立在我身後，幽幽地說了一句：「又撿了一雙鞋。」

我立刻被嚇醒，這時手機亮了起來，螢幕上出現一個陌生號碼。

這種時候怎麼會有來電？我很疑惑，不是都調了勿擾模式麼？

在從上家公司離職之後，我就啟用了手機裡的勿擾模式功能，勿擾時間從一開始的晚11點到第二天六點，延長到晚9點到早9點，直至最近再次調整為晚6早12，也就是說一天24小時之中，我至少有18小時處於勿擾模式之中。在我看來，行動電話的發明在某種意義上加劇了人類的自我束縛，而勿擾模式的誕生則在一定程度上起到了緩解作用。

沒想太多，直接掛掉電話，我起身準備給自己泡一壺白茶：在這個時間醒過來，必然是不可能再睡著了。

直至沸騰的水汽貼到臉上，我才逐漸從夢中的情景緩了過來。以前也經常做噩夢，也有過數次中途被嚇醒的經驗，可從未像今天這樣的心有餘悸。

手機螢幕再次亮了起來，還是剛才那個號碼，顯示已經被攔截。我抓過手機回撥了過去：大半夜的，我倒是想要看看是誰這麼無聊。

電話立刻接通了，我正準備發火，對方聲音先響了起來：「請問您是琳子小姐的丈夫，何夕先生嗎？」

罵人的話收了回去：琳子已經在外出差了2個多月，因為工作地點的信號時有時無，上一次聯絡還是一個月前，在半夜接到這種電話，我心裡有點暗暗擔心。

「請問您是？」

男聲依舊平靜：「何先生您好，我是琳子的同事。您今天是否方便來一趟局裡面呢？有點事情想同您商量。」

我把擔憂問出了口：「是琳子出了什麼事麼？」

「一時之間說不清楚，還是見面談比較好。」對面的聲音依然很客氣，沒聽出明顯的情緒波動。

看來是必須要見面才能說的事情，我心裡一沉，立刻應道：「我知道了，那您這邊什麼時候方便？」

「如果方便，」那邊聲音頓了一下：「您可以現在就過來嗎？」

「好，我馬上過來。」我記下對方給的地址。放下電話，一陣涼風吹過，身上不由地打了一個寒顫：現在還沒到六點，對方卻要求馬上過去，看來琳子的確出了事情，而且是到了必須馬上解決的程度。

沒有時間多想，我立刻換上外衣，出門打車前往。

淩晨的曙光剛剛亮起，路上很少見到車輛，我沒有關車窗，任憑冷風灌進車內。

與琳子結婚三年，我從未去過她單位。

不僅如此，對於她的工作內容我可以說完全不瞭解，只知道似乎是從事野外勘探之類的工作，而且還做到了相當高的職位，收入頗豐。遠距離出差是常事，經常上午在吉林，下午就到了海南。

或許也正是因為職業的關係，家裡的花草樹木基本上都是她養的，院子裡那棵大榕樹也是她帶來的，她當時的興奮勁至今我還歷歷在目。

「小何先生，你知道這是什麼樹麼？」琳子躺在我的懷裡，長髮垂到沙發上，笑吟吟的抬頭看著我。

今天是我們的結婚周年紀念日，琳子說這顆樹正是她為我們準備的禮物。

我撫摸著她的黑髮，並沒有回答。琳子一旦離開家，會立刻把這頭長髮束起來，在後腦團成一個丸子頭。她說這樣工作時會顯得幹練些，常年在森林山地行走，長髮會顯得比較麻煩。

「你又木了？」她沒好氣地推了推我的臉：「想什麼呢？」

「抱歉。」我把目光從她的頭髮轉向院裡，那裡有幾個園藝工人，正努力把榕樹栽到剛挖好的樹坑裡。

「這棵樹啊，」琳子撫了撫頭髮，目光也轉向了院外：「可是我好不容易從內蒙拉過來的，這個品種的榕樹國內不會超過十棵。」

「不超過十棵？」我有些詫異，雖然我對植物品種一竅不通，可對於數字還是很敏感的：「那不是保護植物了麼？」

「珍稀是珍稀，」琳子笑了笑：「可它目前還不是國家在冊的保護植物。」

「那？」我一臉疑惑，正待發問，琳子立刻用手指朝我做出了禁言的手勢，然後順勢起身：「餓了吧？我去給你煮碗面。」

由於琳子工作的關係，我早已養成了不管不問的習慣：她經常半夜接到電話就立馬出門，等到再回來可能就是一個月之後了，這讓我想起一個國內很出名的演員，在一次採訪時說有一天自己老婆出去買煙，結果三天后才回來，我深有同感。而且我自己收入微薄，也感覺對於琳子的工作沒有資格指手畫腳，因此也就從不多問。

大學畢業後我兩年內換了四份工作，哲學專業的出身在當前環境下根本不好找工作，大多數情況下，用人單位之所以會選擇哲學系的畢業生，究其原因無非幾點：

1、文筆較佳；

2、邏輯思維能力較強；

3、可塑性強。

當然，最後一點可針對所有指向性不強的專業，比如哲學抑或中文。總體來說，學了幾年哲學，對於用人單位沒有任何實際用處，相當於一張白紙，可以讓人隨意在上面塗抹塑造，這也是剛畢業的我還能找到工作的主要原因。

而這種「白紙論」對我來說，卻是個很嚴重的問題：在我看來，白紙不僅僅是有顏色的，而且是一種 HEX 格式為 #FFF 的特殊色彩，這並不意味著它可以隨意塗抹，正好相反，這名為 #FFF 的顏色對於我來說，恰恰意味著絕對的純正，不能被其他事物隨意塗抹，我美其名曰 #FFF 的排他性原則。

我一直認為對於哲學人而言，他有可能更接近真理，也有可能更加遠離。但絕不會是中間狀態。

或許這正是因為這個原因，工作了兩年後我終於意識到一個問題：我可能骨子裡就不適合上班。這倒不是說我有多與眾不同，按照我的理解，這只是作為此在 存在的我，在恰當的時間發現把白色可以定義成為 #FFF 的緣故。為了紀念我辭職掉人生中最後一份打工的工作，我把網名和筆名也都改成了 #FFF。

辭職後，我在就讀的大學門口開了一家名為 #FFF 的獨立書店，靠著書店以及平時給雜誌的投稿的維持生計。之所以是開書店，而不是像其他校友一樣順應潮流去創業，開公司，做大熱的互聯網行業，除了我認為自己不太適合外，另外更重要的原因，是我認為任何所謂的成功都需要付出代價，而我不能也不願意給這種代價而已。

說 #FFF 是獨立書店，其實只不過是我為了掩飾店面面積小的尷尬找了一個體面名詞罷了。一個 50 平米不到的小書店，憑著我在選書方面的獨特風格，吸引了一部分固定學生客戶，在周圍一堆教參類書店的競爭下勉強站穩了腳跟。

我和琳子就是在 #FFF 裡認識的。

準確來說，琳子是作為我副業的客戶身份出現的。當時除了書店的日常業務，我已經和幾家雜誌社形成了合作關係，偶爾也會接一些名人訪談的活。說是名人，其實和傳統意義上的大牌明星沒有任何關係，採訪物件基本上都是一些冷門行業的從業者。因為冷門，從業人數很少，因此極容易出現名人。

很多雜誌社為了完成欄目指標，在沒有合適資源的時候，就會動用私人關係，找一些這樣的行業名人來做訪談，我接到的案子基本上就屬於這種類型。

在正式訪談前，我照例做了做功課：琳子所從事的行業冷門程度，就算在我訪談過的各種冷門行業中，也算得上其中翹楚。網上的公開資料顯示，整個國家這個細分領域的從業人數也沒有超過一千人。雜誌社給過來的個人簡介也很簡單：琳子，亞利桑那州立大學植物分類學博士，有豐富的林業勘探和植物分類經驗。

在暗罵雜誌社不負責任的同時，我也只能硬著頭皮在網上找了一些材料，同時找關係問了問行業內人士，總算把訪談材料勉強準備完畢。

「你好？我們可以開始了麼？」

琳子坐在我對面的沙發上，1米65左右的個頭，頭髮綁在腦後，身著白T恤和一條很舊的牛仔褲，不像所謂的行業精英，反倒有些大學生的感覺，這也讓我長舒了一口氣：雖然做了這麼長時間的訪談工作，但每次面對陌生人，我還是有點緊張和不自然。

「說實在話，您來之前我也做了不少功課，但是關於您從事的工作，坦率講還是知之甚少。」我已經徹底放鬆下來，一邊說一邊在香爐中點上了一根香。這也是我訪談的固定流程，與其說是為了緩解被採訪者的情緒，倒不如是為了自己。

「你是想讓我自己介紹下是吧？」琳子沖我笑了笑。

「嗯，如果能這樣自然最好。」我也朝她揚起了笑臉：「畢竟這是作為採訪者的我自己工作沒有做到位。」

「這其實也不怪你。。」琳子一邊說著，眼神卻看向我剛點的那根香，香味到達她跟前的時候，她皺了皺眉頭。

「不好意思，稍等下。」她打斷了自己要說的話，拿起香爐仔細聞了聞：「這個香？」

我明顯被打斷了節奏，這線香是很尋常的貨色，在大學我用了很久這個品牌這個味道的線香，後來廠家倒閉，直到幾天前我才找到管道弄到一批他們最後的存貨。在人所有感官中，嗅覺最能引發場景回憶（比如端起咖啡，聞到濃郁的香氣，會想起以前和朋友一起喝咖啡的場景），借著這熟悉的氣味可以幫我找回些許當年青春的影子。

我如實告訴了琳子香的來歷，順便也問了問她：「這香應該是尋常種類，類似的香味各大廠牌都有的。這，有什麼特別的麼？」

「其實也沒什麼特別。」琳子再次沖我笑了笑：「只是我和你一樣，也找了這個香好幾年。」

我恍然：「如果是這樣的話，一會結束後我分一些存貨給你，也作為表達我工作失職的歉意。」

「我剛才也說了，這其實不怪你。」

她並沒有接著我的話往下，笑容也收了起來，又恢復了之前的神色：「我的工作因為工作性質關係，加上從業人數少，網上材料不多也很正常。」

我點了點頭，據我瞭解，因為工作內容過於垂直化的關係，不僅從業人數少，對於從業人士的要求也非常之高。博士學歷是最基本的，還需要多年的專業經驗，而且並不對外招人，一律採用推薦制。

她思索了一會，似乎在考慮如何和我介紹：「我們和一般的林業勘察工作者不同，簡單來講，你可以把這份職業看成林業勘察和植物分類研究合併在一起的工作。」

「工作場所基本上都是在尚未開發過的原始森林內，我們會一邊做植物分類的研究，一邊順道做林業勘察。」

我打斷了她：「可據我瞭解，林業勘察不是一般都由各地方林業局的專業人士來負責麼？」

「你說得沒錯。」她頓了頓，順手捋了捋額頭上的頭髮，耐心解釋道：「可一般的林業勘察員，主要工作目的是為了防止人為的森林損傷，比如違章建礦，或者私自開發個人用地等等。所以他們的勘察地點一般都會在人員密集的地方。」

「我們不一樣，工作場所基本上都在原始叢林裡。一邊要負責新物種發現的研究工作，一方面要負責為衛星的遙感監測提供資料支援。一般來說，現在為衛星提供資料都不用人工了，基本上採用無人機進行採集，可在某些植被特別茂密的地區，無人機沒有辦法採集到像樣的資料，只能靠我們。」

這是我第一次對琳子的工作有所瞭解，不過也就僅限如此了。就算放到現在，我對於她工作的瞭解程度也並沒有增進多少。當然，不僅是工作，我對於琳子過去生活的瞭解，也決計不會比我剛認識她時多多少，就連我們結婚的時候我也未曾見過她的家人。

不過這一切對於我而言都並不重要，能與她結婚，一起生活，我已經心滿意足。

黑暗森林

因為時間尚早，城市早高峰還未到來，所以我只用了半個多小時就趕到了對方提供的地址。這是一個各國領事館聚集的地區，目的地就在領事館路旁的一個小山坡上，我讓司機將車停在坡下，然後沿小徑步行上前。一路上植被繁多，各種一看便知年份久遠的老樹，不知名的野花，配上剛灑下的晨光，風景的確上佳。而此刻我卻沒有任何觀賞的心情，仍然快步上前。

走了不到十分鐘，左側儼然出現一棟一看就是八九十年代出品，還保留著顯著蘇式特點的辦公樓：左右呈中軸對稱，平面規矩，中間高兩邊低，主樓高聳，回廊寬緩伸展，帶有典型的「三段式」結構。四名持械守衛站在門口，在凜冽晨風中讓整個建築顯得更為冷峻。就在這時，我看到從樓中走出一人，快步朝我的方向走了過來。

直到這個西裝筆挺的男人走到跟前，我才好好打量了下他：個頭不算太高，但身上的肌肉線條明顯。

年齡大概三十出頭，留了一個羅伯特巴喬式的倒三角鬍子。

男人走到跟前，試探著問了一句：「何先生？」

我有些心急，便直接回了一句：「琳子在哪裡？」

在來之前的路上，我在心裡已經想了無數種可能性，也第一時間給琳子打了電話，收到的卻都是語音回復，提醒我手機的主人已經關機。

男人並沒有直接回答我的問題：「何先生您好，我叫李碩。」然後手朝前面一揮：「我會跟您詳細解釋，請您先跟我來。」

心中不安再次放大，我沉聲問：「不必這麼麻煩，你直接告訴我好了，如她有任何問題我來解決。」本已經走出幾步的李碩回頭，低聲再次回復我：「實在抱歉，一兩句的確說不清楚，請您務必跟我來。」

沒辦法，我也不再堅持，揮揮手示意他繼續帶路。

跟著他走進辦公樓的同時，我的心情不由更加複雜起來：半夜突如其來的電話，需要立刻見面的請求，看起來一兩句話說不清楚的狀態，以及琳子怎麼也打不通的電話，這一切都仿佛預示著某種不好的結果。我開始回憶琳子這次出差前的情況，好像也是臨時出了什麼狀況，也就打了一個電話給我草草交代了幾句就出差了，似乎和平日並沒有太大不同。

琳子一旦出差都會比較忙，所以我們早就約定至少三天通一次電話，但這次的確有些特殊，最後一次和琳子通電話是在一個月前，我記得當時電話信號很不好，而且她那邊風聲很大，導致我們的通話也是斷斷續續。電話的最後琳子告訴我她明天要進山，這次任務比較重，差不多需要兩個多月的時間，在山區沒有手機信號，等著她下山便和我聯繫云云，然後我們便匆匆掛斷了電話。這種事情司空見慣，我自然也沒有放在心上。

當時怎麼就沒多問幾句，我暗暗罵了罵自己，不然也不會面對今天這樣一無所知的狀況。

就在我心亂如麻的當頭，李碩把我引進了一間看起來像書房的房間：這是一個二樓靠中的大房間，十五米左右的寬度，窗戶一律採用大落地窗設計，向外望去視野極佳。除了落地窗，其餘三面牆全部被頂牆書架包圍，頗有些哈利波特裡魔法圖書館的氛圍，中間橫著放了一張長書桌，李碩就安排我在書桌前的木椅上坐了下來。

等我坐下後才發現在書桌的另一頭，有個老人早已坐在木椅上看著我。對方身材高大，從坐姿上來看，站起來身高應該超過了一百八十公分，晨光穿過層層疊疊的樹梢照在老人滿頭銀髮上，一身中山裝讓他顯得神采奕奕，一看便知是某位專業領域裡德高望重的教授。

老人揮手示意讓李碩離開房間，然後一臉平靜的看著我：「您就是何先生？我是琳子的老師，經常聽她提起你。」

「我是何夕。」我能隱約感覺到老人那平靜面容下隱藏的焦慮，便直接問道：「請問琳子是不是出事了？」

老人並沒有直接回答我，而是淡淡對我說：「何先生，我想先問下，您對琳子的工作瞭解多少？」

我只得老老實實回答：「說來很慚愧，雖然我們已經結婚了三年，但坦率講，對於她的工作我知之甚少。」

一個丈夫對妻子的工作幾乎完全不瞭解，在一般人看來是一件值得驚訝的事情，老人卻一副見怪不怪：「在回答您的問題之前，我覺得應該有必要先向您介紹下她的工作。」

我點了點頭，事情發展到目前這個狀況，必然不會是小事，多瞭解一些背景資料也是好的。

老人繼續對我說：「我也希望今天說的這些資訊請務必保密。我之所以今天會告訴您，一個是這個事情直接關係您的妻子，我的學生。另外一方面也是因為琳子經常對我說起您的一些事情，我想您也不會是大嘴巴的人。」

我點點頭，表示一定會保密。同時，我剛才壓下去的那份焦急又暗暗湧了上來：這件事情，竟然會讓對方把一些保密資訊透露給我，可見事情的重要性可能已然超出了我的預料，那琳子此刻的處境可能會比我想像的更為險惡。

見我默許，老人便繼續說了下去：「嚴格意義上來說，我們單位直屬於國家林業局，但我們同時也屬於國家航天局。」

「航天局？」我不由地有些吃驚，按照一般人的理解，林業局無非就是做一些野生動植物的保護，還有一些生態規劃之類的工作，這和航太完全是八竿子打不著的事情。

「對」，他沉聲說道：「這也正是我們工作的不同之處。」

老人拿起桌前的茶水，淡淡的喝了一口：「我們平時的工作除了你知道的珍稀植物發現和保護之外，還有一塊工作就是配合國家航天局的衛星勘察工作。」

「簡單來說，就是通過勘察森林植被情況，給衛星遙感提供資料支撐。這個工作其實本沒有那麼複雜，特別是現在無人機興起之後，以往的人工勘察森林工作早就被淘汰了。」

我隱隱察覺到了什麼，於是便接了一句：「你們的特殊工作之一，就是要人工去勘察一些原始森林，或者是無人機無法到達或拍攝到的地方？」

「你說得對。」老人贊許的看了我一眼：「只不過，人工勘察森林也有程度不同的分別。」

「程度不同？」

「是的，目前我們所在的這個分支機搆，能接到的任務都是一些比較特殊的任務。這種任務一般都會涉獵到一些保密材料。」老人站了起來：「而琳子，這次接到的就是這種類型的特殊任務。」

看著老人站了起來，我也順勢跟著站起來，急著問：「那，琳子是在這次任務遭遇到了危險？」

老人沒有直接回答我，而是直接從身後書架裡取出一疊檔遞給了我。

我急忙接過一看，資料夾打頭的第一張是一份蓋著新疆某個城市林業局公章的公文：「琳子同志于二〇二二年五月二日在茂名18號場地執行B596號勘察任務時不幸失蹤，因當天有颱風霜凍等惡劣天氣侵襲，經過一個月的搜救行動，還是未找到琳子同志本人，按以往經驗判斷，琳子同志大概率是遭遇了意外，已經因公殉職，特此通報貴司。本局仍會將搜救任務繼續進行，務必尋回琳子同志的遺體。」

我強裝平靜，繼續翻閱著剩下的檔，裡面詳細記載了琳子失蹤的地點、時間，以及搜救人員的現場照片，巨細無遺。一切天衣無縫，似乎都毫無疑問得證明琳子已經失蹤甚至死亡的現實。

資料夾的最後是一張照片，那應該是琳子出發前的照片，照片中的她頭髮略顯淩亂，似乎現場的風很大，但還是帶著一貫的笑容。我看了一眼對面的男人，然後把照片偷偷塞進了我的上衣口袋。

我穩了穩情緒，朝老人發問：「這是？」

老人顯得有些吃驚，他大概也沒想到一個男人面對自己妻子死亡的消息會如此鎮定：「何先生，具體的消息就像你看到的，我目前得到的消息和你一樣。」

我冷笑了下，打斷了他：「也就是說，因為颱風或者其他什麼原因，琳子在工作的林區失蹤了。」

「是的。」

「但是你們已經判斷她已經死亡？」

對方沒有受到我情緒的影響，仍然平靜答道：「這並不是我們的結論，是那邊給的判斷。明天李碩會去當地協助救援。如果你需要，可以和我們一起去。因為你也知道，在這種官方檔裡不一定是完全的真相。」他一臉的悲痛：「不過恕我直言，如果對方所言不虛的話，琳子生還幾率已經幾乎沒有。

而且，他們還在現場發現了……」

「坦率的說，我不在乎他們在現場發現了什麼。」我再次打斷了他。

「嗯？」

情緒已經隱藏不住，我有些上火：「你們在一個人剛失蹤沒多久，就武斷判斷她已經死亡。我這樣理解沒錯吧？」

就在這個時候，李碩從門外走了進來：「何先生，我理解您現在的情緒，得知這個消息我們大家都很悲痛」，同時他也看了一眼老人：「張教授也因為這個事情幾天沒睡好了。」

張教授點了一下頭，戴上眼鏡的同時用手擦了擦臉，仿佛在印證李碩的說辭。

一時間我們都陷入了沉默。

我再次竭力控制自己的情緒：「那，今天找我來就是說這事？」

「是的，剛收到這個消息我立刻讓李碩聯繫你，讓你第一時間知道這個消息。」張教授一臉的歉意：「我知道你也很著急，所以明天，哦不對，應該是今天下午李碩就要啟程去新疆，何先生可以跟著他一起。」

「好的。」沒辦法，我只能應下來，如果能有這邊的人一同去現場查看情況自然是最好的：「我隨時可以出發。」

李碩立刻應道：「那何先生您先回去準備下，具體出發時間我一會電話您。」

「好的。」

談話結束，我婉拒了李碩送我回家的請求，獨自走出了辦公樓。

早上空氣很涼，我哆嗦了一下，拿出手機，再次給琳子撥去電話。

手機依然處於關機狀態，話筒裡聲音懶洋洋的沖我說著：「您好，您撥打的手機已經關機。」

琳子此次的任務雖然老人沒有說清楚，但是從他們單位的性質來看，肯定是需要使用到這群專業人才所具備的專業技能。琳子是植物學家，難不成這次任務和識別某種植物有關？

況且琳子目前的狀態充其量只是算失蹤，一個月時間雖然不短，但是也絕稱不上長。新疆那邊為什麼會在如此短時間內就判定琳子已經死亡，還直接發文通知。根據我的瞭解，就算一個人失蹤，也需要至少兩年時間，並且是需要直系親屬的申請，法院才會直接判斷失蹤人士已經死亡，發佈死亡證明。

疑團一個接一個，我腦中一團亂麻。現在線索太有限，目前來看只能去一趟新疆，實地看看才能知道實情了。

回到家中，我獨自一人坐在花園的木椅上，身體裡所有液體似乎都在向外蒸發，許久無法起身。我並沒有繼續回憶什麼，腦力早已在車內耗盡。看著眼前仍然枝繁葉茂的榕樹，腦中只是一片空白，無論是我的身體還是心理，似乎都無法接受琳子失蹤甚至已經死去的現實。

過了好一會，我才勉力起身，回到屋內給自己灌了幾瓶啤酒，點上助眠的線香，讓自己昏昏睡去。

我做了一個夢，夢中自己在一片黑森林中迷了路。四周暗得伸手不見五指，而且山風凜冽，我唯有靠著直覺艱難前行。不知道走了多久，終於看到前方有一處亮光，走進一看是一棟閃爍著燭光的小木屋。我立刻跑到屋前，敲了敲門。

門並沒有上鎖，一敲之下就打開了。我徑直走了進去，屋內雖然很簡陋，卻五臟俱全，有五個房間（書房、臥室、廚房、廁所和一件類似幹衣室的房間），我走了一圈並沒有發現主人的蹤跡於是決定在門外看看：最好能找到人。

出門後我才發現，在離小屋不遠有一口井，就在我朝井口走去的時候，我感到身後有動靜。轉身一看，影子立在我的身後。

「你好。」影子笑了：「何夕。」

我再次嚇醒了過來。

醒來後我未立刻起床，仰面看著天花板試圖讓自己冷靜下來：天花板並沒有什麼有趣之處，但它的功能也不是為了讓人感到有趣，因此算不上什麼毛病。說來奇怪，我除了自己家裡，在其他任何地方都睡不踏實，很多人認為我是「認床」，只有我知道並不是床的問題，真實的原因，是我無法面對陌生的天花板。

就這樣躺了好些時候，手機響了起來，我拿起一看，是李碩。
「何先生，抱歉打擾您休息了。」
「時間定了？」
「對，下午三點，我們機場見。」
「好的。下午見。」
到了機場會合李碩一行人，路上大家情緒都不高，一路無話。
在空中飛行了六個小時之後，飛機終於降落在了阿克蘇的溫宿機場。

線索

他望著那註定倒下，斷腿的木桌
心裡沒有一絲波瀾
如果註定要來，就來吧
他心裡這樣歌唱著

第二章

哭泣是沒有必要的

下飛機後我們立刻坐上一輛越野車，足足開了四個小時才到達目的地。

這是一個很貧瘠的小縣城，據說全縣人口不足十萬，來接我們的是一個看起來二十出頭的小青年，他們都叫他小李。把我們安頓在當地的招待所後，小李囑咐我們好好休息，明天一大早就出發。

「我們離目的地到底還有多遠？」經過一整天的舟車勞頓，我早已疲倦不堪。平時在家最多也就往書店走走，難得出門一次。

李碩依然精神抖擻，一看就是經常在外上山勘察的人物。

「何哥。」經過一天的接觸，我們兩的關係也近了一些，他也不再叫我何先生：「我們現在離當地林區還有幾十公里，晚上趕山路太危險，所以我們才安排明早出發。」

我也不再言語，拖著行李箱獨自離開。

來到招待所的房間外，只見一扇破舊的木門，鏽跡斑斑的鎖扣上掛著一個米口牌的小鎖。在我的印象中上一次見到這種鎖還是二十年前，這算是農村老家的標準配置，不過更多時候，這種鎖僅僅起到一個裝飾作用，隨便一個小錘輕輕一錘就立刻可以砸開。

我歎了口氣，邊遠山村的一個招待所，實在是不能要求太多。不再多想，拿出鑰匙開鎖進入屋內。

這是一個大約15平方的小屋，和外面的門鎖一樣，屋內依舊保持了90年代初招待所的樣子。一個瓦斯燈在屋頂搖晃著，兩張鑄鐵床貼牆與門口呈90度角擺放著，床旁邊各有兩個木制床頭櫃，對面是一個小型衣櫃。正對面有一扇小窗，透過窗戶可以看見一顆桑樹，正在黑暗中隨風搖曳。

我插上門栓，選了靠窗的鐵床坐了下來。屋內沒有電視，我拿出手機看了看，也沒有網路。出奇的安靜，除了窗外偶爾傳來的一兩聲狗叫，再無其他聲響。

脫下鞋，揉了揉腫脹的腿部，穿著衣服就躺了下去。或許是因為長時間沒有人入住，床單顯得異常冰涼，於是我合上了被子，把枕頭墊高，背靠著牆坐了下來，呆望著天花板。

安靜，許久不見的安靜。除了從窗外徐徐吹來的微風，整個世界彷彿靜止了一般。

天花板上靠近窗沿的縫隙中，慢慢爬出一隻蜘蛛，我看著它從天花板一側摸出，吐出一根絲，然後緩緩垂直降下來，晃到窗沿上。固定好兩端後，它又費勁的爬到另一側，呈30度又拉出一根絲。就在它即將完成一個完美五邊形絲網的時候，我發現有眼淚從眼中滑了下來，淚水順著手臂滑到被單之上。

我幾乎從不哭泣。

就連當年父母去世之時也是一樣，儘管內心悲痛，眼淚卻無論如何也流不下來。於是我得出了一個結論：我或許已經喪失了作為一個正常人悲傷的能力，畢竟悲傷需要表現，無法表現的悲傷不叫悲傷。

有一次我對琳子說起了這個事情，她聽完默不作聲，只是輕輕的把手搭在我的手背上，然後把頭緩緩放到我的肩頭。

「如果有些事情需要解釋才能讓人明白，那解釋沒有必要。」她輕聲說：「換句話說，如果有些事情需要哭泣才能讓人明白你的悲哀，那哭泣也是沒有必要的。」

我沒有作聲。

院外榕樹被夜風扇動，揚起樹葉發出沙沙聲響。

普通的任務

第二天早上六點，我被李碩的敲門聲吵醒：「何先生，可以起床了，我們六點半準時出發。」

因為昨天實在太累，睡眠品質竟然好得出奇，我立刻起身洗漱，20分鐘後來到招待所樓下，準備出發。

越野車很快駛出縣城，進入了群山之中。路途中下起了小雨，山中也開始出現了雨霧，能見度開始明顯下降，最嚴重時車前方只能看見十米之內的物體。

再加上車道窄小，兩邊都是萬丈深淵，更添了一份險峻。山路顛簸，入山之後一個小時，我就有了暈車反應，在強忍著反胃侵襲的同時，看看李碩等人依然談笑風生，不僅感歎中年男人的不易。

三個小時後，此行的目的地終於出現在前方：一個名為「茂名」的小村莊。

和中國大部分的農村一樣，村莊裡基本上已沒有了年輕人的痕跡，只是留下了十幾座木屋和肉眼可見的幾個曬太陽的老人。越野車穿過這些老人異樣的目光，停在村莊邊緣的一處木屋前，總算是到了。

剛下車，木屋裡就走出一人，徑直來到我們面前。來人差不多三十歲上下，高個頭，皮膚黝黑，眼神銳利，一看便知道是常年在野外工作。他朝李碩微微點了下頭，隨後目光便向我掃了過來。

「你好，我叫喬木，」他朝我伸出手：「是琳子這次外業項目的小組成員。」

我和他握了握手，那雙手的質地就像一棵刻滿年輪的樹樁，再抬頭看看他那接近 190 公分的個頭，壯碩的體型，果然人如其名。

「現在情況怎麼樣？」我沒有時間寒暄，立刻問道。

喬木沒有立刻回答我，而是拿目光輕微探了探李碩的方向，似乎得到了肯定的信號後才回答我：「現在還是沒有發現琳子的蹤跡。」

在說到琳子的時候，他神情中還是顯露出了一絲悲傷的表情，我因為對琳子的工作幾乎一無所知，因此也不可能知道琳子和他一起工作了多長時間，看這個情況應當是經常合作的同事。

他做了一個請我們入屋的手勢，同時邊走邊說：「坦率來說，有同事在密林失蹤，對於我們也不是第一次，甚至也有同事在工作中犧牲的先例。」

「可從來沒有一次像這次一樣，事發後我們在山上整整搜尋了一個月，什麼也沒發現。通常來說，按照這個搜尋方式，就算找不到人，也能發現一些蹤跡或者遺留物品。」

喬木邊說邊從屋中搬來幾把木椅，讓我們圍成一個圓圈坐了下來。

待眾人坐定後，喬木才開始繼續說道：「在去現場之前，我先給各位介紹下事件發生的情況，我會儘量說細，所以時間會長一些，主要是希望你們能從我的口述中發現我可能忽視的線索，儘量不要放棄找到琳子的希望。」我點了點頭，示意他開始。

琳子此次接到的外業任務，是到茂名村附近的銅昌山進行林業勘察，加上喬木一共20人組成專項調查組。具體任務是對當地植被情況進行複查，同時對當地的植被進行典型選樣。

在這裡，喬木還特地為我解釋了一下，所謂的典型選樣就是搞清楚植被有哪幾種類型，在每種類型中選取樣地完成調查。選擇好樣地後，對每一棵植物進行標號，現場鑒定植物物種。然後對每株植物的高度、胸徑（離地一点三米的位置直徑）和冠幅（樹木南北和東西方向寬度平均值）進行測量。因為當地有群眾發現了稀有植物，所以鑒定該植物的品種以及生長情況也成了喬木他們本次任務的工作內容。

我邊聽邊點頭，心裡暗想：張教授對我所說，琳子此次接受的是一項特殊任務，但從喬木的描述來看，這應該就是一個非常常規的任務。要麼就是喬木對我有所隱瞞，要麼就是他根本不知情。

喬木自然不知道我在想什麼，他仍然認真繼續說著。

本次任務專案組選的都是熟手，彼此之間因為常年合作也早有了默契，因此勘察任務完成得很順利，唯一的遺憾是群眾反映的稀有植物並沒有找到，這個季節也正是阿克蘇的多雨季節，氣候多變天氣情況很複雜（這也可能就是琳子告訴我手機沒有信號的原因），再加上他們在山上發現了山體滑坡的跡象，因此琳子判斷可能該植物樣本已經毀壞，也就放棄了選樣調查。

而琳子的失蹤，正好發生在他們即將撤離下山的前一天。

最後一天，消失的琳子與兩名隊員

通常來說林業勘察的面積都很廣，所以勘察隊每次執行任務，為了加快效率，都會把隊員分組安排在不同營地。琳子是帶隊隊長，再加上她的組員都是經驗豐富的老隊員（喬木和另外兩個組員），於是他們小組按照慣例被安排在了靠中心點的營地，一來有什麼意外情況他們能隨時支援，二來任務結束後，各組隊員都會就近聚集到她所在的營地，一起下山。

據喬木回憶，琳子在整個任務的執行過程中，沒有任何異常情況或者異常舉動出現。作為隊長的琳子，表現了她一直以來幹練果斷的作風，進度安排合理，任務完成時間甚至比預計還提前了三天。

「如果一定要說琳子在這次任務裡有什麼異常的話。」喬木深吸了一口氣：「那也只能是最後一天了。」

因為之前進度完成得很好，最後一天琳子小組早早就結束了最後的工作（說是早，其實也已經接近黃昏），在通過對講機確認了各小組的工作完成情況後琳子很滿意，她告訴喬木等人今天可以早點休息，養精蓄銳後明早還要去協助其他小組的移營工作，這樣大傢伙都可以早點下山。

琳子小組本次駐紮的營地是以前村民打獵留下的木屋，通常來說營地駐紮點都是之前團隊搭建的板房，這次為了快速完成任務，在徵詢了當地嚮導的意見後，因為地理條件優越（正處於正中間）琳子臨時決定使用獵人的木屋作為主營地。

木屋共三間，琳子一間，喬木和另外兩個隊員一間，剩下的一間作為廚房使用。這類小木屋一般是供獵人們臨時過夜使用，因此十分簡陋：屋內除了正中央有一個兩尺來長，一尺來高，一尺多寬用做保暖使用的長方形鐵皮爐之外（在阿克蘇山區的這個季節，晚上沒有生火用具是斷然不能過夜的），幾乎沒有任何生活用具。不過對於常年執行野外勘察任務的琳子來說算不了什麼，畢竟經常遇到在野外露營的情況，現在有個能遮風擋雨的地兒已是很不錯了。

就在琳子告訴喬木等人明天的工作計畫後，便安排了另外兩名隊員先去勘察場地處整理裝備，方便明天直接出發。喬木因為當天勘察時腳被碎石挫傷，就並未一同前去，而是先回到自己房間處理傷口。

天色暗得很快，喬木處理完傷口後屋外早已是漆黑一片。他見外出的隊員遲遲未歸，也決定過去看看。而就在剛走出屋門之時，他看到了琳子。

此刻琳子正打著手電筒快步朝山上走去，一開始喬木還以為她也是準備去幫忙整理場地的裝備，他快步出門同時朝琳子的方向喊了一聲，想讓琳子等等他一起去：雖然琳子野外工作經歷很豐富，可也不能讓一個女生在這個時候一個人進入密林。但琳子似乎並沒有聽到他的呼喊，仍然疾步向前，沒有絲毫想要停下的跡象。也就是這時喬木才發現，琳子的前進方向與勘察地的方向並不相同，勘察地離營地小屋只有大概一百米的距離，並且都在同一高度，雖然因為天太暗看不太清楚，但喬木還是勉強看出來：琳子似乎是在往山上走。

喬木感到情況有些不對，便立刻跟了上去。原始森林的山路很不好走，通常來說，在沒有路的樹林中行進一公里的時間，相當於走三至五公里山路耗費的時間。如果沒有經過專業訓練，要越過一片二百米的竹林，一般人至少需要三個小時，更何況是在伸手不見五指的晚上。喬木是在趕出幾步之後才發現，由於是在幾乎純粹的黑暗之中，他錯誤判斷了琳子和他之間的距離：琳子現在是在上山，雖然能夠看到她的手電筒光，可是兩人之間的距離卻遠遠超出了他的預計，再加上喬木腿上有傷，要在短時間內趕上琳子幾乎不可能。

喬木當機立斷立刻返回木屋準備用對講機聯繫琳子，可等他回到屋內卻發現琳子並未帶走自己的對講機，而此刻要想再追上她無異于天方夜譚，他也只能安慰自己：琳子可能是去執行臨時任務去了。這種臨時任務倒不是什麼新鮮事，以往有一些絕密任務，只會交給特定人選去完成，甚至小組的其他成員都不得而知。以喬木對於琳子的瞭解，她絕不會做一些超出自己能力範圍之外的事情，在工作中，琳子的第一原則永遠是安全第一。

由於剛才在山間急速奔跑了幾下，腿部傷口再次出血，喬木只能坐下來給自己重新包紮傷口，沒想到一整天積累下來的疲倦突然襲來，傷口還未處理完他便沉沉睡了過去。

「你就這樣直接睡著了？」聽到此，我毫不猶豫打斷了喬木：「琳子這樣已經算是異常行為了吧？你為什麼不第一時間聯繫山下的總部？」

喬木被我突然的質問問住了，臉上也顯得有點不自然：「因為那天白天工作實在太辛苦，晚上也不知道為什麼這麼困。」他不無抱歉地說道：「我以為她獨自執行任務去了，本來還想等著她回來再問她，沒想到就睡著了。」

我還想接著說什麼，李碩拍了拍我肩膀，示意我先聽喬木說完，我也只能先作罷。

第二天早上醒來後，喬木發現自己是一個人在房間裡，也沒有看到昨天去勘察場地整理裝備的隊員。他急忙出門查看：琳子的屋門是開著的，喬木心中一喜（昨天琳子離開的時候房間門是關上的），便立刻走了進去。

讓他沒想到的是，琳子竟然不在屋裡，並且屋內的物件擺設也與昨天他離開時一模一樣，鐵爐裡的柴火已經燒盡，睡袋也疊得整整齊齊，沒有絲毫動過的痕跡。

事到如今，喬木只能立刻拿起衛星電話聯繫山下總部，得到的消息卻讓他失望：總部並未給琳子安排什麼特殊任務，給他的指示也是現在現場等待，總部立刻派人過來。

放下了電話後，喬木也並沒有幹坐著，他先在營地附近排查了一番，沒有發現任何情況，然後去了一趟昨天的勘察場地，發現本應該昨天就整理好的裝備仍然原封不動的躺在原地，也就是說，兩名負責整理的隊員根本就沒來過這裡！

喬木心就更亂了：難道琳子和兩名隊員一起失蹤了？

他回到營地，坐在木屋前的石凳上，給自己點了一根煙。冷靜分析了下當前的形勢：

琳子的暫時失蹤(他仍然不願讓自己承認琳子已經失蹤至少十個小時的事實)，其實無非幾種可能：

1、還是之前的想法，琳子以及另外兩名隊員接到了秘密任務，而總部之所以不告訴他，也是因為需要保密的原因。

2、琳子由於某種原因（或許是早上發現了新的植物物種，需要立刻去確認一次），需要馬上去山上做進一步勘察（也因此來不及通知他），但是由於是晚上再加上密林的特殊性，遭遇了意外因此沒有返回營地。（但這種假設並不能解釋兩名隊員也未歸的原因）

這兩種情況，至少都意味著一個事情：就是從琳子的角度來講，喬木本人是肯定不應該知情的。

就在喬木思維亂成一鍋粥的時候，他突然聽到遠處傳來人聲，喬木激動得站了起來，卻發現來人並不是琳子他們，而是按照計畫從其他營地聚集過來的同事們。

不能浪費時間，如果遭遇意外，在這樣的原始森林區多呆一秒危險都會加倍。喬木沒有等待總部的人到達，他把剛過來的同事聚到一起，告知了他們現在的情況，分配人手立刻開始對山區執行搜救行動。在留下兩個組員留守營地等待總部支援後，喬木自己則帶著一小組人朝昨天琳子上山的方向進行搜尋。

第一次的搜救行動整整進行了三天。在這三天裡，喬木幾乎沒有進食和休息，他知道搜救行動的黃金72小時法則，要是在這段時間裡再找不到琳子，那問題就大了。

而事與願違，三天過去喬木一無所獲。不要說找到人，甚至連一點有用的線索都沒發現，琳子和兩個隊員就像憑空消失在這個世界上一樣。

總部也很關注這一次的行動，前後組織了三次搜救行動，幾乎已經把琳子們能夠在三天內行走的範圍全部搜索了一遍，依然沒有結果。也就是在第三次搜救行動失敗後，李碩得到消息，讓他通知琳子的家屬，也就是我。

畢竟，在這個森林裡失蹤了這麼久，琳子已經沒有生還的可能。

琳子與喬木

喬木並不知道，其實早在這次見面之前我就認識了他。說認識可能並不準確，我第一次知道有喬木這個人的存在，是從琳子口中得知的。

琳子和我剛談戀愛時曾對我說過，在我之前她雖然從未談過戀愛，但在她小學時曾有一個關係很好的男生。不過小學畢業後他們就再未見過，加上工作後自己改過名字（她雖然沒有明說，但我知道琳子改名是為了讓自己徹底脫離之前的家庭），所以就算現在這個男生再見到她，估計也認不出她來了。要說他們這層關係算青梅竹馬也並不貼切：琳子與這個男生之間，真正產生過的對話只有一次。

琳子小時候家庭條件優越，父親是獲得世俗意義上成功的企業家：做地產生意，名下房產遍佈全國。母親則是當地小有名氣的畫家，擅長油畫。按理來說在這樣家庭長大的孩子，擁有相對同齡人來說更加豐厚的物質條件，也算半個藝術家庭，生活應該很幸福。而後來我才知道，琳子的原生家庭，卻並不如外人所看到的那樣光鮮。

自琳子出生後父親就常年不在家，一年之中能看到父親出現的日子，加起來大概也不會超過一個月。母親應酬繁多，雖然不至於和父親一樣，可一月消失個十來天也屬正常。從小到大，琳子從未吃到過自己母親做的一頓飯，日常的起食飲居都是管家在幫忙處理。所以雖然表面上她從不缺少物質，無論是衣物、飾品，還是當下最火的電子產品，她都是在同年齡段孩子中擁有最多的，但從小家庭生活的缺失，卻讓她強烈缺乏安全感。

在這樣的狀況下，她沒法很好融入到校園生活中去：家庭環境造成的孤傲性格，再加上領先旁人幾個階層的生活方式（每天都有司機接送，所穿衣物也都是當季名牌），讓同學們也對她敬而遠之。

小學六年，她沒有交到一個朋友，也沒人願意和她做朋友。琳子也只能把所有業餘時間都用到學習上，這直接導致她的成績遠遠高出其他同學，是常年的年級第一。

小學期間唯一能讓琳子另眼相看的人，是一個在五年級時轉校過來，名字叫艾爾肯·庫爾班的柯爾克孜族男生。（而我也是在來之前張教授給的材料中發現，琳子團隊中的喬木，原名正是艾爾肯·庫爾班）。和琳子一樣，喬木也是被全班同學敬而遠之的物件。而他被排斥的原因卻和琳子恰然相反，琳子是由於過於優越的家庭環境，而喬木則是因為過於貧窮。人類總是如此，排斥比自己好很多的，也排斥比自己差很多的，只有中間狀態才會給他們帶來實在的安全感。

在琳子的記憶中，同學一年多時間，喬木全身上下換過的衣服不會超過兩套，基本算是春夏一套，秋冬一套。中午下課後，同學都會步行回家吃飯，只有喬木會默默地拿出兩個白麵饅頭，然後去操場上的自來水龍頭接上一壺白水，一頓午飯就解決了。

雖然家庭條件是肉眼可見的貧困，但和很多窮孩子一樣，喬木的學習成績非常優秀，幾乎從未掉下過年級前兩名（第一名是琳子）。他對待同學的態度也與琳子不同，琳子是渴望與人交流，而喬木卻對自己的同學都敬而遠之，一開始還有同學偶爾會問他一些有關學習的問題，喬木非但不回答，甚至會拋下提問者直接離開課桌，久而久之也就沒有學生願意再和他說話，也幾乎沒有人願意與他同桌。喬木自己也彷彿樂得清淨，獨自一人坐在最後一排的雙人課桌上搗鼓自己的事情（他視力非常好，再加上成績完全不需要擔心，所以被老師安排到了最後一排），所以在琳子眼中，喬木一直都生活在自己的世界裡，沒有人可以靠近。

當然，那個時候琳子所有精力幾乎都放在學習和閱讀上，在她眼裡，喬木和其他同學並沒有什麼不同，她只想趕緊畢業離開這所學校，換個環境是她當時心裡最迫切的願望。

如果說那時有什麼困擾琳子的話，那便只能是家裡父母的關係問題了。雖然母親在她面前沒有明說，但她還是從各種蛛絲馬跡中憑藉直覺感受到父親可能有外遇，她很多次見到母親在和父親通完電話後默默落淚，在父親極其有限的回家時間中，她也曾撞見過幾次父母之間的大吵，久而久之，相對於在家，琳子更喜歡呆在學校。

琳子開始注意到喬木，則是在他轉學過來的第二個學期。

那時她的小學在校外新建了一個停車場，於是琳子每天放學後會先步行到停車場，然後再由司機接她回家。對於琳子來說，每天多走幾步路並不是什麼問題，問題在於通往這個停車場的途中需要經過一條暗巷，暗巷由兩棟舊式居民樓之間穿過，白天陽光也很難照射進來，雖然從未聽說這裡發生過什麼違法事件，但對於一個年僅十三歲的小女孩來說，每天獨自一人穿過這條五十米長度的陰暗小巷還是有些害怕。不過儘管害怕，琳子還是不願意和自己的父母說：她平日裡在父母面前從不提任何要求，自己所擁有的一切都是源于父母的安排，她只是被動接受，從不主動索取。

就在琳子壯著膽子穿過小巷前往停車場的第五天，她突然發現自己身後多了一個人。

一開始琳子還是著實被嚇了一跳；平時這個時間巷子裡都不會有人的。她偷偷向後看去，發現這個人竟然就是喬木。

喬木見她轉頭，便朝琳子點了點頭，琳子也禮貌性得點點頭回復。似乎大家都不想說話，他們便很有默契得一前一後穿過小巷，出了小巷後喬木也沒有理會琳子，一個人朝著停車場相反的方向走去，琳子也不想主動打招呼，於是兩人便在小巷出口分道揚鑣。

自此以後，每天在固定時間裡穿越小巷的人就變成了琳子和喬木兩個人，他們也都很有默契，每一次都是琳子在前喬木在後，默默穿越小巷，從不交談。有一次琳子很好奇喬木穿過小巷後去往哪裡，於是便偷偷跟在喬木後面，結果卻讓她大吃一驚：喬木穿過小巷後，沿著停車場相反的小路又繞了一個圈，重新繞到小巷入口處，朝著他們來時方向走了回去，原來他家正好是在反方向。也就是說，喬木之所以每天和她一起穿過小巷，可能只是擔心琳子害怕，陪她走一段路而已。

不管怎麼說，琳子還是有些感動，這個看起來不善言辭的小男生（雖然個頭要比同班的男生高出一頭，但畢竟也是和琳子一樣年紀的小學生）似乎在嘗試用他自己的辦法來保護自己。琳子並不知道他這樣做的用意何在，但這份單純的善意已經足以讓她感到溫暖。

就這樣，之後的時間裡，琳子一直裝作不知道喬木在繞遠路，喬木也從不與她搭話，他們長時間裡保持著這樣的狀態，直到那一天。

唯一一次對話

那天，琳子放學後照例穿越小巷去往停車場，可遠遠地就看見小巷盡頭站著一個男人，走進一看竟然是自己的父親。琳子的父親現在連家都很少回，更別說親自來接她放學了，琳子感到有些詫異，便加快了腳步朝父親走了過去。

見面後，琳子才知道了父親來接自己的原因：他最近要去一趟歐洲，想帶著琳子一起。其實琳子早就知道了這件事情，昨天父母電話的時候她正好就在隔壁房間，母親的哭聲吸引了她的注意，從母親的話中她聽出了個大概：父親是想帶著他在外面的女人一起去歐洲，母親雖然傷心卻無力阻攔，只能在家默默落淚。

望著眼前這個作為自己父親的男人，琳子心裡第一次對他生出了惱怒：為什麼你背叛了媽媽，還想要把我從她身邊奪走。雖然琳子對於母親也並沒有什麼特別的好感，但在這一刻她的內心異常堅定：無論如何，我也不會跟他走。

面對琳子堅決的態度，她父親很詫異：這個平日裡從不反對自己的女兒居然會拒絕自己？其實他的目的也很簡單：早晚會和琳子母親離婚，趁這個機會讓琳子和後母先見見面，培養培養感情。現在琳子的拒絕則讓他有些惱羞成怒。

「啪！」一聲清脆的響聲從小巷裡傳來。

琳子捂著自己火辣辣的臉龐，有些不敢置信。雖然他們父女關係淡薄，但自出生以來父母從未打過她，沒想到自己的父親會因為這種事情動手。她並沒有如尋常小女生般哭鬧，只是不說話，用眼睛死死盯著父親。

男人看著琳子的眼神，更是一股無名火起，抬起右手再次出手。

就在此刻，琳子突然感到自己被身後一雙強有力的手推開，回過神來才發現喬木擋在了自己面前，父親的一巴掌結結實實得扇在了喬木臉上。

男人震驚了，這個不知道從哪裡冒出來的小男孩，此刻正用著和琳子一樣的眼神死死地盯著他。

同時，喬木斬釘截鐵的聲音也傳到琳子和男人的耳中：「不准打她。」而讓琳子父親更為惱怒的是，這個男生正對著他怒目而視，彷彿在告訴他：你可以繼續打我，但我絕不會退縮。

以男人而今的身份，無論是在家裡還是在社會上，沒有一個人敢於和他做這樣正面的對視，他萬萬沒想到這樣淩冽的眼神居然來自於一個十二、十三歲的小男生。

對峙幾秒後，琳子的父親突然覺得有些傷感：被自己的女兒拒絕，然後還被一個小男生為她出頭，他頓感索然無味，只能悻悻而去。

父親走後，琳子久久才從剛才的突然事件中反應過來，她很想去看看喬木的臉有沒有大礙，但等她定下神來的時候，喬木已然不知所蹤。

第二天琳子來到學校後，她特意找了找喬木。喬木依然坐在最後一排他獨享的位置，似乎正在專心看書，對於她探尋的眼神視而不見。等琳子回到自己的座位坐下準備上課時，她驚呆了：她的課桌上被人用鉛筆歪歪扭扭的寫上了幾個字：「好好學習。不要怕他。」琳子的眼睛頓時濕潤了：和穿越小巷一樣，這個男生在用他自己的方法默默保護著她。琳子再次把目光投向喬木，雖然還是沒有等來回饋的目光，但她的心中已然充滿了溫暖。

時間過得很快，一個月後琳子即將畢業，就讀的中學早已確定，父親已經提前為她安排了一所私立貴族中學，這就意味著她和喬木必然會分開。琳子也知道依喬木的家庭環境，他沒有什麼太多選擇，只能選擇便宜的公立學校，她雖然有些不情願，但是作為一個小學生，她根本沒辦法選擇自己的未來。

六年級最後一天學校舉行了畢業典禮，琳子有些厭倦典禮繁瑣的流程，決定先行離開。就在她走到校門口的時候，有個人追到身前，她定睛一看，竟然是喬木。

喬木依舊穿著那身早已破舊不堪的校服，當他跑到琳子身前後，才發現自己並不知道該說些什麼，琳子也只是靜靜看著他，兩個小孩都知道這或許就是他們兩的最後一次見面了。沉默許久後，喬木似乎終於找到了打破僵局的辦法，他帶著一貫靦腆的神情，向琳子伸出了右手。

琳子一時之間想不到他是要做什麼，隔了一會才明白，喬木是想要和她握手。她笑了起來，也爽快得伸出右手，兩個小學生，以一種成年人的方式道別著。

「再見。」喬木終於開口。

「再見。」琳子笑著回應。

這是他們之間唯一的一次對話。

我一定要找到她

在喬木說完整個事件來龍去脈後，大家都陷入了短暫沉默，我更是心亂如麻。

最後是李碩打破了沉默，開口問道：「那現在情況如何？有沒有發現什麼新的線索？」

喬木搖了搖頭：「還是沒有任何發現，總部組織的三波救援隊都無功而返。我自己也帶人上去過幾次，按照經驗來說，三個大活人在山上，怎麼都會落下一些蛛絲馬跡，可現在別說人，我們連足跡都沒發現。真的就像直接消失了一樣。」

「不管怎樣。」我也總算冷靜了下來：「這次我既然來了，就一定要上去看看。」

喬木點了點頭：「何先生你放心，我們早就做好了準備，中午吃完飯我們就直接出發，應該能在天暗下來之前到達營地。」

午飯過後，我換上了喬木為我準備的登山服，因為算是救援任務，並沒有帶勘察任務需要的輜重，只是帶足了食物和水。就在喬木給我講解完一些必要的注意事項後，我們一行五人（喬木和他小組的兩個隊員，加上我與李碩）就出發了。

這是我第一次真正意義上見識了什麼是原始森林，和一般的森林完全不同，在原始森林裡由於植被遮天蔽日，導致密林深處常年沒有陽光照射，這就造成方向分辨的困難。我們也只能靠隨身攜帶的「

森林羅盤儀」來確定方位，好在喬木來過幾次，大概知道哪個地方有野獸，哪裡的山勢比較陡峭需要當心，因此我們這次上山也算是比較順利。在下午接近5點的時候，我們就到達了琳子失蹤前居住的營地。

果然如喬木所說，三間破舊的小木屋成一條直線橫在山林中一處空地之上，喬木朝前方指了指，告訴我們那個方向就是當天晚上琳子所去之處，我順著望了過去，不由地倒吸一口涼氣。

朝著喬木所指方向看去，是一處離地面呈70度角傾斜的峭壁，不要說路了，人如果不借助工具是無論如何都上不去的。我們都疑惑得看向喬木，他歎了口氣：「我知道你們在想什麼，我只能告訴你們我指的方向決計沒有錯。當天在發現無法追上琳子時，因為怕黑暗中分不清楚方向，我特意用旁邊的木屋做了參考定位，所以我很確定琳子是走的這個方向……」

還沒等他說完，我早已忍耐不住，一個健步上去給了他一拳。琳子失蹤，從頭到尾的目擊者就喬木一個人，從他口中所說的琳子的異常出走已是匪夷所思，再加上現在說琳子在晚上從這個峭壁上消失，這是我無論如何都不會相信的。

喬木完全沒想到我會突然出手，猝不及防中了我一拳，不過他身形魁梧，因此也並未倒下，只是往後退了幾步，眼睛仍然直愣愣的看著我。其他人此刻才反應過來，趕緊把我拉開。

我迎著喬木的目光，怒目而視。幾天來壓抑的情緒終於氾濫開來，琳子的失蹤，官方不負責任的處理辦法，再加上唯一目擊者如此荒謬的說辭，我是無論如何都無法接受的。不過也正是在這種情況下，我心中反而湧起一股信念：

琳子沒有死，我一定要找到她。

喬木仍然定定的看著我，眼神中並沒有看出惱怒，反而透出一絲平靜。

「說真的，」他擦了擦嘴角的血跡：「我理解你的心情，但事實就是如此。」

我再次被他激怒，準備再次沖上去，可被早已做好準備的李碩等人死死按住，動彈不得。

「何先生，你別和他計較。」李碩喘著粗氣對我大聲喊：「喬木自己也很難過。」

喬木看著情緒激動的我，反而似笑非笑的沖著我說了一句：「有些時候，最不可能的結果，反而是真相。不是麼？」

我一個激靈，頓時停止了向前沖的欲望，李碩們也松了一口氣。

最不可能的結果，反而是真相？

琳子這樣的失蹤方式的確不可思議，但從掌握到手的資訊來看，如果排除喬木作案可能的話，他口中的事實卻也是目前唯一的可能性。如果再進一步設想，既然已經發生了我無法理解的事實，那琳子的死亡肯定也並非必然。

難道他的意思是，琳子活著作為目前最不可能的結果，反而才是真相嗎？不可思議的是，我竟然有點開始相信他的說法了。

琳子失蹤後，總部在安排救援的同時，也第一時間報了案。喬木作為唯一目擊者，同時也作為琳子失蹤案的最大嫌疑人被公安局集中審訊。畢竟一般這種情況，唯一的目擊證人往往就是作案者本人，換句話說目前唯一最大的可能，就是喬木出於某種不可知目的造成了琳子與其他兩個隊員的失蹤，那將喬木拘留也是理所應當的。

審訊了足足一周，並沒有取得什麼進展，無論問幾遍，喬木都是一樣的說辭，而救援隊這邊也遲遲沒有回饋，不僅沒有找到琳子等人，連一點有用的線索也沒有。於是喬木就以無罪之身被釋放出來。但就算是這樣，他也無法繼續在原單位待下去，原因也很簡單：他根本無法解釋清楚他這個小組為何只有他一人回來（更關鍵的是，雖然因為缺乏證據無法判他有罪，但也正是因為沒有任何證據，他也無法自證清白），單位裡同事們和琳子的感情都非常好，喬木也只能識趣的離開。他最後選擇留在了當初琳子失蹤的山區做護林員。按喬木自己的說法，他相信琳子還活在這個世上，他要用他自己的辦法找到她。

在和喬木發生短暫衝突之後，我也逐漸冷靜下來，在木屋周圍仔細排查。雖然我知道在查找線索這方面自己肯定不如專業人員，但還是希望能多看看，李碩們也是這個想法，希望我這個琳子的丈夫，能夠在現場發現一些旁人無法知曉的線索。畢竟琳子除了是他們的同事之外，也是他們所為數不多的專業人才，培養這樣一個人是需要耗費大量時間與金錢的。

我仔細查看了喬木所說的岩壁，又自己嘗試攀登了下，不過最多也就只能上到離地面兩三米的距離，琳子是決計不可能如喬木所說，一直筆直往上走的。

除非她長了一雙翅膀。

夢中的木屋

長了一雙翅膀？

我心裡一陣激靈，立刻回頭對喬木和李碩說：「會不會有一種可能，喬木之所以看到琳子是筆直往上走，會不會是有人在岩壁頂上放下繩索拉著她，爬上了岩壁？」

李碩想了想：「有這個可能，因為正好是天黑，喬木不可能看得見繩索，這的確是一種可能性。」

我們一起看向喬木，喬木卻還依舊是之前的神色：「其實，我之前也想到過這種可能。」他一臉的失落：「我當時也以為事情會出現轉機，於是我立刻繞路繞到了岩壁之上，可還是沒有發現任何線索。」

「岩壁上面有一間小木屋，我向當地人打聽過，那也是之前的獵人留下的。我仔細排查了木屋以及周圍的情況。還是沒有任何發現。」喬木長歎了一口氣：「我在這邊已經呆了一個多月了，依然一無所獲。」

聽到喬木這樣說，我剛剛燃起的希望又戛然而止。不過我還是堅持上去看看，依照我的性格，不把這座山找完，我是不會回去的。

於是我們留下兩個隊員駐守營地，我、李碩和喬木朝岩壁上的目的地而去。山腰部分是最難走的，垂直高度不超過三十米的岩壁，我們繞路走了整整三個小時，越過岩壁，我才在前方看到了喬木口中所說的小木屋。

由於已經到了相當的高度（再繼續往上就到了雪線），整個小木屋處在霧氣彌漫之處，不仔細看一下子還發現不了。它建在斜坡邊緣，岩壁正上方，正好是一個制高點，透過玻璃窗能獲得極好的視野。走到近處，我才發現在木屋的旁邊還有一條小溪，就在發現這條小溪的同時，我突然意識到：我見過這棟木屋！就在我得知琳子死訊的那天，在夢中見到的！

為了證實我的想法，我立刻快步朝木屋跑了過去，喬木們以為我是找人心切，也一路小跑著跟了上來。

我並沒有第一時間進入木屋，而是先來到小溪旁邊，卻沒有發現那口井。在夢裡，我是正準備朝井裡看去時被身後的影子嚇醒。一般來說夢醒之後很快就會忘記，夢裡的大部分細節我也的確都記不起來了，可關於影子、木屋、井這三個意象卻牢牢的印在我的記憶裡。

我沿著小溪來回走了幾次，並沒有發現有井存在的跡象，按理來說就算井口被廢棄，也應該能找到一些遺留的痕跡，我卻什麼都沒有發現。此時喬木們也跟了上來：「何先生，你這是在找什麼呢？」

我搖了搖頭，有點失望，示意他們一起朝木屋的方向走。

走到木屋前，才發現木屋的門口立著一塊石碑，我湊近看了看，上面刻著一首小詩：

森林伸延，溪流衝擊，
岩石堅守，霧靄彌漫。
草原等待，泉水湧出，
風駐留，祝福冥思。

李碩笑著走了過來，指了指石碑：「這裡住著的不像是獵人，倒像是一個哲學家。」

喬木接過話：「我發現這個木屋後，就向山下的村民打聽過，他們說木屋的主人不是本地人，三年前來到這裡修了這個小木屋，平時就以打獵為生，深居簡出很少下山。平日裡見過他的村民也寥寥無幾，只知道山上來了一個外省的獵人，平日裡要上山可以找他作嚮導。」

「那現在這個主人在哪兒呢？」我對這個木屋很好奇，繼續追問。

喬木癟了癟嘴：「大概半年前這個人就離開了，走的時候還給村民們送了不少自己打到的獵物，為此村裡還特意為他開了一個歡送會。」

我們沒有就這個話題繼續討論下去，既然已經來到門口，自然是要進屋看看的，喬木一步當先，打開了木門，我們陸續走了進去。

進屋後我再次感到一陣暈眩，木屋裡的佈置和我在夢裡看到的幾乎一樣，同樣簡陋的佈置，同樣是五個房間，雖然我已經記不得具體的物件擺放位置，可我還是可以很堅決的斷定：這個木屋，就是我夢中看到的那一間。

我們在屋內又好好查找了一下，因為屋裡面的東西基本上都被主人帶走，能留下的東西一目了然，沒用多長時間，我們就結束了搜尋，並沒有發現任何值得留意的線索。

喬木拍了拍我：「你有沒有發現什麼？」他露出很無奈的神情：「我已經上來找過很多次了，都是一無所獲。」

我搖了搖頭。如果喬木所說的是實情，而琳子也真的來過這棟木屋，我很瞭解她，如果她真的出於某種目的需要消失，那決計不會留下任何線索給我們。

而後我們又在木屋附近走了走，也沒有什麼發現，再加上天色已經暗了下來，喬木提議我們現在就返程，不然等到天黑之後再下山會有風險。

李碩看了看我，作為一個外行人，我也知道天黑之後在原始森林行走的風險，因此也只能無奈點頭表示同意。另一方面關於木屋和夢境之間的關係，我也想下山之後找找材料，在網上搜一搜線索（在林區並沒有手機信號），因此現在只能先下山再想對策。

出了木屋，喬木並沒有帶著我們朝之前上山的路走，而是沿著靠著木屋的另一條小徑，按照他的說法，這條小路可以直接下山（只是無法經過營地），不用繞路，因此速度要快很多。

說是小路，其實根本不算是路，至多算是平日裡山上的野獸日常走的小徑，因此比上山的路更為難走。可就在我們離開木屋大約一百米的距離後，我就被眼前的一幕震驚了。

在我們小路的左側，霍然出現了一口枯井。

我有些激動，用手指了指枯井，一下子沒有說出話來。喬木看了看，笑著對我說：「這是口坎兒井。」

「坎兒井？」我有點驚訝：「現在還有這種井？」

我上學的時候，之前曾經從一本以新疆為故事題材的小說裡有看到過坎兒井。坎兒井據稱源自於西漢，是新疆地區的一種特殊的水利工程。它由豎井、地下管道、明渠和泄水壩四部分組成。坎兒井的結構原理是在高山地區的雪水分流處尋找水源，每隔一定的時間鑽一個深淺的豎井。然後根據地形在井底修建地下溝渠，與各井進行溝通，然後引水。地下管道出口與地面管道相連，地下水引至桑園進行地表灌溉。

喬木點了點頭：「我之前也很奇怪，坎兒井現在在新疆已經很少見了，特別是在這種原始森林林區幾乎是看不到的。我估摸著這口坎兒井的歷史有點長，看樣式應該是建國以前留下的了。」

我朝著枯井走了過去，心裡突然冒起一種奇怪的感覺。

雖然並沒有在山上發現什麼實質性的突破，但似乎已經有一些隱性線索已經擺在了我的面前：林中小屋，坎兒井，琳子的失蹤，影子的出現，這些好像都在給我預示著什麼，只是我現在還沒有能力去把它們聯繫起來。但這些線索也確確實實的給我了一些希望：能夠找到琳子的希望。

我們來到枯井前，撥開井口的樹枝才發現井裡早已被填滿，堆滿了樹葉、土渣，並沒有發現什麼異常。就在喬木和李碩準備抽身離去繼續返程的時候，我叫住了他們。

「我今晚不下山了。」他們一臉驚訝，我繼續平靜的說：

「我要留在這裡。」

2018，H&L

「什麼？」喬木和李碩同時喊了出來。

「這肯定不行，你一個沒有接受過任何專業訓練的人獨自在這原始森林過夜，就算有一個遮蔽的木屋，那也是極其危險的。」喬木搶著先勸我一句。

我朝他們搖了搖頭，表示自己決心已定。

李碩沉默半餉，出口說：「何先生，你是我帶來的，我肯定要對你的安全負責，你要是有個什麼三長兩短，我回去也沒辦法跟總部交代。要不這樣，如果你一定要堅持在山上過夜，那我和喬木留下來一起陪你，你覺得怎麼樣？」

我還是搖了搖頭：「多謝你們的好意。不過我還是希望就我一個人留下來，我就是想一個人在山上靜靜呆一晚，說不定在這裡可以想到什麼辦法。」

我之所以想留下，完全是因為我想自己在木屋裡調查下有關於夢境的一些情況，看看能不能找到關於夢境與琳子之間的一些線索。而這個事情過於玄乎，所以當下我也不願意告訴喬木和李碩，最好的辦法就是我獨自留下過一夜，我有一種特殊的預感：要是在這個地方的話，夜裡肯定會發生一些什麼，而且肯定會和琳子有關。

我們就這樣來來回回爭執了十幾分鐘，誰也無法說服對方。後來喬木看見天色已經馬上暗下來，如果徹底暗下來後無論是我回到山上還是下山都會有一定危險，所以也只能放棄，他把隨身帶的手電筒和衛星電話還有小部分食物給了我之後，就帶著李碩下山了。

看著他們下山的背影，我歎了一口氣，回頭便往山上走。林區裡天暗得特別快，我剛回到木屋就已經全暗了下來。正如喬木所說，伸手不見五指。

進入木屋後，我按照喬木的叮囑，先就著手電筒燈光把鐵皮爐裡的柴火（之前喬木在這裡住過幾天，還留下了不少）點燃，然後點亮了喬木之前留下的煤油燈。屋子總算是亮堂了起來。

站在窗前看向外面，山上植被密度太大，根本看不到山下，目力所及之處皆是黑暗，除了一些淡淡的月光，幾乎能見度為零。隨著夜幕降臨，山風也開始凜冽起來，只要打開窗戶，立刻能感到徹骨的寒意，伴隨而來的還有山風狂野的咆哮。但很奇怪的是，一旦關上窗戶，在木屋裡就幾乎聽不到任何外界的響聲，安靜得甚至有一些詭異。

真是隱居的好住處。我歎了一口氣，也不知道當初這個屋主是怎麼找到這塊風水寶地的，要是用來隱居寫書，的確是沒有比這個地方更合適的了。

隨著時間推移，氣溫也開始迅速下降，按照喬木的說法，晚上這裡溫度會降到零度以下。我拿起旁邊的一個小木凳（這應該是房子主人留下的）坐到鐵皮爐旁邊，然後開始好好的打量起這間小屋。

我現在所處的房間按照功能來說應該屬於工作間，除了我現在坐著的木凳和取暖用的鐵爐，還有一張質地很好的木桌（占地比較大，應該是屋主日常讀書寫字使用），一些看起來是用來擺放日常器皿的木架，就再無其他了。臥室的木床早已陳舊不堪，別說躺上去，估計就是坐上去也會立刻散架，我決定就在這個工作間將就一晚。隨著時間流逝，天氣愈發寒冷，我只能去旁邊的儲藏間取一些柴火。

當我抱著一大捆已經劈好的柴火回到工作間時，突然發現了一件我之前完全沒注意到的東西。

似乎只有從儲藏間朝工作間看過去才這個角度能發現：就在木桌的背面和牆面之間，好像貼著了一個東西，還會發光，也只有從我這個角度才能看到。我仔細一看，倒吸了一口涼氣：這竟然是一面鏡子，遠遠看過去體積似乎並不大，就像平常人家裡用的女士化妝鏡大小。可這在一個以打獵為生的獵人木屋裡，這種物件是無論如何都不可能出現的。

我立刻放下手中的柴火，走上前把木桌輕輕抬開，把鏡子取了下來。拿到手上我才發現，這面鏡子竟然是一個長方形的小盒，我急忙用手摳開盒沿，一枚泛著綠光的飾品就這樣出現在了我眼前。我翻過背面一看，上面霍然刻著幾個小字：「2018，H&L」

不會錯。這枚翡翠度母，正是我和琳子結婚三周年的時候，我送給她的禮物！

我帶著忐忑又有點興奮的複雜心情看著這枚翡翠，如果它不是出現在這裡，我幾乎以為已經丟掉了。自從我送給琳子之後，她平常都帶在身邊，不過在一年前的一次出差之後，琳子告訴我，這枚翡翠在執行任務的時候弄丟了。

琳子當時的傷心是肉眼可見的，我當時為了安慰她也費了好長時間。這絕計不是假裝，那這枚琳子一年前丟失的度母，為什麼會出現在這裡？而且還特意藏到了書桌背後？這木屋的主人會不會認識琳子，他和琳子之間到底有什麼關係？

我心裡一團亂麻。

拿到翡翠後，我又再次搜尋了所有房間，把所有能搬動的傢俱都搬開看了一遍，卻再也沒有找到其他任何線索。在我終於確定，這個面積不到80平方的木屋裡肯定沒有新線索的時候，已經是淩晨三點過了。

從得知琳子失蹤消息的這幾天以來，我一直都沒怎麼睡過覺，特別是今天又長途跋涉越過林區，積攢起來的疲勞感一下子全冒了出來，我突然感覺到一陣深深的困意，只能趕緊在鐵爐旁邊放下之前喬木留下的睡袋，然後迅速鑽了進去沉沉得睡了過去。

也不知道過去了多久，我突然聽到一陣聲響，聲音很小，可在這深山木屋裡卻顯得格外醒目。我站了起來，仔細聽了聽，辨認出這個聲音應該是從臥室房間傳來的。傳來的音量忽大忽小，有些類似於撥動吉他琴弦的聲音。此刻情形顯得異常詭異，我很清楚這個屋裡肯定只有我一個人（不可能有人在這種時候上山，而且經過這麼多次的搜索，屋內也不可能藏人），可能是有老鼠一類的小型動物，我暗自安慰著自己，然後躡手躡腳的朝臥室摸了過去。

木屋的臥室有一小扇窗戶，月光正好從窗戶打向木床。我剛走到臥室門口，就透過月光看見有個人坐在床上。我強忍懼意，也是在好奇心的驅使下，繼續輕步朝臥室門口挪了幾步，想看得更真切些。

木屋的各個房間都是沒有安門的，我只能貼著工作間和臥室之間走廊的牆壁朝裡看，直到走到臥室門前，我才真正看清楚了，這個「人」就是之前我遇到的影子。

此刻影子正坐在那張即將塌陷的木床上（沒有塌陷估計是因為影子本沒有重量），沉默著撥動著手上的物件（天太黑，根本沒辦法看清楚），也正是這個物件發出了類似我剛才聽到的琴弦一般的聲音。

影子顯得似乎有些漫不經心，甚至有些憂心忡忡的感覺，它只是埋頭沉默得坐在月光裡，並不打算抬頭讓我看見真容。他帶著前所未有的專注看著手中的物件，仿佛在告訴我這個偷窺者，所有的真相都在他的手中，而就在我壯著膽子想再向前一步看清楚它手裡東西時，影子突然站了起來，抬頭望向我，我期望的情形卻並未出現，它的面容仍然是籠罩在一片黑暗之中，無法分辨。

「你回來了。」影子笑著對我說。

當我從夢中驚醒的時候，天色已然大亮。我立刻起身沖向臥室，並沒有發現我夢中出現的影子，卻在木床影子坐過的位置，看到了那枚度母翡翠。

我立刻摸了摸自己的褲袋，我睡覺之前是小心把它包了起來放到裡面，現在褲袋裡卻空無一物。也就是說，這枚翡翠是從我的褲袋裡消失，然後出現在這木床上。難道昨晚我夢中看到的影子撥弄的物件，就是這件翡翠？仔細端詳著我手中的度母：難不成它是自己從我口袋裡跑到臥室的？抑或是影子從我身上取走的？我的困惑更嚴重了。

收拾了下裝備，我來到了木屋外。山風已經結束，鳥叫聲，蟲鳴聲又開始響了起來，一切都似乎恢復了平靜。而我的心境卻已和昨天全然不同。

昨晚影子的出現似乎在給我一些暗示，而我手上這枚度母翡翠應該就是關鍵的信物，獨自留宿在這裡還是有收穫的。至少這一系列不尋常的事件，讓我重新燃起了尋找琳子的希望。

第三章

希望

人可以寄託希望於上帝、佛陀或者自己
唯一不該的，是寄希望於他人

必須靠自己的力量

在我給喬木打了衛星電話之後，他們很快就上來接了我一起下山。回到營地後，我並沒有告訴他們昨天晚上的經歷，度母翡翠也被我自己好好收了起來：沒有必要讓他們知道太多，找到琳子是我自己必須要承擔的責任。

我必須靠我自己的力量找到琳子。

兩天后我啟程返回北京。在機場和李碩等人道別，臨走時李碩不無遺憾得握著我的手：「何先生你放心，我會繼續追查琳子失蹤的這個事情。不過，」他頓了頓，似乎有點難以啟齒：「這也僅僅是我私人層面，從單位層面，我們估計也很難有理由再次組織有規模的營救行動了。」

這個我自然很清楚：已經組織了三波救援行動，連一點線索都找不到，官方自然也不會再耗費人力物力去做這件吃力不討好的事情，再加上他們已經認定了琳子以及其他兩名隊員的「死亡既成事實」，不管真相是什麼，似乎都沒有理由再進行下去了。

李碩接著說：「關於琳子的保險費用以及單位的賠償費用，何先生你就放心交給我辦吧。」

沒等他說完，我伸出手怕了拍他右肩：「李先生，這次你能幫忙我已經很感激了，我也能理解你的難處。我會繼續尋找琳子，不管希望有多渺茫，我仍然堅信琳子依然活在這個世上。」

聽到我這樣說，李碩就顯得更不好意思了，一副欲言又止的樣子。

看他這個樣子，不禁讓我想起了幾個小時之前和喬木分別時候的場景。

喬木是開了整整八個小時的車送我們一行人到機場的。剛下車我就被喬木拉到一邊，他朝我深深鞠了一躬：「何先生，關於這次事情，我實在很抱歉，是我沒有保護好琳子。」緊接著喬木抬起來看著我：「回去之後我會繼續尋找琳子，她一定還活著。」

看著眼前的喬木，我的眼睛有了一些濕潤，目前也不清楚喬木是否知道琳子就是他小學時期的那位同學，命運的確弄人，他們在年幼時期建立起了旁人所不理解的特殊友誼，在二十多年後再次相遇，卻又鬼使神差的再次分離。如果沒有我的出現，他和琳子或許還有機會再次開始……

我走到喬木身前，輕輕拍了拍他，用同樣嚴肅的口吻說道：「相信我，我絕不會放棄琳子。」

喬木露出釋然的笑容：「何先生，我們會再見的。」

我愣了一下，不知他為何會如此肯定。就在這時遠處傳來李碩的催促聲，於是我方才與喬木道別。

下飛機後，我拒絕了李碩送行的好意，機場離我家並不是太遠，我想獨自步行回去。這兩天經歷的事情太多，我喜歡在散步的時候思考問題，於是決定慢慢走回去，整理下思路。

一路上思緒萬千，我嘗試把思路理一理，卻依然心亂如麻，想了半天目前似乎唯一可確定的就是從度母翡翠的調查入手。於是我索性拿出背包裡的降噪耳機，好好把自己放空，一切都等到家再說。

三公里的路程，我走了足足有一個多小時，到家樓下後已經是晚上九點，我正準備拿出鑰匙打開花園門，卻發現門早已經是打開狀態，抬頭一看，三樓竟然閃爍著燈光。

難道是琳子回來了？

我激動了起來，幾天來的疲乏頓時一消而散，連鞋也沒換直接進屋沖向三樓。閃爍著燈光的是三樓客房，裡面似乎還隱隱約約傳來一些音樂聲，我激動著打開房門，嘴裡喊著：「琳子……你……」

我的聲音戛然而止，在我眼前一個十七歲左右，高中模樣的年輕女孩正坐在寫字桌前，回頭看著我。

七龍珠的16號

「你終於回來了。」她朝我笑了笑：「這幾天都去哪兒了？」

我愣在原地，半餉說不出來話來：這個女孩是曾經在我家短暫借住過（確切來講，是租住）幾個月的中學生，我們第一次見面的時候，她剛剛升入北京一所名牌中學的高中部，而我的書店則正好在這所中學的旁邊。

我第一次開始注意到這個女生，是在她連續一個月躲在書店裡看書之後。

「你好啊。」我先嘗試和她打了個招呼，如果我記憶沒錯，這個女生幾乎是算著我開門的時間進店，然後在我要關門的時候才離開。或許是為了怕引起我的注意，特意選在店裡有顧客的時候進來，當然，她也會趕在我最後的關門時間之前離開。

女生並沒有抬頭，仿佛也沒有回應我的打算，腦袋還死死的盯著書，我看了下，是大衛休謨[01]的《人性論》。

「休謨？」我有點驚訝：「你這個年紀就開始讀哲學了？」

她終於抬起了頭，手迅速在書頁上小小折了一下，似乎有些不滿我的攪擾：「有什麼事嗎？」

「沒有，」我尷尬的笑了一下：「只是看你好像連續幾天在這裡看書了……」

她看了看我，絲毫沒有被當場抓包的慌亂，仍然是很平靜得回答：「這有什麼問題，書店不就是讓人讀書的嗎？」

她說得沒錯，書店除了是賣書的地方，也的確是讓人讀書的場所。沒想到這場對話會進行得如此尷尬，一時之間我竟不知道該如何回應。

女生繼續說道：「如果你覺得我在這裡讀書影響到你生意了，我可以馬上離開。」她還真說做就做，站起身就準備離開。

我有點哭笑不得，急忙攔住了她：「我不是這個意思，讀書自然是不會影響什麼，只是看你天天都在這裡，難道平時都不用上課的麼？」

01　休謨：蘇格蘭哲學家，他反駁了『因果關係』具有真實性和必然性的理論，他指出雖然我們能觀察到一件事物隨著另一件事物而來，我們並不能觀察到任何兩件事物之間的關聯。

一聽我並不是打算趕她走，女孩頓時輕鬆了不少：「你怎麼稱呼啊？」

「叫我何夕就可以了。」

「大叔（好傢伙，她直接忽視了我剛報出的名字）你是怎麼判斷出我不上課的？」

「其實我已經注意你好幾天了。」我老老實實的回答：「每天早上就來，中午溜出去吃頓飯，然後晚上我快關門的時候你才走。」

她噗嗤一聲笑了出來：「可據我的觀察，你每個星期最多來店裡五天，週末的時候從來不來，所以……」她挺起胸膛直視著我：「你是憑藉什麼做出判斷，我天天都在你店裡呢？」

我也笑了起來：「你剛才都說了這一切都是根據你的觀察，你要是不在店裡，怎麼知道我週末不來店裡呢？」

她又重新坐了下去，把書放到了地板上，淡淡的說：「你應該知道的：原因與結果的關係，是來源於經驗而不是來源於理性。」

我當場愣了一下，她繼續說著：「原因和結果並沒有絕對的對應關係，也就是說你由經驗推斷出的『她連續來了五天，所以週末也在』抑或是『她知道我週末不在，所以她週末一定在』並不是絕對的結果。」

「你應該懂我在說什麼。」說完這句話，她就再也沒有管我，低下頭拿起休謨，繼續讀起來。

這就是我和16號的第一次見面。後來我常跟她打趣休謨才是我們這個忘年交的友誼見證人，她卻似乎不以為然。

至於為什麼叫她16號，這完全怪我。因為我總是記不住她的本名，她就給自己取了一個外號叫16號。理由也很簡單，她很喜歡日本漫畫七龍珠，特別是裡面的人造人16號，她說16號願意為了悟飯而犧牲自己，有種加繆口中西西弗斯的荒誕精神。

而她之所以後來住到我家，卻是因為琳子的緣故。

平時琳子只要不出差，總會跟著我一起到書店裡來，一來二去，她也就認識了16號，她們兩很快就互相熟絡了起來，短短一個月不到的時間，儼然已變成了無話不談的好朋友。

「你到底是怎麼做到的？」我和琳子正坐在家裡的花園裡，我笑著問她：「這才多久，你和一個小你十多歲的女生就這麼要好了？」

琳子也笑了：「何先生，如果我沒理解錯的話，你是已經在嫌我年齡大了麼？」我急忙搖搖頭，琳子繼續自顧自的說著：「這個女孩的確挺有意思，她雖然才16歲，相比同齡人卻成熟了許多，對於事情的理解也更加通透。我覺得還是因為她家裡的原因造成的。。」琳子好像意識到什麼，並沒有繼續再說下去。

「她家裡的原因？」我倒是起了好奇心：「說說唄，讓我也好好八卦下？」我的確很好奇，這樣一個有意思的小女生是在一種怎樣的家庭環境下成長起來的。

「她家裡條件很好。」琳子有些欲言又止：「只是可能對她管教嚴厲了些，所以她願意一個人來北京讀書。」

我點了點頭，並沒有繼續問下去，有很多事情肯定是女人和女人之間的小秘密，就算作為丈夫，我也不會不解風景得繼續追問。不過從琳子所說來看，必然是因為家庭原因導致了16號現在的性格。最近幾年出現了大量的中學生抑鬱症患者，而深究其原因，八成以上都是源自于原生家庭。而這個和家庭經濟條件並沒有絕對關係，反而是一些經濟條件較好的家庭，要麼是對於孩子要求太高，要麼是父母之間的感情不和，讓孩子過早看到人性陰暗的一面，從而為未來的抑鬱埋下種子。

畢竟，人類天生就是一種自私的生物，很少有人真正想清楚為什麼要生孩子，大部分人只是為了自己的一己私利：享受所謂的天倫之樂或者養子防老或者繼承遺志。所以莎士比亞才會在《李爾王》中說到：『When we are born we cry that we are come to this great stage of fools.[02]』所以更別談弄明白如何教育孩子了。

「對了，」琳子轉過頭對給我說：「何夕，我想和你商量個事情。我想讓琳子到我們家來住，三樓的客房不是一直都空出來的麼？」

「怎麼了？」我有點驚訝：「她現在不是住在學校裡嗎？」

琳子歎了一口氣：「你不知道，其實從一開始在書店裡出現後，她就已經一個人住在酒店了。」

02 出自《李爾王》第四幕第六場，李爾王精神失常後在荒野中對被挖去雙眼的格洛斯特的宣言：當我們降生於世時，我們因為來到了這個傻子的大舞臺上而嚎啕大哭。

我此刻才明白，16號為什麼可以連續一個月都在書店哪裡也不去，琳子就算不說我也大概能猜出來，應該還是因為家裡的某種原因，16號沒有繼續上學，那肯定也就沒有繼續在學校住宿了。

見我沒有反應，琳子繼續說道：「其實就在我知道這個事情之後，就已經有了這個想法，但是因為一直顧及你的想法，就一直沒跟你提。」

「你說什麼呢。咱們不是一家人麼，有什麼好顧及的。」我心裡泛起一陣溫暖，處處為別人著想，這就是琳子的性格。

於是，16號就此在我家住了下來，不過由於她的堅持，最後算是以租房的形式入住，並且直接按照市價年付了租金。

不過她並沒有在我們這裡住太長時間，三個月過去暑假來臨，她也就帶上行李離開了北京。琳子之後想再聯繫她，卻怎麼也聯繫不上了。

看著眼前的16號，我心裡對於琳子回家的期待徹底落空，不免得有些失落。

「怎麼了？大叔。」她歪著腦袋看了看我：「看到我回來不開心麼？」

「怎麼會？」我調整了下情緒，急忙回到：「你又回北京了？」

「那肯定啊。」她一臉不滿：「暑假總有結束的一天，我自然是要回來繼續上學啊。」

「哦……」我撐出一個笑臉：「那這個房間又再次屬於你了。」

「那是當然，在我沒有說退租之前，你們可不能趕我走。」16號說著說著，就徑直走到我面前，我不禁往後退了一步。

「等等，有問題。」她用鼻子在我面前聞了聞，似乎嗅到了什麼：「你是不是遇到了什麼事情？」

我不知道怎麼回答。

「是琳子？」16號的直覺一向很准，一下就猜到了重點。

「是的。」我遲疑著答道。面對這種單刀直入的問題，我一向不太會撒謊。

「給我說說唄。」16號回到自己的座位上，笑吟吟的看著我：「能讓你這種人發愁，估計的確是出什麼事兒了，給我說說，看我能不能幫上忙。」

「真沒什麼事兒。」我知道就算告訴她，一個十七歲的小姑娘肯定也幫不上什麼，何必又讓她增加一些心理負擔：「就是她出差得久了些，我有些擔心罷了。」

16號明顯不相信，死死盯著我看了一會，見我仍然沒有什麼反應也只好作罷。她站起來把窗戶又往外開了一開。「這樣透氣多了。」從聲音裡聽得出來她有些心不在焉：「也不晚了，大叔你早點下去休息了吧。」

我本來還以為她會繼續質問我，沒想到得到這樣一個答案。尷尬之於，我也只能立刻站起來，順便把一旁的行李箱也拿了起來：「那好，你也早點休息。」

我下了樓，放好行李箱來到客廳，把外門關上（剛才由於太激動，還沒來得及關門），然後坐到沙發上給自己點了一根煙。

16號為什麼會回來，她為什麼表現出對琳子的事情（或者是裝作）漠不關心，這些事情對於我目前而言已經不重要了。

我唯一想知道的是，琳子現在在哪？

世界機器的齒輪嚙合

第二天醒來後，我立刻開始著手度母翡翠的調查。真說起來，這塊我作為結婚紀念日禮物送給琳子的度母翡翠，還是有些來歷的。

相比一般人，我的成長經歷算是比較坎坷。本來從小家庭條件尚可，父親在政府部門工作，母親在當地紅極一時的工廠工作（放之現在來看，就差不多和現在在互聯網大廠工作雷同），父母之間感情也很好，對於我這個獨生子更是疼愛有加，我也就在無憂無慮的狀態下度過了童年生活，直至上了中學。

在初中最後一年，我的父親出了意外：他加班後晚上獨自一人回家，因為天色太暗沒有發現路面前方有一個凸起的管道井蓋，於是一個失足摔倒，據當時在現場的路人回憶，由於事發突然，他幾乎沒有調整自己的身體，頭部直接撞到了地面。等我趕到醫院的時候，已經徹底沒有了呼吸。

厄運彷彿從不會單獨到來，就在父親走後沒多久，母親的工作單位開始下崗潮，她也在這波浪潮中被波及，遭遇失業。於是我們母子只能靠著父親留下的些許積蓄以及母親平日裡外出打工賺回來的錢勉強度日。而就在我考上大學，心想終於可以回報母親的時候，母親在這個時候也因病離世。

在工業領域，對於齒輪是這樣定義的：齒輪是能互相嚙合的有齒的機械零件。而齒輪嚙合就是兩個齒輪之間的切合程度。我和琳子之間彷彿就存在著這樣一種天然的嚙合。我並不擁有她那樣完整的家庭，她也並不曾擁有我原生家庭給我帶來的幸福童年。而喬木對於她的意義，或許正好與我相反，當年他們之所以能夠成為彼此唯一的朋友，正是由於相似的學習環境（在學校被同學孤立），讓彼此能夠更加瞭解對方。或許，在長大成人之後，人的需求會發生改變：不再需要彼此的同感，可能更加需要的是彼此的互補。站在時間的高度來看的話，這或許也正是我（並非喬木）和琳子能在一起的真正原因。

也正是這樣的背景下，我和琳子正式確定戀愛關係後，每天幾乎都黏在一起。別看平時琳子在工作時候認真負責，對外是一個典型女強人形象，而和我在一起的時候就像變了一個人，我們就像命運事先準備好的兩個齒輪，在巨輪的推動之下，緊緊的結合在了一起。

就在我和琳子確定戀愛關係後沒多久，我臨時接到一個出差到外地的項目。

唯一的好朋友

那天我正在 #FFF 整理書目，突然接到一個電話，我看了一眼：是寧偉。

甯偉是我大學的同班同學，因為從小就喜歡讀書（這自然也是他選擇哲學系的原因），畢業後就去了一家國內名氣最大的出版社工作。而我最開始接到的訪談專案就是他給過來的，按照寧偉自己的話說：從大學時候就能看出我有做記者的天賦。

「你小子最近貓哪兒去了？」電話裡傳來寧偉過分熱情的嗓音：「你該不會到什麼地方去隱居了吧？」

我皺了皺眉頭，寧偉基本可算是我在這個世界上唯一的好朋友，可他性格與我正好相反，按照現在時髦的詞兒來說，他患有典型的社交牛逼症。大學時期我們住一個宿舍，平時沒事的時候我很喜歡呆在寢室裡看看書，看看電影，他則完全待不住，就算我強行把他拉在一起，他也只會在房間裡煩躁得來回踱步，如同一頭困獸。

「琳子最近幾周都不會有出差的專案，我就在家好好陪陪她。」

「琳子？」

我在電話這頭都能想像出來寧偉迷惑的樣子，剛和琳子好上的時候我就介紹給他認識過，過去了幾個月怕是這個健忘的人早已忘記了琳子是誰。

「哦～～」電話另一頭傳來了恍然大悟的聲音：「就是那個你剛交上的女朋友嘛？」

「不是剛交上的女朋友，」我立馬打斷了他：「我們已經在一起三個多月了。」

「這不重要，」寧偉不假思索的回復道：「你這小子也是個見色忘友的人啊……」

「直接說，到底什麼事？」我不想給他任何調侃我的機會：「沒事我掛了？」

「ちょっと待って！」寧偉畢業後先去了日本留學，雖然現在已經回國多年，可口語中偶爾還是會帶一些日語單詞，特別是在緊張的時候：「等等，我有個好事要給你說。」

「好事？」

「對，電話裡說不清楚，你下午飯還沒安排吧？我們見面說。」

雖然甯偉平時看起來大大咧咧，但一旦涉及正事，他還是很靠譜的。之前也是他看我書店的收入微薄，主動給我提供了一個兼職機會，我雖然嘴上不說，心裡還是很感激他的。

和寧偉的晚飯就安排在我書店附近，按照他的話說一切都是為了遷就我（我不開車，甚至連駕照都沒有考，也正是因為如此寧偉基本上都會將就著我的行程。）。

我特意早點關了店，提前趕到飯店，寧偉在辦正事的時候特別不喜歡遲到，既然他說有好事，那基本肯定又是一個不錯的專案，我得早點到免得又被他嘮叨。

就餐地點選在了附近一家精釀啤酒店，這家店我經常過來，除了提供啤酒外，也會提供一些西餐。平時我有事情不方便在書店談的時候，就會到這裡來，環境不錯，提供的牛排和啤酒也算是上品。到店後，我先給自己和寧偉各點了一杯拉格，這款酒使用德國產的草、柑橘系為特徵的啤酒花，很適合餐前酒。

就在服務員剛把酒端上來的時候，甯偉正好趕到，風風火火的，似乎剛從上一個場子趕過來。

「我說哥們，你進步了啊。」他邊說話邊往嘴裡灌了一大口啤酒：「今天總算是沒遲到了。」

面對他的吐槽我沒有任何反駁的餘地，在我的記憶裡，這的確是我為數不多的沒有遲到的一次聚會。

按照慣例，在第一瓶酒喝下去之前，我們並沒有談任何工作有關的事情。在第二瓶開動之時，寧偉總算開口：「有個活，需要你去一趟西藏。」

見我準備說話，他伸手制止了我，示意我先聽他說下去：「我知道你不願意去外地，可這個項目報酬真的很豐厚，不僅對你個人，對我們社也算是一個大項目了。」

接著他說了一個數字，我有些驚訝：報酬的確有些誇張，是我平時收取費用的數倍。寧偉繼續說：「我知道你肯定會有疑惑，不過我可以給你保證，這個項目我已經做過背調沒有任何問題，不存在任何貓膩。之所以對方會給出這種數目的報價，完全是一個你我都想像不到的原因。」

我不禁有些好奇：「什麼原因？該不會是特意指定我來操作這個項目吧？」

寧偉用看怪物的眼光上下打量了下我：「我說何夕啊，你是不是早知道了什麼？」

「這怎麼可能。」我急忙否認：「該不會？被我說中了吧。」

寧偉一臉問號的看著我：「也不知道你這傢伙哪點被看上了，我們社這麼多出名的大記者，對方一個沒看中，偏偏要你這個半瓢水的兼職記者。」

這次震驚的表情換到了我臉上：「喂？你這傢伙該不會是認真的吧？」

寧偉吞了一口啤酒，點了點頭：「你看我像是騙你的麼？」

在此之前，我從寧偉這裡已經接了差不多十余個訪談，對於這個工作的理解也從一開始的一竅不通，慢慢開始有了一些自己的方法論。

對於被採訪者，我不會像很多記者一樣，事先會把準備好的問題丟給被訪者，讓對方先有個準備。

我一般會讓寧偉在項目確定時，至少給我提前留出一個月的時間。我會利用這段時間去瞭解被訪者，除了常規的查閱資料（一般能夠上寧偉所在出版社訪談的物件，網上的材料或多或少還是有不少的）以外，我還會在對方不知情的情況下去接觸對方，這個方法也被寧偉嘲笑過很多次，說我就是一個完全合格的娛樂圈狗仔。

嘲笑歸嘲笑，我卻從來沒有改變過自己的工作方式。人是一種多面性生物，在不同環境、不同場合、不同人面前都會有不同的面孔。雖然和所有生物本質上一樣，所有行為的出發點從根本上都是趨利避害，但人受到原生家庭、生活環境、人際關係的影響，導致每個人在處理問題時會出現不同的方式。從事這個兼職工作後，研究人已然變成我的興趣，我經常會偽裝成（基本上是通過寧偉出版社的關係）被訪談者的公司職工，或者競爭對手、談判對象，甚至是被訪談者本人的助理（因此有不少次被訪談者看到作為採訪者身份出現的我時，總會大吃一驚）。只有從不同角度去理解這個人物後，我才覺得這次訪談做了真正完備的準備工作。

也正是我這樣的工作方式，讓我作為一名兼職記者在業內也有了一些名氣。最後出來的訪談內容也幾乎都得到了客戶的認同。這也是我和寧偉能夠長期合作下去的原因。

不過儘管這樣，我的工作覆蓋面還是仍然屬於小眾範圍，報酬也基本上是按照出版社的報價來，就算偶爾有客戶特別滿意的情況，充其量也就是多包一個小紅包，更別說有特意指定的情況出現了。

「因為對方是個大客戶，採訪僅僅是這個項目的第一步，後面我們還會配合對方參與到一個大的文創項目中去，所以社裡很重視，直接推了社裡幾個最有名的記者。」寧偉說了幾個名字，這幾個人不僅僅是在業內出名，甚至在民眾中也有很不錯的人氣，出鏡率極高。

「對方拒絕了？」我有點詫異，憑這幾個名字的知名度，大部分的被採訪者都希望有機會能夠得到他們的採訪，他們的名氣甚至還可以變相提升被採訪者的知名度。畢竟接受採訪在媒體上播出，本就是一種個人品牌的宣傳策略，曝光多一些總是好的。

「嗯。」寧偉一臉複雜的表情看了我一眼：「而且在我面前直接拒絕的，最離譜的是甚至連名單都沒看，就直接丟到了一邊。」

對方把採訪名單放到一邊，直接問寧偉：「你們社裡有一名叫做何夕的記者對吧？」

寧偉有些吃驚：「對，何夕是我們社的一名兼職記者。」

對方沖甯偉笑了笑：「據我們所說，這名記者還是甯主編的大學本科同學。」

寧偉更吃驚了，向來都只有作為乙方的他們去研究甲方背景材料，在他十幾年的從業經歷中，從未遇到過甲方調查乙方的情況，而且還是這麼細節的資訊。

「那貴方的意思是？」寧偉不再多話，一般背調材料做得如此細緻的甲方，肯定是早就有了自己的想法。

「我們前期的採訪任務，我們想指定由何夕先生本人來完成。」對方緊接著又補了一句：「當然我們也充分考慮了這個提案的突然性，可能會影響何夕先生本人的既有工作，所以這次我們除了項目費用，另外也會給何夕先生個人一定的報酬。」

隨後對方說了一個讓寧偉吃驚的數字，反而讓他更加疑惑：「我會和何夕聯絡的，不過我還是想多問一句：『為什麼要找他呢？』」

對方搖了搖頭：「坦率說具體情況我也不清楚。總而言之應該是上層比較喜歡何夕記者的採訪風格。老闆本人也看過很多次他的報導，按照我的理解，這應該也算是一種個人偏好吧。」

「嗯，理解。」寧偉點了點頭：「我們以前也曾遇到過這種情況。」寧偉沒有說出口的是，以前遇到的這種情況，甲方欽定的都是幾個大記者之一，這種指定不知名記者的情況從未出現過。

「情況就是這樣。」寧偉喝完了最後一口酒：「你自己考慮下，距離採訪的時間還有兩個月，時間很充足。我來找你其實也是對方的意思，想要先聽聽你的想法。」

我想了一會回答道：「我也想聽聽你的建議。不用作為工作關係，而是純粹私人關係的角度給的建議。」

「你這小子。」寧偉嘿嘿笑了一下，已經明顯有了些許醉意：「早幫你打聽清楚了，這個項目對於你個人來說並沒有什麼可值得談得上稱之為風險的東西。按照我的經驗，這種情況一般是被採訪者的個人喜好，我有個朋友在對方公司，從內線消息看，純粹是被訪者喜歡你的風格，你是他指定的記者人選。」

雖然寧偉說著沒有什麼風險，我還是明顯表現出了猶豫。倒不是我懷疑寧偉的判斷力，我很明白天上沒有白掉的餡餅，這裡面必然是有一些貓膩，或者是錯綜複雜的利益鏈條存在，而正好這些利益鏈因為某種我並不知道的情況和我發生了聯繫，所以這種「好事」才會落到我的頭上。

為什麼會選中我

「那你先說下對方的情況嘛。」還是先瞭解瞭解情況再做判斷，一般來說自己拿不准的事情我都不會接。

甯偉自然明白我的想法，索性開門見山：「採訪物件是一個西藏剛選出來的活佛。」

「活佛？」我著實吃了一驚：說實話，我之前完全沒有接觸過這個領域。活佛這種存在也只是在電視紀錄片裡看到過幾次。對於佛教，我也只是初略讀過一些基本的卷宗，比如心經、壇經等，根本連入門都算不上，真不知道對方是怎麼看上我的。

「是的，活佛。」寧偉繼續說著：「活佛轉世的制度你瞭解過麼？」

「完全不瞭解。只知道這是藏傳佛教的一種選擇靈童的制度，」我笑著說：「平時看到比較多的，反而是那種網上經常出現的假活佛行騙的新聞。」

「我們的合作物件全部經過嚴格背調，絕不可能是那種假活佛。」甯偉白了我一眼：「活佛簡單來說，就是在現世證得高級果位的僧人。按照現有的活佛挑選制度，最後會依靠「金瓶掣簽」的儀式確定出下一任的活佛，而這位剛被選中的活佛，也就是你即將採訪對象倒是有些特別。」

「特別？特別在哪裡？」

寧偉盯著我，一字一句的說：「這位剛挑選出來的活佛今年已經二十二歲了。」

二十二歲？我吃了一驚。一般選擇靈童都是從幼年時期開始選的，小的甚至才1-2歲就已經被確定為轉世靈童，就算大一點的如倉央嘉措成為活佛的時候也才14歲。這樣看來，這位活佛必定是因為某些原因導致了自己在二十二歲的時候才被選中。

「看來你明白了。」寧偉繼續說著：「具體的原因我們這邊也並不知曉。不過這個對於你的訪談工作並沒有太大影響，只用把你自己的工作像平常一樣做好即可。不過，如果一定要說到影響的話，對方在確定你為訪談記者的同時，還提了一個條件。你需要答應這個條件才能做這個工作。」

「條件？」

「對。」寧偉笑了笑：「你不是有個自己的規矩嘛，任何採訪物件需要提前一個月通知你，你會利用這一個月時間去盡可能的調查採訪物件的背景材料。也有可能是我剛才所說的原因影響，對方明確告知本次採訪不需要你去做這樣的背調行動，一旦他們發現你或者有其他人在暗中做這樣的事情，那不僅僅是你的採訪，我們整個項目也會易主。」

我不禁有些愕然，不僅報酬前所未有，連附帶的條件也是聞所未聞。

「其實我倒是覺得沒有什麼。」寧偉見我神色有些不對，急忙補充道：「一來對方對你肯定沒動什麼壞心思，你這樣一個小人物肯定和他們扯不上任何關係。二來給的報酬也足夠，再加上最近你書店的業務也是淡季吧，弄點外快也沒什麼不好。」

「我如果接受這個工作的話，整個持續時間會有多長？」我實在不想出差太長時間，一來書店不能就這樣空著，二來琳子這邊我也想多陪陪。

「很快，」寧偉見我有答應的意思，心情似乎也好了起來：「估計你出差只需要不到一個星期的時間，你做完採訪就可以立刻回來，整理寫稿這些都可以回來再弄。」

「報酬採訪完就可以直接給。」他又補了一句。

我白了他一眼，寧偉立刻識趣的閉嘴，不再多話。

我之所以會答應寧偉接下這個項目，首先的確是因為報酬的原因，數額之大基本上可以保證我一年內衣食無憂，而另一個原因則是寧偉給的資訊引起了我極大的好奇心。作為一個哲學研究生，眾多的現存宗教我基本都有過一些研究，而在這些宗教中對於佛教是最感興趣的。一個是因為它基於無神論的整體邏輯框架讓我有天然認同感，另外它理論體系中的論證方式也和哲學方式（特別是蘇格拉底）雷同。當然，因為對方有言在先，我肯定不會像之前一樣提前做這位活佛的背調。很顯然，對方之所以給我留下兩個月的考慮時間，估計也是為了考驗我。一旦我在這兩個月內和以前的採訪對象一樣去做背調的話，毫無疑問會被發現，從而失去這次訪談的機會。

對於這位元活佛的背景情況我是很感興趣，但也沒有達到一定要去冒險的地步。人類保持好奇心的確是持續進步的本因，但好奇心過重也會帶來不好的後果：為了滿足自己很可能會侵犯到其他人，另外也會讓人在一定程度上喪失共情力，使好奇心變成純粹的欲望。在這一點上，我還是比較清醒的。

在得到我確定回復後，寧偉的動作很快，幾天時間就把合同文書等問題搞定了。而我也不用擔心無法陪琳子，她早在我動身日期之前一周出差去了。我也只是在電話裡給她簡單說了說項目的事情，琳子就對我說了一聲：「小心點。」就沒了下文。

當然這次工作的具體情況我並沒有告訴她，主要原因還是怕她擔心，反正項目時間也不長，一個星期就結束了。

簡單收拾了行裝，我便坐上了前往拉薩的飛機。臨行之前寧偉來送我，又再次囑咐了幾次，最後留下一句：「只要按照我說的做，你肯定沒問題。」

甯偉的囑咐其實也很簡單，讓我不要太有好奇心，按照一般流程完成採訪即可，如無必要千萬不要節外生枝。但他這些話卻起到了反效果，讓我反而想得更多。從北京飛到拉薩，整個航行時間是4個半小時，我的航班是晚上九點起飛，所以大部分旅客待飛機起飛後都直接開始睡覺，一覺醒來到淩晨差不多也就到了。我本也是這麼想的，起飛後就讓空姐給了一床毯子準備入睡，可在飛機上反復輾轉一個多小時後，我索性睜開了眼：根本睡不著。

每次項目出差，寧偉從不會來送我，他也不是這麼多事囉嗦的人。可這次項目他不僅來送了，還特意叮囑了我很多，的確算一反常態。而出現這種情況的可能只有一種：這個項目其實肯定有某些我不知道但寧偉知道的內情，而這種內情肯定關係到了本次我的工作，且不論對我而言是好是壞，至少這次寧偉的表現可以證明，從他的角度而言：我不知情是最好的。

從我自己的角度來看，也有幾個疑點我無法解釋：

1、為什麼會選中我甚至是必須是我，並且還給這種數額的報酬。

2、因為這次專案保密工作做得很好，我至今為止還不知道採訪對象的名字：唯一得到的資訊僅僅是上次甯偉喝酒時告訴我的。而且由於對方的要求，我在兩個月的時間內完全沒有做過任何調查工作，可以說，這是我第一次在對採訪物件一無所知的情況下開展工作。

自私的提問者

航班抵達拉薩已是第二天淩晨2點，天色早已徹底暗了下來，連月光都不多見，剛出安檢口便遠遠看到一個僧人朝我走來。他體格健壯比我高了半個頭，一張年輕人的臉龐，額頭飽滿，眉毛濃黑，單眼皮的眼睛裡眼神清澈。穿著一襲僧袍，右邊的手臂裸露，與我碰面之後先雙手作揖，我立刻也作揖回禮。

他沖我笑著問：「請問施主是何夕先生嗎？」

我吃了一驚：這個僧人並沒有事先見過我，為什麼一眼就能認出我？不過回念一想，我畢竟是對方指定的記者，拿到我的照片自然不是難事。

僧人接著說：「我是上師的弟子，您可以稱呼我為安和。」

「安和？」

「是的，」僧人笑著說：「這是我的俗家名。」

「那您剛才說到那位上師，就是我這次的採訪物件麼？」

「是的。」安和邊走邊說：「我先帶何先生去住宿的地方，明天早上就可開始工作。」

「明早就開始？」我不由地吃了一驚，雖然寧偉沒有告訴我確切的採訪時間，但按照一般流程，但到達目的地之後至少得有個一到兩天的準備時間。

安和點了點頭，並沒有回答我的問題。我也只能跟著他出了機場，坐上一部早已等待在此的吉普車，朝目的地而去。

車上安和一句話也沒有說，只是默默的拿出念珠默念經文，我也不太好意思打擾他。再加上飛機上完全沒睡，此時反而有些困意，於是便好好睡了一覺。

不知道睡了多久，等我醒來時已經到了一處學佛之地。我剛睜開眼就立刻被眼前的景象震撼了：只見滿天星光之下，有數千間閃著燭光的紅色木屋躺在山巒之間，圍著中心的寺廟形成一個碩大無比的圓環，車輛所到之處，都響徹著誦經的聲音。安和見我醒了過來，便笑著對我說道：「你看到的這一片房子，就是我們僧侶平日所住的地方。」

「有這麼多人？」我還是沒有從震驚中緩過來，這畢竟是我第一次來到這種佛教聖地。

「嗯。」安和點了點頭：「一般來說，這座神山常駐僧侶有接近三萬人。」

我也不再多言，隔著車窗欣賞外面的異域風景。這個世界上，或許有信仰的人，才是能夠得到幸福的人。無論是獲得證悟，脫離輪回之苦，還是去往天堂，宗教解決的首要問題就是生死觀問題，或許當你看淡了生死，明白未來必然到位的死亡並不是最終結局之後，對於此生的目的與意義會有更深刻的理解，這其實也正印證了海德格爾的「向死而生[03]」。宗教與哲學，總是有許多相似之處的。

吉普車繞著山腰行駛二十分鐘後，在一間黃色木屋前停了下來，安和示意目的地已到，我便同他一起下了車。

「我看了下，這裡大部分的木屋都是紅色的，這間黃色又是什麼意思的？」我跟在安和後面走著，好奇地指著一個房間問道。

安和並沒有回頭：「紅色的木屋是給喇嘛和拉姆們使用的，平時用水都是自己挑上山，黃色木屋留給前來拜佛的居士使用，有自來水供應。」

木屋雖然小，卻也算五臟俱全，有獨立的衛生間和熱水供應，分為會客室、臥室和洗手間三個功能間。會客室裡有木制沙發和兩個簡單的木椅，還有簡易的茶具；臥室裡躺著一張實木床以及簡易的木制衣櫃；洗手間提供一個簡陋的抽水馬桶，同時有熱水供應。

「簡陋是簡陋了點，」安和給我介紹完後說：「比不上山下的酒店，不過日常使用也已足夠了。」

我點點頭：「這樣已經很好了。酒店裡雖然看起來設施更加齊全，環境或許看起來也更光鮮，可我還是更喜歡這樣的地方。」

「這樣的地方？」

03　向死而生是指德國哲學家馬丁·海德格爾在其存在論名著《存在與時間》中提出的哲學理念。他在書中用理性的推理詳細的討論了死的概念，並最終對人如何面對無法避免的死亡給出了一個終極答案：生命意義上的倒計時法—「向死而生」。

「是的。城市裡光亮的高樓大廈背後可能就隱藏著破舊的社區，有垃圾，公廁、廢墟、乞討的流浪漢，蚊蟲飛舞，住在光鮮高檔社區裡的人生活充滿了不真實。」

安和好像突然對我有了些許興趣，徑直坐到了客廳的木沙發上對我發問：「你覺得什麼是真實？」

「從對於『真實』或『真相』的理解上來看，我是一個純粹的懷疑論者。」見他坐了下來，我也索性在對面的木椅上坐下：「坦率來說，我只相信我眼睛看到的東西，眼見為實雖然不一定正確，卻好過太多虛妄的假像與傳言。」

「這和你的經歷有關？」

「是的。決定每個人目前狀態的，只會來自于基因及經歷。基因決定了你天生的基本屬性，比如外貌、身高、性情，或者是得癌症的幾率。經歷特別是原生家庭和成長經驗決定了你是以何種方式在現實存在。」

安和搓搓手，起身燒了一壺開水：「何先生，那你可以對我講講你的經歷麼？」

我感覺有些奇怪，於是直接說道：「據我所說，你們在確定我作為這個訪談任務的記者人選之時，就已經很夠徹底的調查過我了吧？」

安和點點頭：「不錯，我們是對你做了很長時間的調查，你的履歷一直在我的案頭上。只是……」

他話鋒一轉：「經歷這種東西，如果不是從本人的口中說出，旁人是不會體驗到的。就算一個人再有共情力，估計也無法單單從文字或者圖片視頻中感受到情緒。畢竟在大多數狀況下，一個人連瞭解自己都做不到，更何況瞭解他人。」

「的確如此。」我想了想，索性還是坦率一些：「那就講講吧。如果我沒有理解錯的話，這也算是你們考核我是否有資格擔任這個工作的一部分。」

「何先生還是很敏銳的。」水燒開了，安和從旁取了一些白茶，放入鐵壺之中，繼續讓它保持在沸騰狀態：「其實今天一共有三個和你一樣的記者來到這裡，這次訪談我們很重視，所以需要找到最合適人選。」

「究竟是什麼原因，」自從接到這個任務後，我心裡一直以來就有這個疑問，趁著這個場合我還是決定說出來：「一個簡單的採訪，你們為什麼會如此重視？」

安和看了看我：「對你來說是很簡單的採訪，對我們而言則完全不同。有很多需要表達的東西，我們需要正確的人用正確的方式說出來。」

「可我並不是你們的表達工具。」我心裡有一些不舒服：「如果你們只是需要一個傳話的人，或者一個寫通稿的人，我可能不是你們要求的那種人選。」

茶已煮好，安和從鐵壺中緩緩將茶湯置入公道杯：「何先生，可能我並沒有表達清楚。我們需要的並不是一個被動的傳播者，這種人在現在社會中到處都是，也不需要耗費時間和財力去尋找。」

我並沒有回答，讓他繼續說下去。

「我們需要的是有自主意識的合作者。一般的記者採訪目的無非有兩種，其一是為了利益，做出的內容是迎合被採訪者或者媒體的要求。其二是為了所謂的公眾。」

「所謂的公眾？」我開始有了一些興趣。

「是的。」他將公道杯中的茶湯慢慢倒入我的茶杯之中：「也就是為了所謂的公眾而發聲。好像站在一個絕對的職業平衡點。」

「現在大部分公認的好記者不都是這樣的麼？」

安和搖了搖頭：「這種人大部分充滿傲慢，對世界沒有絲毫敬畏。他們認為自己站在真正的民眾這邊，說好聽點是理想主義，其實充其量不過是個人主義的變形。而最值得反思的是，這種人偏偏是最容易被利用的：由於過於自負，過於堅信自己的判斷，其實只不過是令人反胃的自大之徒而已。」

我喝了一口白茶，煮的剛剛好：「這就如柏拉圖所說：越是民主的國家，反而越容易產生貪腐。」

「沒錯，就像斯巴達。」

「對，就像斯巴達。」

「所以我們要的記者人選，當然不需要他是第一類人，也就是擅長迎合利益方關係的人。但是我們也並不需要第二類人。」

我有些奇怪：「那你們需要的是？」

安和笑了笑：「我們需要的是，完全站在個人，也就是採訪者本人立場的人選。他不需要考慮利益方，更不需要考慮所謂的公眾。只是完全站在他個人的角度，一個自私的提問者。」

「那你們是如何判斷我是這種『自私的提問者』？」

安和並沒有直接回答我的問題，他喝完了最後的茶站起身：「何先生，時間也不早了。聊得很愉快，你今天已經足夠勞累了，可以早點休息。」

我也跟著站了起來：「你不是要聽我的經歷嗎？我現在精力還可以。。」

他打斷了我的話：「這個等著明天再說吧。作為明天我們談話的開端如何？」

我有點詫異：「明天？明天不是要直接開始採訪了麼？」

安和走到了門前，回頭說到：「剛才在車上的時候我接到通知，採訪改到後天進行，所以明天我們還有時間可以好好聊一聊。」

我送到門前：「那好的，咱們明天見。」

他依舊保持著既有的微笑，走出門去。

「明天見。」

送走了安和，我回到了木屋，坐在木沙發上給自己點了一根煙。

「自私的提問者」，這是安和對我的定位。我在這之前從未想過自己的定位問題，無論從何種角度來看，我都只是一個記者行業的門外漢，從未接受過任何專業培訓，也沒有接受過所謂的行家教誨，我之所以進入這個行業，也僅僅是源於可以賺多一些錢這種現實原因。誠然，無論有多麼堂皇的理由，在沒有生死關頭必須要抉擇的時刻，人做大部分事情的第一源動力就是為了生存。安和所說的幾類人其實本質是一致的，都是為了生存而工作。或許也只是在呈現的過程與結果上所用方式不同，而這種不同在我看來，只是因個人的局限性所造成的。

不過話說回來，宗教之所以為宗教，除了自己需要宣傳的教義（核心內容）之外，最重要的事情莫過於宣傳。如何能夠更快更好地發展教眾，並且通過口碑傳播迅速裂變，這就是宗教之所以能夠長久存在的理由之一。現在很多宗教的行事作風已和買辦者差別不大，雖無可厚非，卻也不免讓人唏噓。我奇怪的是，對於宗教而言，安和口中所說的第一種人豈不才是完美符合宣傳需求的，他們為什麼會如此執著要尋找「自私的提問者」呢？

識自心眾生，見自心佛性

第二天我起得比較早，洗漱完畢就有小沙彌送來通知，讓我去食堂就餐，安和在那裡等我。

我出了門，雖然昨天夜裡已經見識過，但還是被眼前的一切震撼了。現在六點出頭，正是僧人們出門做功課的時間，只見在漫山遍野的紅色木屋之間，赤衣僧侶們來回穿梭著，少說也有一萬之眾。

隨著小沙彌來到食堂面前，安和早已在門口等我。

「你好，何先生。」依舊昨夜那副笑容：「昨晚休息得可好？」

「很不錯，說實在的好久沒休息這麼好了。」我說的是實話，自從母親過世之後我就有了失眠的毛病，據醫生說是比較嚴重的神經衰弱，稍微有一點風吹草動我就基本上無法入眠。也不知道是山上空氣好，還是此地冥冥之中真有加持力的緣故，安和走後我幾乎是倒頭便睡，一覺到天亮（雖然只睡了兩個小時，品質卻好得出奇），這已是多年沒有享受過的待遇了。

我和安和簡單吃過了早飯（稀飯饅頭加上兩小碟拌青菜和黃瓜），然後隨他簡單參觀了一下大殿，之後安和提議到木屋再聊一聊，於是我們又回到了我的小木屋。

待我們坐定之後，安和依舊煮了一壺白茶：「何先生，那我們繼續昨晚的話題？」

「好的。」因為睡得不錯，我心情很好：「那我先講講我自己吧。」

安和點了點頭：「好的，不過我有疑問的時候可能會隨時打斷你，沒問題吧？」

我笑了笑，於是便把我個人的情況說了一遍，包括童年的經歷，父母的過世，畢業後的工作情況，安和一邊聽一邊點頭。

「何先生，你怎麼看我昨天說的『自私的提問者』？你覺得自己是這樣一個人嗎？」

我並沒有正面回答他的問題：「『自私的提問者』這個提法其實很巧妙，在自媒體氾濫的現今，發聲的人實在太多，必然會出現魚龍混雜的局面。而傳統媒體式微，功利主義興起，也在某種程度上助長了這種局面的成長。某些時候或許世界的確會需要自私而不是群體的答案。但讓我不明白的是，為什麼你們會需要這種答案？」

「我如果沒有理解錯的話，其實你的問題應該是：為什麼作為宗教主體的我們會需要這種答案對吧？」

「是的。」

「你觀察得沒錯，作為宗教這一形式存在的我們，除修行外理論上最重要的工作就是利用各種手段行銷自己，發展會眾。可你或者是大部分人都忘記了，宗教還有另一項重要的使命。」

「使命？」

「對，我可以簡單舉個例子。何先生你是學哲學的，哲學之目的是詮釋終極意義，也即是提出詮釋絕對真理的假說，科學之目的是提出詮釋普遍必然性的假說，而宗教理論之目的則是提出終極關懷的假說。」

我略微想了想：「你說的很對，三者都是假說。」

「是的。而三者之間關於假說的論證方式有很大區別，哲學和科學可以算是邏輯證，宗教則不一樣，宗教特別對於佛教而言是修證才是唯一的方法論。」

「修證？」

「對，在修行中逐漸證明假說，這是佛教很大的特色。在我們看來，生命的意義不在於目的，它的意義只在於修行。人並非目的，人只是一段橋樑，通往彼岸的橋樑。」

「尼采[04]說過類似的話。」

「回到你剛才的問題，我們之所以需要這樣一個『自私的提問者』也是源於這個需要。表面上看不出來，其實佛教已經到了事關存亡的關鍵階段，我們需要自私而真誠的發問者。」

「事關存亡？」我有些疑惑：「可據我所知，佛教一直是世界三大宗教之一，現在仍然有接近五億的佛教徒，特別是在中國，有接近二点五億。」

「是的，你說得沒有錯。在這樣的資料下的確很難想像我剛才所說的危局。而我想說明的是，這其實只是浮在表面上的數字，實際情況卻並非如此。」

「表面數字？」

「是的，拋開其他宗教不說，目前佛教的大部分寺廟已經實際淪為各地方的旅遊資源，甚至是文創基地，廟宇的基本功能幾乎已經喪失。隨之而帶來的是偽教徒日益增多，甚至有一些所謂的佛教徒只是利用佛教這一特殊工具做人脈積累的道具。就像……」

我忍不住接了過去：「就像遍佈全國的MBA班，各種老闆學院。掛學習之名，行培養人脈的功能。」

04 弗裡德里希．威廉．尼采：德國哲學家，唯意志論繼承者，存在主義的演進過程中的重要人物。

安和笑了笑：「差不多就是這個樣子。其實我們看得很清楚，也很清醒。造成這種情況的根本原因還是時代因素，近幾十年來，中國嚴密封閉的熟人社會迅速瓦解，重建社會網路的心理需求，是各種宗教迅速傳播的最關鍵社會學因素。人類本質上還是一個社會屬性的生物，似乎沒有他人就沒辦法活下去。」

我點點頭：「這就是海德格爾的『沉淪』，每一個『此在』自出生之後就被拋入這個世界，在『常人』的影響下沉淪。」

「是的，其實佛教最重要且最需要解決的問題，是幫助每個個體解決自己的生存意義問題。我們期望每個人都有自己獨立思考與自省的能力，而非在群體之中『沉淪』。佛從不是外求而來，只有向內求，向自己的內心求。當這些個體真正明白了什麼是緣起性空，什麼是癡，TA 其實並不需要他人。不過很可惜的是，佛教想要達到的基本目的現在已經完全變質，大部分人『信仰』佛教只不過是為了祈求個人福佑。」

「比如求個好姻緣，求考試高中，求發財。」

「對，這些與佛學宗旨完全背道而馳。我們也在反思之前的宣傳策略，幾乎將佛學走向一個不可逆轉的結局，這樣下去最大的可能就是這個宗教的核心開始變質，成為某些人或者某些機構的利用工具。」

「嗯。畢竟佛教本質上說是一個無神論的教派。」

「你說到點子上了。」安和給了我一個贊許的目光：「無神論和有神論宗教在本質上是有極大區別的。有神論的核心在於可以塑造一個高於所有人存在的一個存在，這自然會起到所有人平等的一個即時效果，同時它為人類提供了一個化解矛盾，解決煩惱的一個方法論，即你所有問題都可以向這個至高無上的存在提問，這就相當於給人類提供了一個萬能的依靠者，幾乎可以解決你的所有問題。但也正是這樣的特性，會導致一個很明顯的問題。」

「什麼問題？」

「既然有一個至高無上之存在，但這個存在都是通過人類之口描述出來的，那必然會遭到一些居心叵測的人利用，利用神之口引發爭端，甚至是戰爭。」

「比如十字軍東征。這讓我想起了盧梭口中的『人類的宗教』與『公民的宗教』[05]。」

「有些類似。不過盧梭口中的這兩種形態都是典型的『有神論』宗教。」安和笑了笑：「無神論宗教就不會發生這樣的問題。但現在佛教有一種正在被引導到有神論的觀點上去的趨勢，目前這種趨勢已經很明顯了。」

「但是從佛學的觀點來看，不是講究無分別心嗎？」

「你說的沒有錯，眾生的本質都是趨利避害，趨樂避苦的。我們並不覺得有好壞對錯甚至是善惡

05 人類的宗教指沒有廟宇，沒有儀式，只有對神發自內心最真誠的崇拜和對道德履行的永久義務；公民的宗教則是指有明文要求的宗教，需要祭壇、需要廟宇、需要儀式。

之分，坦率來說，我們期望的只是有一個正確的管道去弘揚觀點，至於觀點的普及只能從觀點自身的內容出發，而非行銷的手段。」

我點點頭：「你說這個我理解，就像現在世面上的產品銷售策略一樣，一般來說只有兩種手段，一種靠產品本身說話，一種靠管道說話。」

「是的。真正的好產品或者內容其實並不需要營造出來的管道。所以，你現在明白為什麼我們需要尋找這樣一個人選了麼？」

我想了想回答道：「也就是說，你們之所以會尋找『自私的提問者』，只是希望這個提問者本人能夠把本質的觀點輸出，不需要添加任何色彩，只需要站在提問者本人的角度，以私人的方法論做基礎闡述觀點，無論這個觀點對你們是有益還是有害。」

「對，其實你所說的『有益』或者『有害』對我們來說並不重要，你明白嗎？」

「嗯，有益或者有害只是一個片面的說法，只要觀點如實表達，其實評判在於觀看者。你們也只會讓適合的人留下。對吧？」

「是的。」

「但是恕我直言，這其實對於提問者來說的要求很高，同時，你們會如何保證這個提問者不會受到其他因素的影響呢？可能最直接的影響就來自於利益本身。」

「問得好。這也就是我們為什麼需要大費周折的來挑選人選，也是為什麼我們會有這一次談話的原因。」

我陷入了沉默，的確是需要一些時間來消化剛才的對話。

安和並沒有打擾我，他仍然坐在木沙發上自斟自飲，彷彿當我不存在。他的確不同於我之前見過的任何僧侶，如果他沒有身穿僧衣，我是決計不會認出他的身份：雖然年輕，卻彷彿一個入世極深的修行者，見解犀利，能直擊問題的要害，同時也不乏僧人的和平、寬容，確是人如其名。但即使如此，我還是隱隱感到，這中間肯定還有些不為人知且我並不知情的問題，在慢慢引導我走向最終的目的地。這讓我想到了尼采的名句：「當你凝視深淵的時候，深淵也在凝視著你。」這讓我感到隱隱的不安，而又找不到任何線索，這讓我陷入到一種難以言喻的尷尬之中。

過了許久，我才打破了沉默：「安和，我有個問題想請教一下。」

安和正拿出隨手攜帶的香抽，抽出一支點上，芳香的白煙升起：「這種香是我們僧人自己所做的香，用沉香、松樹皮、白檀香、廣藿香等二十多種天然材料磨製成粉末，可去障淨晦。」

隨後他抬起頭，平靜的沖我笑了笑：「你問吧。」

「我想聽你說說你的事情，比如經歷之類。」不知道是否是職業慣性，我突然有一種想採訪下安和的衝動。也可能是想多瞭解下僧人的生活，這其中並沒有任何利益關係的驅動，冥冥之中我覺得這應該會對我有所助益。只是對於我個人的助益。

「我出生在這附近的村裡，家裡很貧困，和你一樣父親去世得很早。」安和並未看向我，只是看著眼前的白煙，眼神平靜祥和，彷彿在敘述一件與他無關的事情：「小時候突發一場疾病差點死掉，母親沒有錢為我醫治，只能找到這裡的僧人尋求幫助，是寺院裡的大和尚救了我。那一次我在寺裡足足呆了三個月才把病養好。」

「經過那次事情後，大和尚對我母親說我很有慧根，如果可以可讓我繼續留在寺裡修行。母親雖然很不捨得我，但家裡還有三個小孩等待撫養，她實在無法承受這樣的負擔，只能隨了和尚的提議，於是我從此就留在了廟中。不過雖然我一直在廟裡生活，日常也跟著大和尚學經念佛，但一直沒有出家。一直到我二十歲的時候，才正式受戒成為比丘。」

「從小就在寺廟長大，你不會對這樣的生活覺得枯燥麼？沒有對外面的世界感到好奇？」

「並不會，作為人的生活無論在哪裡，其實都是一樣的。相反這裡的生活會顯得更為清淨，沒有太多的外部刺激，也就不會滋生無謂而多餘的欲望。」

聽著他的話，我想起了今天在外面看到的來自附近村落的拜佛者，他們身上的衣物異常簡樸，是那種一眼就可以看出的貧窮，而從他們的眼神中卻看不到一絲雜質，眼神堅定而虔誠。這讓我想到了琳子，之所以我被她吸引，或許也是被她清淨的眼神所吸引。

安和繼續說：「環境的業力給人帶來的影響是巨大的。在城市裡成長起來的孩子，會很難在成人之後認識到欲望的可憎。只有極少數的人會勉力保持清醒的狀態。」

他淡淡地看著我，遞給我一杯茶，似乎話裡有話。我並未在意，繼續問道：「可人總有一天會脫離自己的原生環境，他的理解力會隨著自我認知的增強而發生改變。」

「是的。這就是我們所說的緣起。人在離開自己的原生環境後，就算他可以竭力擺脫童年的影響，但這並非意味著他就可以脫離現實的存在。」

「現實的存在？」

「是的。成人之後每個人都只會在他固定的生活圈內養成習性，這個生活圈不僅指親戚朋友家人，還泛指你的各種圈子，比如文化圈、科技圈、電影圈、手辦圈或者生活圈，你的思想和行為會被這些圈內的人影響，從而趨同化。我讀過一本叫做《烏合之眾》的講社會心理學的書，寫得很好，它所描述的是大眾心理，也就是人群中的極大者。」

「我記得裡面有一句：我們始終有一種錯覺，以為我們的感情源自於我們自己的內心。」

「說的很對，其實大部分情況，我們所採取的行為雖然是由我們的內心發出指令，但並不由它來直接確定。這種心理在小眾圈內也同樣適用，比如你看某個文化圈的人的朋友圈、公開表達的意見風格與話術都是趨同的。他們擁有趨同的價值觀、世界觀與倫理觀。這是一種很可怕的現象，就如同一個天天講需要獨立思考能力的人，卻往往喪失了對於獨立思考的思考。獨立思考最大的意義在於自省，很多東西我們需要內尋而非外求。」

「內尋？」

他並沒有接我的話，繼續說著：「嚴格意義上來說，宗教也是有宗教圈的，你看我們這裡有三萬餘人，也算是一個小圈，是一個有幾萬人的學習圈。而我們所說的成佛之人則是在某種意義上真正「出圈」的人，要通過個體角度對於其他人與物進行深刻觀察與思考，才能得到真正有意義的結論。而現在遺留下的經書與經典，都是歷代高僧留下的思考結果，這就如同哲學的學習一般，你可以從哲學著作裡發現的不僅僅是理論結果，更重要的是發現一種方法論，一種思維方式的方法論。最終你需要得出的是屬於自己的方法論，也就是我們所說的自成佛。」

我點點頭表示同意：「你說得很對，哲學從某種意義上可以詮釋為哲學史。一般從頭開始學哲學的人都是先讀哲學史，學完之後才會從裡面挑選幾個自己感興趣的哲學家做研究，特別是哲學家獨有的研究方法。比如現象學的方法論，就直接啟發了存在主義，結構主義甚至是佛洛依德心理學等一大批近代的學說。」

「沒錯，是這個道理。」

「對於佛教，我一直有個疑問。在目前的社會條件下，我們關於佛教看到的直觀印象更多是求神拜佛，甚至為了求頭道香不惜花費高價購買，也會高價尋找高僧為一件普通飾品開光，這些現象對於你來說算是什麼？」

安和略一沉吟，回答道：「其實我剛才已經講過，這些行為其實都算是危機的跡象之一。不過對我個人來說，這些現象並沒有不可理解之處。一方面是修行者，或者我們可以稱他們為偽修行者，無法突破自己的我執，雖然每天打坐讀經，卻始終無法突破五蘊之苦 ，看不清一切為空，他們需要更多的精進，如果他們仍有期望的話。另一方面是普通的非修行者，期望通過某些儀式來滿足自己的欲望，這本是人之常情，錯誤的是作為佛學傳播者的我們，我們無法控制時代發展的業力，社會拜金主義日益盛行，利益至上為唯一之信仰，這是一股巨大的緣起。在時代演進的過程中，在每個時代我們不免都會經歷某一些這樣的階段。」

「這裡我多講幾句，只有在這個時代，金錢才可以成為所有煩惱的源頭。」安和接著說：「原因是金錢首先成為了可能性的必要條件，儘管這種可能性並不意味著結果。但精明的人已經發現結果並不可控，可控的只有概率。因此結果被忽略也是符合理性的。盧梭曾經說過：『窮人毀于貪婪，富人毀於佔有欲。最後都被輿論所奴役。』在這個時代，無論是貪婪、佔有欲，還是輿論，它們擁有的可能性都與金錢直接相關。所以，這或許才是金錢能夠成為時代「版本答案」的真正原因。而也正因為此，胡塞爾所說的『我們切不可為了時代而放棄永恆。』才顯得更加可貴。」

好一個清醒的修行者！我繼續問道：「那你的意思就是放任不管了麼？」

「那要看你對於『管』這個字的定義是什麼了。人的力量始終有限，大乘是帶著救世的偉大宏願，可事情還得一步一步來。其實我們從歷史的觀點來看，無論是宗教也好，哲學也罷，總是會被時代所引導，同時發展出符合當前時代的新的學說，這正是我們目前需要做的。真理對於我們來說，並非易見，大部分的時候我們只能管中窺豹。」

「我一直有一個觀點：真理其實並不存在。只有相對真理偶爾出現在世間。人類想要擁有絕對真理是一種絕對自大的想法。」

「我並不想反駁你的想法。」

我並不想輕易放過他：「但是對於佛教來說，是擁有絕對真理的吧？」

「這裡其實有一個理解的誤區。」安和笑了笑：「在佛學理論中，並沒有絕對抑或相對。」

「你的意思是？」

「佛學講究緣起性空，緣起比較類似哲學裡的因果律，空則是指五蘊[06]皆空。至少從人這個角度來看，眼耳鼻舌身意對應色聲香味觸法，一切人可感知到的世界都是混亂無序的，時刻在發生變化。只有超越人自身，從更為高維的維度才能更好的理解這個世界。外部世界是我們無法掌控並且無法認識的，我們唯一可發掘的只有自身。」

「這就是你之前說的『向內尋』？」

「沒錯，即是『識自心眾生，見自心佛性』。這是我的求佛之道。」

識自心眾生，見自心佛性。我一下陷入了沉思。

06　五蘊分別是色蘊、受蘊、想蘊、行蘊、識蘊。佛教認為世間一切有情都是由五蘊和合而成，人的身體也是由五蘊和合而成的。

信息量有點大，我一時之間沒有辦法繼續發問。安和見狀，便提出建議說出去逛一逛，回來之後繼續。於是我們便走出房門，回到眾生之中。

有所謂的「眾生」這種存在嗎？

半小時後，我們回到了木屋，對話繼續。

在剛才的散步中，我心中已暗暗決定把與安和的對話做成一次採訪，於是開口問道：「你的一天一般怎樣度過？」

「其實我們生活很簡單，如你所見：每天早起做早課，除了吃飯睡覺的時間外，基本上都是在禪修和學習，或者幫附近牧民做做法事，在廟裡打掃衛生，這些都是讓自己精進的方法。有些時候我們會有外出任務，那就會根據具體工作來安排作息了。我自己也有手機，每天會花部分時間在手機上流覽新聞，在微信上回復消息，同時我們定期也會邀請人來做一些關於互聯網應用方面的講座，不能讓自己完全處於『出世』狀態，這樣會對修行有所懈怠。」

「什麼樣的經歷造就了今天的你——比如你的經歷、信仰、觀念與個性？」

「嚴格來說，並非是經歷造就了現在的我，真正起作用的是緣起。」

「沒有基因的原因？」

「基因正是緣起的證明之一。」

「你經常閱讀什麼？」

「讀得最多的肯定還是經書，經典是永遠讀不完的。偶爾也會讀一下哲學書和小說，比較喜歡加繆[07]。」

「為什麼是加繆？」

「因為他比較純粹，並且有勇氣。書並不能亂讀，需要自己有分辨能力。」

「什麼樣的問題或者理念對於你最重要？」

「對於佛法的修行與驗證。這對於我來說是最重要的事情。」

「你經常會接觸什麼樣的人？」

「絕大部分是周圍的喇嘛和拉姆，不過我在下山時會儘量多一些與各式各樣的人接觸，這可以幫助我更好的理解分別心，有助於我的修行。」

「對於目前時代年輕人的生活，我這裡說的是他們具體面臨的一些生活問題，你有什麼看法？」

「在我的想法中，並沒有年輕人抑或中年老年的區別。人類都處在一場巨大而反復的緣起之中，大家面臨的問題其實都是相同的，受貪嗔癡的影響讓人產生了『我永遠不會幸福』抑或『我現在很幸福』的幻覺，這也正是每個人都需要修行的原因，欲望是永恆且無法被填滿的。如果你擁有足夠的洞察力，

07 阿爾貝．加繆。法國作家、哲學家，「荒誕哲學」的代表人物。

便會發現人無時無刻都存在於矛盾之中，比如你做了一件世俗意義上的好事：攙扶一位長者過馬路。這個時候你或許會問自己：這種行為到底是利他還是利己，也或許你自己意識不到，但你的潛意識已經幫你做出了判斷。所以我們才說，無論是哪一種欲望，本質上都為『空』。」

「就你現在的角色而言，你希望得到人的崇拜嗎？」

「崇拜？」

「是的。」

「就我現在的角色，的確會存在一些這種現象，有很多慕名而來的人到此地找到我尋求幫助，有些人希望能幫助他解惑一些問題，有些人希望皈依，有些人希望出家。在接觸過程中的確有你所說的崇拜現象出現，但如我之前所說，這是宗教給予我的光環，從個人角度我無法控制，但這同時也是我希望幫助他們解決的問題：你可以對一個人產生欣賞，但盲目崇拜是不可取的，你崇拜的物件只不過是個人的幻覺。」

我深吸一口氣：「我還有最後三個問題，坦率來說這也是一直以為困擾我的三個問題，希望你能夠給我解答。」

「請問。」

「對於你來說，他人是什麼？」

「從廣義上來講，他人對於我來說並不重要，因為都是『空』。狹義上來說，他人對我而言只是『客體』，我需要做的是儘量不被『客體』所影響，完成我該完成的事情。但你要明白，佛學是沒有主客體之分的。」

「第二個問題：對於你來說，世界是什麼？」

「在我回答這個問題之前，我想聽聽你的想法。」

我吃了一驚，這是他第一次反問我。我想了想回答道：「如果從我的角度來看，也即是從主體角度來說，由於客體的存在本質，整個世界也即是社會邏輯體系自然圍繞一個核心價值在流轉，這個核心價值的體現即經濟活動。可以這樣說，社會活動的構成即是經濟活動的總和。瞭解商品流通以及其帶來的貨幣流通趨勢，我們也就瞭解了社會運轉的基本邏輯。從實用性的角度來說，增強關於經濟活動的理解，可以有效增加個體的社會可利用價值。」

安和點了點頭：「嗯，你這是從哲學角度考慮的問題。」

他緊接著回答：「對於我來說，世俗意義上的世界並不存在。」

「並不存在？」

「對。各種緣起是廣闊而混亂的，只可以從更高的維度去識別它。從人的角度來看，你能夠理解的只有『空』。我們可觀察到的世界本身就是極其不完整的，從眼耳鼻舌身意到色身香味觸法[08]，也只有最後的『意』與『法』可以幫助我們更好的理解世界。」

安和喝了一口茶，淡淡得說：「我曾經聽過一個故事，可以講給你聽。」

08 佛教中的「六識」，眼耳鼻舌身意與色身香味觸法一一對應。

「請講。」

「曾經有一個日本的和尚來到西藏，拜訪一位在洞穴裡生活的七十多歲的老人，老人只不過問了他一個問題，就讓他即刻開悟。」

「什麼問題？」

「他的問題是：『天底下，有所謂的『眾生』這種存在嗎？』」

安和接著說：「六祖慧能曾經說過：『不悟即佛是眾生，一念悟時，眾生是佛。』這是我對於這個問題的理解。」

「最後一個問題，你是誰？」

「我即是佛。」

我笑了起來：「本來我還想補充一個問題，不過我現在想了想也沒必要了。」

安和也笑了起來：「說來聽聽。」

「我本來想問你，在哲學史上曾經有個人[09]大聲呼喊『上帝死了』，那你是否會覺得以後也會有一個人大聲呼喊：『佛死了』。」

「不過現在這個肯定不是問題了吧？」

「對，這不是問題了。」

09 指尼采

問完問題，我心滿意足的站了起來，起身準備再燒一壺開水。和安和聊天是一種極其愉快的體驗，彼此都不用遮遮掩掩，這是我有生以來第一次和僧人做長時間的對話，而結果讓我很滿意：我其實一直期望能夠和信仰佛學的人做這樣的交流。

「感覺怎麼樣？」安和拿出念珠，在手上開始盤了起來：「我也很久沒有和俗家人聊這麼長時間了。」

「很好，收穫很大。」我笑著回答，同時按下了電水壺的燒水鍵。還好這間居士木屋有電水壺，剛才散步的時候我發現喇嘛們都在屋子裡用鐵爐燒水，非常不方便，或許這也是修行的一種吧。

安和看了看我，站了起來：「何先生，今天我們已經聊了許多，若你喜歡這裡可以多呆幾天，訪談的稿件我們並不著急，一個月內出來就可以。」

「什麼？」我有點吃驚：「可我的採訪工作還未開始，明天不是才正式開始採訪麼？」

安和笑眯眯的看著我，並不說話。

「你是？」我一下子明白了過來：「原來這次你才是我這次的訪談物件，就是那位元22歲的活佛？」

「是的。很抱歉沒有一開始就告訴你。」安和罕見得露出一絲調皮的表情：「其實來到這裡的記者一開始就只有你一個人而已。只是我不太喜歡平常的訪談方式，我更喜歡在偶然中出現的對話。至於我成為活佛的年紀，剛才在談話中已經講過了，我20歲之時才成為比丘，所以也並不奇怪。」

事已至此，我也不太好說什麼，只能尷尬的回應：「這恐怕是我有史以來最特殊的一次訪談了。」

「我很欣賞何先生之前的採訪手法，事先準備好問題並且先將問題告知被採訪者的訪談方法是很劣質的方法。這樣的訪談並不會出現什麼實質性的答案。只不過我在何先生方法的基礎上稍作了一些改良。」安和仍是笑眯眯得看著我：「這樣或許更好。」

「那其實一開始你就在刻意引導我？」雖然不好說什麼，但這種被人牽著鼻子走的處境，讓我的確有一些不舒服。

「這倒是沒有。」安和正色道：「從一開始我就並未抱有『引導』你的這種想法，確切來說，我希望能夠和你相處足夠多的時間，這樣你會對我有足夠多的瞭解，或許這樣比正式的對話形式要好很多。」

「不過讓我沒想到的是，」安和繼續說著：「我們僅僅接觸了一天，就基本上達到了我想要的目的，我覺得已經把我想要表達的都已經表達了，相信何先生你也基本上都接收到了。」

「對了。」安和從自己隨身攜帶的布包裡取出一個東西遞給了我：「我們在此相識也是緣起的一部分，這裡有個小禮物送給你。」

我接過一看，是一個用布包包起來的匣子，打開一看是一枚度母翡翠。翡翠的背面雕刻著幾個小字。

「自佛不歸，無所依存。」我不自覺的讀了出來。

「對。這也正是我想對你所說的話。」安和看著翡翠：「這物件其實並不屬於我，是廟中的一位居士所贈。在你上山之前，他特意交代要把這個物件給你。」

「居士？」我有些困惑，我之前並沒有認識過學佛的人。

「是的。是我們這裡一位修行很深的居士。」安和意識到了我的困惑：「你不必為此感到疑惑，有些東西可能天生就屬於你。這也是緣起的結果之一。或許以後在你遇到困境之時，它可以幫助你渡過難關。」

「這位居士的名諱是？」

安和說了一個名字，我再次仔細回憶了一下，確認和這個名字之前並無交集。看安和也並沒有想繼續這個話題的意思，我也沒好意思繼續問下去了。

三天后我回到北京，整理材料用了一周時間完成了訪談稿，寧偉告訴我對方很滿意，可能以後還有機會合作。我自己也很高興，一來這次工作報酬頗豐，二來我的確很欣賞安和這個我的工作物件，如果能再次產生合作自然是再好不過。

至於那枚度母翡翠，我則在當年的結婚紀念日作為禮物送給了琳子。

如果這枚翡翠果如安和所說，能保平安，我希望它能好好保護琳子。這個我此生最愛的女人。

秘密

在過去的時間裡
他學會了生活
卻忘記了如何與人生活

第四章

該我自己站出來了

琳子失蹤後，我準備從度母翡翠身上尋找線索。除了查閱資料外，還拿著它走遍了北京所有古玩市場，也找了身旁一些搞玉石的朋友諮詢，得到的答案卻讓我嚇了一跳。

這塊度母翡翠在翡翠中屬於極其罕見的龍石種。據說從上世紀頭十年開始，龍石種的翡翠已經開始漸漸滅絕，日常難得一見，而且這塊翡翠上沒有棉紋與雜質，光澤度也非常好，就算是在龍石種當中也算是上品。我的專家朋友幫我初步預估了下價格，按照時下的行情，就這一小枚翡翠，如果拿到拍賣會上或許能拍到上百萬的高價。

我自然是不會賣掉它，不過為何當年這位居士會無緣無故贈送如此罕見的翡翠於我，的確也是實實在在讓我苦惱的問題。我曾打電話到佛山上詢問，可再也找不到安和和尚的去處。

這塊度母翡翠的來歷似乎就成了一個謎。

這天，我正在家裡繼續查閱有關度母翡翠的資訊，用了一上午仍然是找不到任何有價值的資訊，正一籌莫展的時候，突然有人從身後拍了拍我。

我被嚇了一跳，回頭一看，原來是16號。她拎著一個碩大的行李箱站在我身後，盯著我並沒有說話。

「你這是？」自從上次在閣樓上見到16號之後，她又消失了幾天，我忙著找翡翠的線索也沒顧得上管她，這次看樣子估計是真的要住回來了。

「琳子這幾天不在，我過來陪陪你。」她一邊說一邊自顧自的嘗試把箱子拖上樓梯。

「樓上房間我已經給你空出來了，你只管住就好。」16號這種時而消失時而出現的狀態我早已習以為常，只要她不在的時候琳子總會把房間打掃乾淨。

「她早晚會再來。」這是琳子的觀點。而事實上她說得很對，16號每次消失幾天後都會自動出現，我也不會問她去哪兒了，這個年紀的女孩總有些自己的事情不想讓家人知道，更何況我們目前不過只是房東與租客的關係。

「唉？我說何夕，你都不過來幫幫我？」我回頭一看，只見那個碩大的行李箱正橫在樓梯的中央，和階梯成四十五度角，16號從後面托著似乎很吃力的樣子，我趕緊放下電腦去幫她。

好不容易把箱子抬上三樓，我氣喘吁吁的抱怨著：「你一個小姑娘，這裡面是裝了多少東西啊，死沉死沉的。」

「這你就別管了。」16號笑嘻嘻的看著我，看得出來今天心情很好。她直接坐到了行李箱上，抬頭沖著我說：「說吧！」

「說吧？說什麼？」我有些摸不清楚這丫頭到底想做什麼。

她死死地盯著我：「告訴我，琳子到底去哪兒了？」

琳子出事的事情我並沒有告訴16號，一來雖然琳子已經被官方認定為失蹤並初步判斷已經死亡，二來16號本來就是一個小姑娘，雖然和琳子關係很好，但說實在話我實在是不想把一個16、7歲的小女孩捲進這個事情來。

「說吧，琳子到底發生什麼事了？」16號見我有點恍惚，又大聲問了一遍。

「琳子，琳子沒出什麼事啊。」突然之間被這樣質問，我竟然有些許慌亂：「她就是出差去了啊，你也知道她的工作一向很忙。」

「你說謊。」

「什麼？」

「我說你說謊！」還是死死盯著我：「何老闆，你可真是一點都不擅長騙人，一眼就可以看出來。」

天知道是不是所有女人都天生擁有這樣的直覺，在16號的目光注視下，我竟然有了一種無處遁形的感覺。

就在這樣的情形下，我湧起了一個奇怪的想法：說不定這個事情讓16號和我一起找線索，會讓我更加接近真相。她的直覺總是出奇準確，再加上她和琳子之間的關係，或許可以給我一些不同角度去考慮問題。

「那，」我遲疑著說：「我給你說一些事情，你可不能往外傳。」

「放心。」16號從一開始的興奮轉向了憂慮：「琳子，真的出事了？」

我沉重得點點頭。

隨後一個多小時的時間裡，我把琳子的事情完完整整給16號說了一遍，在訴說過程中，我並沒有任何內疚感（我一開始覺得這件事情告訴16號會給她增加一些莫名的負擔），反倒是越說越暢快。或許我骨子裡就一直很想找個人好好傾述一番，畢竟這段時間以來，這件事情就如同一個重擔壓在我頭上，已經讓我有些喘不過氣來了。

「嗯，你把翡翠給我看看？」

我下樓把度母翡翠拿給了她，看著16號仔細看著翡翠的樣子，我不僅感慨：這小姑娘聽完這個離奇的故事竟然沒有絲毫驚訝，我作為當事人在山上的時候都還消化了很久，她就像沒事一樣。是該說她是心大呢還是天生老成？

「我說啊。」她看完把翡翠遞還給了我：「這上面完全看不出來什麼線索啊。」

這我當然知道，這塊翡翠我已經仔仔細細得把玩了好幾天，要是她就這幾分鐘就看出端倪，我是真得要扇自己幾個耳光。

16號仔細想了想，說道：「從你所說的事情上來看，我覺得你想得沒錯，琳子應該還在這個世界某個地方。」

不知道為什麼，聽到她這麼說，我的眼淚竟然差點奪眶而出。倒不是我太多愁善感，而是我實在是需要有這麼一個人來肯定我的想法，這麼多天過去了，除了喬木認為琳子仍然在世外，我遇到的所有人都無一例外認為我想多了（雖然他們都沒有明說，但那種憐憫的眼神是肉眼可見的）。這幾天我雖然沒有什麼突破性的線索，但我感覺自己的確越來越接近真相，雖然說出來挺不好意思，但現在的我實在是需要一個人的肯定。

「我認為琳子還活著，」16號完全沒有管我的情緒（她甚至都沒看我一眼）：「有一個決定性的證據。」

「那是什麼？」

「就你給我的這塊翡翠啊。」她一臉不可置信的表情看著我：「你該不會覺得這塊翡翠是機緣巧合之下才出現在你面前的吧？」

她並沒有等待我的回答，繼續說著：「琳子不會做一些多餘的事。如果她確定自己要完成某件事，又不想讓任何一個人知道，她決計不會留下一個翡翠在那棟木屋之中。」

「而這件翡翠也不是普通的翡翠，這是你送給她的禮物。那情況已經非常明顯了，她之所以留下你們之間的這個信物，是特意為你留下的線索。她希望你能夠找到她。」

我聽得目瞪口呆。

不得不承認，我雖然找到了翡翠，但是卻一直不敢相信這是琳子刻意為了我而留下的線索。按照現在時興的說法，我一直是屬於很「佛系」的人，因為父母早逝，在這個世界上我早已沒有了牽掛，就算遇上自己所愛之人，我也是那個極度慢熱的人。按照琳子的說法，我不是喪失了安全感，我是對於自己太有安全感了。

我是一個不知道自己優點的人。

無論是面對所謂的事業成功者，還是街邊乞討的流浪者，又或者比我年輕一輪以上的年輕人，我都絲毫察覺不到自己有什麼地方能強過對方。

這並不意味著自卑。恰恰相反，我也未曾覺得對方有能強過我的地方。

這種情緒只存在於和他人的對比上，並非覺得他人一定比我強，實在是覺得自己沒有什麼地方可以談得上優點。

「在你的世界裡，所有人都是一樣的。」琳子曾這樣對我說過：「並沒有強弱好壞之分。我就是喜歡你這一點。」

我是否如琳子所說，這一點還有待確認。

而對於琳子為什麼會因為這一點而喜歡上我，我也是毫無頭緒。

或許也正因為如此，我對於琳子給我留下線索這件事情毫無把握，或者更直白的說，我對於琳子而言，是否是這世上最不可或缺之人，這一點上我是毫無信心的。或許也只有16號這種與我們一起生活過的人，才能看得透。她足夠敏感，也足夠耐心。

「何夕？」等我緩過神來，才發現16號正湊到我面前盯著我看。

「你怎麼了？傻掉了？」她一臉認真的端詳著我：「不至於吧，琳子才離開這幾天你就這樣了，真是個可憐的大伯。」

我哭笑不得，自從我認識16號以來，在她口中關於我的稱呼就一直在變：大部分直呼其名，根據出現次數的排序依次為：何夕、老闆、何老闆、老何、那誰、大叔，現在又多了一個：大伯。

「喂！真的傻掉了？」16號再次詢問：「怎麼一直呆呆的？」

「你這個小姑娘，」我伸出手重重拍了拍她的頭：「我只是在想事情。」

她正欲反擊，我緊接著又說：「你說得很對，我一直沒有想過這個可能。」

「坦率的講，在聽到你說之前，我一直對於自己沒有信心。」

「沒有信心？」她反擊的衝動被好奇心擊倒。

「是的。可能在我心裡，我一直不敢相信琳子會留線索給我這個事實。」

「你可真是……」16號搖了搖頭：「你和琳子結婚也這麼久了，就真的不瞭解她嗎？」

我竟然無言以對。她說得對，對於琳子我真是一點好奇心都沒有。她家裡的情況，她的工作，包括她的朋友，我幾乎都是一無所知。

從某種意義上來講，我的確不配做琳子的丈夫。過早失去了家庭，導致我對於家庭的概念也越來越模糊，我一直認為只要好好對琳子就已經盡到了作為丈夫的責任，於是只要琳子不說，我便從來不會干涉她的工作，也不會主動問詢她家裡的情況，每年春節之時我們似乎也達成了一種默契，從不提家裡的事情，就在北京兩個人一起過節。

我一直覺得這正是兩個人在一起最美好的狀態。而直到現在我才明白：我用了一種巧妙的藉口來逃避自己作為丈夫應當承擔的責任。如果我和琳子家裡人有過溝通的話，至少這個時候我可以和他們聯繫上，告知他們這個消息。可以想像的是，琳子為了照顧我的感受，付出了多大的心血。

這個時候，該我自己站出來了。

你才是她最珍視的人

「自然作為在世界之內照面的某些特定存在著的諸存在結構在範疇上的總和，絕不能使世界之為世界得到理解。」

我抬頭一看，16號正拿著一本海德格爾的《存在與時間》像模像樣的讀著。

「你這些書，真是……」16號一臉的生無可戀：「完全讀不明白啊。」

「我說何夕，你真是會定期當機啊？」16號緊接著質問我：「現在情況已經很明顯了，你下一步準備怎麼辦？」

「還能怎麼辦？」我一臉的無奈：「只能先從翡翠的線索入手。」

「那我來幫你。」

「你？你怎麼幫我？」

「這個你不用管了，我們一起好好找線索，再怎麼都比你一個人努力要好。」16號一臉平靜的看著我。

「你不上學？」

16號搖了搖頭：「實話告訴你，我已經從那個中學退學了。」

「你不上學了？那怎麼可以？」我一下子有些著急：「你父母那邊怎麼交代？」

16號還是那副木魚臉：「我又不用靠學歷，家裡的錢已經足夠我花幾輩子了。」

16號的家庭環境我之前也暗暗猜測過，從她平日裡的著裝也幾乎能看出個大概，第一次見面的時候她就穿著一身巴黎世家的限量版套裝，直接坐在我書店的地板上趴著看書，對身上的奢侈品絲毫沒有任何愛惜。

「何夕，你不用管我的事情。」16號繼續說著：「我只是想幫幫你，也幫幫琳子。」

我便不再多言，對於女人（不管她年紀多大），任何事情只要她不願說，我便不會多過問。這一點在我和琳子的相處上體現得淋漓盡致。

「你有沒有去琳子的房間找過線索？」16號突然問我。

我有點茫然。我知道她的意思，琳子平時有一間自己的書房，平時在家的時候她會在書房工作，我一般也不會去打擾她。

我點了點頭：「我回來第一時間就去找過了，但並沒有發現什麼有價值的東西。」的確，裡面全部是琳子的工作材料，堆得整個房間都是。我找了整整一個下午，最後依然一無所獲。

「你跟我來。」16號不由分說，直接往樓下走。我急忙跟了下去。

來到琳子的書房，16號環視了一下，果斷越過我堆在門口的材料，走到一個書櫃前，那是琳子平時存放資料檔案的地方。

「這裡面你都看過了？」她抬起頭問我。

我點了點頭，這個書櫃裡面基本上已經被我搬空了。

16號沒有理會我，直接打開了書櫃的第三層抽屜，然後用小指輕輕扣了下抽屜內側靠右的區域，一個暗格抽屜豁然出現在我的眼前。
我頓時目瞪口呆。
16號沒有理會我的詫異，似乎我的反應都在她的意料之中，把暗箱抽出來之後，她從裡面拿出一疊材料放到了我的手上：「你看看，裡面會不會有什麼線索？」
此時我的心情異常複雜。當初房子裝修的時候，這個書櫃是琳子執意要訂做的，她從未給我提起過這個暗格的事情。而更讓我吃驚的是，這個連我也不知道的秘密，16號竟然知道。難道在琳子的心中，這個作為丈夫的我竟然還不如一個16歲的小姑娘？
「你還呆著做什麼？」16號用手肘碰了碰我：「至於我為什麼會知道這個暗格的所在，我一會再告訴你，你先看看這些材料。」
我才反應過來，拿著材料就地坐了下來。
由於資料眾多，所以我和16號一起分工查看，材料裡的內容大部分是與琳子的家裡人有關，具體包括了家裡人的背景、學歷、公司資質等等，甚至還有一堆身份證的影本。看起來都是一些平淡無奇的資料，並沒有什麼特別的。可我還是和16號一起認真一份一份的看，希望從這些材料裡發現一些蛛絲馬跡。
一個小時後，這些材料被翻看完畢，我並沒有發現什麼值得注意的線索，看了看16號，她也一臉無奈的搖了搖頭，我不禁有些沮喪，剛以為看到了希望，卻沒想到失望來得這麼快。就在這個時候，我的眼角撇到了16號手中的一份材料，頓時一個激靈，立刻把檔奪了過來。

這份材料上記載了琳子一個遠方親戚，嚴格意義上來講應該是舅舅的簡單介紹。經歷並沒有什麼特殊的，但是這個舅舅的名字卻深深刺激了我的眼睛。

閆浩宇。

這個名字我在哪裡見過！

「你幹嘛啊？」16號捂著手沖我喊著。

「對不起，對不起，」我忙著不迭得道歉，然後指著這份報告：「這個人，我見過。」

「你見過？」16號頓時忘記了手上的疼痛，好奇的問。

我想了想：「不一定是見過本人，但是這個名字我一定見到過，或者聽到過。我有這個印象。」

「這個很正常啊。」16號歎了一口氣：「我還以為你發現了什麼了不起的線索，這肯定是琳子之前給你說過啊。」

「不是的。」我很堅定：「琳子從未提過這個人，關於她家裡的事情她很少提及。」

聽到我這樣說，16號也罕見得沉默了。不知道是因為我的堅定，還是因為我告訴她的這件事情。

我索性在地板上躺了下來，迫使自己仔細回憶：一定不會有錯，我肯定見過這個名字，一定要想起來。可我想了許久一直都沒得答案，睜開眼睛後看到16號正在筆記型電腦上查找著什麼。

「閆浩宇這個名字我在網上也搜索了下，根本沒這個人的資訊，這至少確定了你肯定不是從網上看到的。」

「當然不是。」說完這句話，我突然發現自己手裡握著什麼東西。

輕輕鬆開一看，原來不知道什麼時候我把翡翠牢牢抓在了手裡。而就在我看到翡翠的一瞬間，我想了起來。

閆浩宇！我怎麼會想不起來？

這正是安和告訴過我，那個贈送我這塊翡翠的居士的俗家名！

這個人，就是這塊翡翠的主人！

「我想到了。閆浩宇，就是這塊翡翠的主人。」我平靜的告訴了16號這個發現。

「這……」16號興奮得歡呼起來：「這就是當時送你這塊翡翠的那個人？」

我點了點頭。原來這個小姑娘也有如此天真爛漫的一面。

一切都串聯起來了。

琳子在失蹤前給我留下了這塊翡翠作為線索，而送我這塊翡翠的則是琳子的舅舅。線索果然在這塊翡翠上。

「這一切決計不是巧合。」我告訴16號：「要是現在能找到閆浩宇，說不定一切都可以真相大白了。」

「那關於閆浩宇你有什麼線索嗎？」

我搖了搖頭，我知道目前只有一條路可以走，那就是再次回到神山，看看能不能從那邊找到閆浩宇。

「我這幾天要出去一趟，」我看了看16號：「家裡就拜託你了。」

「那不可能。」16號很堅定得給我說：「我要和你一起去。」

「這肯定不行。」16號的想法讓我很驚訝，雖然她與我和琳子關係都還不錯，但是也沒必要和我來淌我這趟渾水。更何況她還尚未成年，雖然如她所說中學已經退學，但這樣跟著我走來走去總不是個事兒。

「你在顧慮什麼？」她把頭歪了過來瞧著我：「放心，我不會給你拖後腿，我自己能照顧自己。」

「再說了，」她接著繼續：「有些時候我還能給你出出主意。」

「不行。」雖然她說得有道理，多一個人自然多一分找到琳子的把握，而且16號天然的直覺興許也能幫到我，但我還是嚴詞拒絕了她。

「何夕，你別想太多了。」16號突然嚴肅了起來：「琳子是我的朋友，如果她現在有危難而我明明可以幫忙卻放之不理，這是我怎麼都不會原諒自己的。」

隨後她還小聲說著：「而且，除了你之外，我也只有她一個朋友了。所以，不管你帶不帶我一起走，我肯定會跟著你的。」

見她說得如此堅決，我也只能苦笑了。

「要我答應你一起也可以，不過你得先回答我一個問題。」

「何老闆你最好了，我就知道你會答應。」16號開心得朝天上蹦了蹦：「什麼問題，只有我知道的我都告訴你。」

「你為什麼會知道這個暗格的所在呢？」我用手指了指躺在地上的抽屜，剛才是根本沒時間問，現在有空我必須得把這個問題問清楚。

16號噗嗤一聲笑了出來：「原來，你這麼介意啊？」

見我沒理她，16號也只能收起了笑臉，一本正經的回答：「其實這件事情瞞著你，琳子都是為了你好。」

「為了我好？」我有點氣不打一處來。我對於琳子，基本上是全透明狀態。從我的經歷（童年、中學、大學、工作），到我現在的工作情況，只要琳子在我都會和她分享，平時看到一部好的電影，遇到一個好的餐廳，我都會等著她回來一起去，可以這樣說，我的生活就是以琳子為中心，我希望能夠和她分享我的一切。

「是的。你覺得向自己的伴侶完全共用一切就是對她好嗎？」

「難道不是麼？只有這樣彼此之間才能更瞭解啊。」我沒好氣得回答她。被一個16歲的小姑娘質問這種問題，實在是面上有些過不去。

誰知16號搖了搖頭：「你啊，還真是心大。」

她繼續說著：「你這樣的做事方式，其實在無形中為琳子造成了很大的壓力。」

「壓力？」

「對。你這樣的做法，說得難聽點，本質上是一種推卸責任的行為。你把自己變透明交給對方，難道不是一種『我已經全透明了，所以就可以對家庭管理不負責任了』的態度麼？」

「那……怎麼會？」我雖然語氣上沒輸，但卻隱隱約約得感覺到了理虧。

16號幽幽得看著我：「我雖然年紀不大，但是我知道，有些事情我們還是要為自己所愛的人獨立承擔的。琳子之所以沒告訴你這個抽屜的存在，也是不想讓你陷入到她的煩惱之中，她一直在獨立面對某種存在。」

「某種存在？」

「嗯，我並不知道她面對的是什麼，但是我可以確信的是，她之所以隱瞞你是為了保護你。」

「那？那為什麼這種事情她會給你說？」

「你果然是真傻。」16號歎了一口氣：「那是因為你才是她最珍視的人啊。」

我頓時無言以對。

「有些東西，遲早要面對的。就像打碎了的花瓶，你只有去把它打掃乾淨，瓶子雖然不能恢復，但只有打掃了房間才能回到原狀。」

16號直視著窗外，可那裡明顯空無一物。

「是的，只有打掃了才能回到原樣。」我喃喃重複道。

「你可以自己好好想想，你對於你們之前感情的不自信到底來源於哪裡。我先去準備準備，你訂好出發計畫之後給我說。」16號不再說話，丟下我獨自一人上樓去了。

關閉著的開關

出發之前，我在網上仔細查閱了一下神山的資料。

神山只是一個代名詞，我當時去的寺廟叫做金龍寺，寺廟有一所碩大的佛學院。如當時安和所說，當時的僧人加上學徒人數接近三萬人，是一座在佛學領域享有盛名的聖地。在數次打電話溝通無果之後，我決定直接前去，看看能不能找到有關閆浩宇的線索。

說幹就幹，我迅速買好了我和16號的機票，在第二天中午的時候，我們便已經來到了金龍寺的門口。

金龍寺沒什麼變化，依舊是整片山腰的紅黃色小木屋，雖然已經見過一次，但給我帶來的震撼感依舊。

幾經問詢後才得知，安和和尚已經不在金龍寺，他已經開始了新一輪的遊歷，會前往全球各個城市進行學習交流，這應該也是「出世體驗」的一部分，這樣的生活莫名讓我羨慕不已。

「那貴寺有沒有一位俗家名為閆浩宇的居士呢？」既然安和不在廟中，我只能直奔主題：「他現在是否在寺中？」

接待我們的小和尚有點為難：「如施主所見，我們寺內有兩萬餘僧眾，要我記住一個俗家名實在太困難了。」

我也並不清楚為什麼當年安和要告訴我一個俗家名，按照我的理解，廟裡的僧人互稱應該都是法號，難道他當年就已經知道我遲早會來找這個人？

小和尚思慮片刻，點了點頭：「那您這邊需要稍等一會，我回去讓師父幫忙查一下。時間可能比較久，大約需要2個小時左右。」

我也點點頭：「好的，感謝師父。我們兩個小時後再來。」

乾等無益，正好也到了午飯時間，我和16號決定在附近找個地方把午飯打發了。我倒是很希望能去當時和安和一起就餐的食堂，可惜這次身份不同，無法在金龍寺的食堂（那裡專供僧人就餐）和喇嘛拉姆們一起用餐，我們只能在山下隨便找家飯店用餐。

去往飯店的路上，和我的心事重重不同，16號顯得很興奮，看什麼都很好奇，儼然把這次旅程當成了一次旅遊。

「我說大伯。」16號拿著一個特大號的棒棒糖（附近早已被當地開發成了旅遊景點，一如安和所說，佛教資源已經變成了當地的旅遊開發資源），笑嘻嘻的對我說：「你能不能開心點，別一副別人欠了你多少錢的樣子。」

我對她擠出一個笑臉，並沒有回答她。16號的熱情並未受到打擊，走到我面前踮起腳拍了拍我的頭：「安心啦，我們一定可以找到線索的。」

我有些木然：「你就這麼相信我嗎？」

「不是相信你，」16號收起了笑容：「我是相信琳子。她既然有這樣的安排，就必然相信你可以找到她。我相信她的判斷。」

聽她這樣一講，我反而有了些許挫敗感：如果16號說得對，琳子果真對我（一個早已放棄上進，只靠著一個小書店和時有時無的兼職維持生計的男人）如此有信心，我為什麼反而對現實如此絕望，表面上看我在為了尋找琳子而努力，可又有誰知道我到底是不是早已經放棄了，只是為了給自己一個交代？

反正我不知道。

或許是因為經歷的原因，我的性格顯得有些過於木訥，只有在某些特定環境下我才會被激發起來（就像與安和的對話），大部分時間裡這個開關都處於關閉狀態，而第一次打開它的就是琳子。

這也正是為什麼我會給書店的名字命名為 #FFF 的原因。在冥冥之中我似乎在期待著這開關的啟動，每次啟動都會在這張純白的繪圖紙上留下一筆。就像一幅畫，每一筆都有其啟動的契機，代表某種意義，當這幅畫完成之時，真正的我才會出現。

「第一次看到你書店名字的時候，我就知道會喜歡上你。」琳子說。

「為什麼呢？」

她只是笑笑，並沒有回答。

Let it be

快速吃完午飯，我們又回到了金龍寺門口，時間剛剛好2個小時。

「兩位施主好。」小和尚也很準時，早早就在門口等著我們：「你們要查找的人我找到了。」

「太好了……」我有些激動，沒想到會如此順利：「那他現在在廟裡嗎？」

小和尚搖了搖頭：「您說的這位閆浩宇，並非我們廟裡的僧人。」見我有些不解，他便繼續解釋道：「這位閆施主只是幾年前在我們寺裡作為居士住過一段時間，在一年前已經離開了本寺。也是湊巧，我拜託找人的那位師兄，曾經與他有過幾面之緣，所以才知道這個人的存在。」

「那……」我有些著急：「您或者您師兄是否知道這個閆浩宇現在在哪裡呢？」

小和尚點了點頭：「據我的師兄所說，這位閆居士應該是回到了他的家鄉。」隨後他說了一個地方的名字。

「原來是這裡！」我恍然大悟。

「那是哪兒？」16號奇怪的問道。

我一字一句的回答道：「那裡是琳子的家鄉，一個我從未和她一起去過的地方。」

的確如我所說，琳子的家鄉自從我和她結婚以來，不僅是我，連琳子也從未回去過。婚後的五年時間，琳子幾乎從未提過自己家裡（唯一可能有關的也就是琳子給我講述她與喬木故事的時候），也就是在談戀愛的時候簡單提了下父母的情況，之後也從未說回家的事情，有輕度社交恐懼的我也就順手推舟，在這個事情上選擇了不聞不問的態度。

琳子的家鄉A城，是一個典型的西南小城，雖說只是一個縣城，極富之人卻也不少。中國的四五線城市總是有這種怪相，就算再窮的地方也有巨賈。在我的猜測中，琳子的父親就屬於這類人。

離開金龍寺後我立刻聯繫了寧偉，讓他幫忙找一下有關於閆浩宇的資料。寧偉出版社的業務覆蓋全國，通過管道找個人的材料還是手到擒來的。當然我並沒有告訴寧偉全部的情況，只是說這個人是琳子的舅舅，我想去拜訪下他。對於我這個請求有些突兀，不過得虧是多年的兄弟，甯偉還是爽快地一口答應了下來。

他動作很快，就在我回到北京後的一個星期就有了結果。我們仍然約在上一次碰面的酒吧見面。可能是因為著急，這一次我破天荒的早到了整整半個小時，先給自己點了一杯 Tequila，邊喝邊等。

我們約的時間是晚上八點半，這個點酒吧的人還很少，駐場的女歌手清幽幽的唱著：

「And in my hour of darkness，She is standing right in front of me，Speaking words of wisdom, let it be.」

突然之間我很想感謝披頭士，真的很希望這個時候能有個人出現在我面前，對我說：「Let it be」：琳子失蹤後留下了翡翠的線索，或許此刻她正在某處等待著我，而整整兩個月過去了，我還依然在這個酒吧等待寧偉的資訊。

我真的是在努力救她嗎？我真的值得她給予的信任嗎？如果這次寧偉帶不來有價值的資訊，我會讓自己真的「Let it be」嗎？

我再一次對自己產生了懷疑。

留點心，別掉下去了！

寧偉終於在我對面坐了下來，我看了看時間，他已經遲到了半個小時。

「真不好意思。」他風塵僕僕，一臉歉意：「本來都計算好了時間，沒想到今天三環堵車。」

「沒關係，」在酒精的作用下，我的語速明顯有些緩慢：「查到什麼了？」

「喂喂」，寧偉發現了我的遲鈍：「我就遲到了半小時，你不會把自己喝高了吧？」

「我沒事。」我迅速振作了一下精神：「別說那些沒用的，你查得怎麼樣了？」

「你別說，」寧偉換了一種口吻，帶有點神秘的氣息：「這個人，還挺有意思的。」

「閆浩宇，一九七三年在A城出生。高中並未讀完就開始創業，自己找朋友籌錢開了一家街機遊戲廳。。」

「等等！」我有些驚訝：「你該不會是騙我吧？還能找到這麼詳細的材料？」

寧偉用一種恨鐵不成鋼的眼神看著我：「老弟，你這就少見多怪了哈。也不看看哥哥我是做什麼的？」「不過，」他話鋒一轉：「實話實說，也得虧是這哥們在當地有些出名，不然這些材料也不會來得這麼容易。」

「出名？」

「對，」寧偉想了想：「你別再打斷我了，我好好給你說說。」

那個年代正是街機遊戲廳風行的時代，閆浩宇也算是抓住了一撥風口，加上天生的生意頭腦，短短兩年時間，就在縣城當地開了數十家分店，還舉辦過數次當地的街機遊戲比賽。在他20歲的時候，在當地遊戲圈也算是一個不大不小的名人了。

閆浩宇腰包漸漸鼓起來之後，並沒有繼續在遊戲行業打持久戰。在網吧漸漸流行起來後，他毅然把自己旗下的所有遊戲廳全部打包賣掉，轉身就做起了酒吧的生意。他的確有著天生的生意頭腦，酒吧在那個時候仍然是個新鮮事物，前些年積累的這一群當地遊戲青年資源，隨著年齡的增大，自然而然就變成了他酒吧的首批客人。短短三年的時間，閆浩宇的酒吧就遍佈當地所有商業中心，建立起了自己的酒吧王國。同時他也開始進軍餐飲行業，當地的第一家川菜館，第一家私房菜館，第一家東北菜館都是他的傑作。

那個時候在縣城，閆浩宇已經坐穩了當地休閒娛樂的第一把交椅，一時風頭無兩。

而就在他事業如日中天的時候，閆浩宇突然失蹤了。

「失蹤了？」我非常詫異。

「是的。」寧偉正說到興頭上，突然被我打斷，立刻用非常不滿的眼光看著我：「我說老何，你不要老打斷我好不好？」

我自知失言，只能點點頭，示意他繼續說下去。

閆浩宇的失蹤，在當地掀起了軒然大波。一時間謠言四起，有說他因為販毒被抓的，也有說他因為財富外漏，出國去避風頭的，更有甚者說他惹上了當地的黑幫，已經被悄悄做掉了。

為了以正視聽，當地媒體甚至在報紙上進行闢謠。說公安局正在全力幫助家屬尋找閆浩宇，相信不久之後就會真相大白。

可讓人們萬萬沒想到的是，閆浩宇這一失蹤，就是十年。

十年後閆浩宇突然出現在縣城的老家門口，無論是家裡人還是朋友追問他這些年的去處時，他都閉口不言，沒有人知道他究竟去了哪裡。因為之前是縣城的大名人，因此此番突然歸來也在縣城引起了陣陣議論，更有媒體直接讓記者把他家團團圍住，只要閆浩宇一現身，立刻就有人圍了上去，那個時候縣城的各大報紙頭條基本都是他。不過就算這樣，他還是閉口不談自己失蹤的事情，一時間謠言更甚。

他失蹤後，名下所有的產業都移交到他當時的太太手裡，妻子在三年後再嫁，也標誌著無論閆浩宇是否回來，這些往日他一手賺取的財富皆與他無關。閆浩宇並沒有子女，一開始家裡人還擔心他會無法適應生活，後來發現一切都是白擔心。

回到家鄉之後，閆浩宇並沒有外出工作，因為母親（父親在他18歲時去世）已經逐漸步入老年（他失蹤的時候才30歲出頭，因此回來之後母親剛滿65，但是那個時候剛確診了肝癌），他就在家裡照顧老人，平日裡出門買買菜，在家裡打掃打掃衛生，日子也算過得清閒。

這樣又過去了三年，閆浩宇的母親因肝癌去世。他在辦完喪事之後，立刻向眾人宣佈了一個決定：他要出家。於是，閆浩宇手上還纏著黑紗就去了附近縣城的一個禪院剃度出家。自此之後，縣城人幾乎就見不到了閆浩宇的身影，據說他一半的時間在禪院裡禪修，一半的時間出外修行。縣城的報紙還特意刊登了一篇名為《一個商界巨賈的傳奇半生》的文章，以此紀念閆浩宇的事蹟。

「當然，」寧偉講到此處停頓了一下：「我這邊之所以有這些材料，也是因為我們出版社之前和這家報紙有過合作，才能拿到這麼詳細的資訊。」

「那？閆浩宇現在還在縣城了？」

「這個我就不太清楚了。」寧偉搖了搖頭：「因為就算在縣城的人也不知道他的行蹤。」

「不過。我一直有個問題沒問你？」

「什麼問題？」

「你，到底是因為什麼需要找這個人？」寧偉一臉的好奇：「你說他是琳子的舅舅，該不會是琳子家裡的問題吧？」

早知道他會問這個問題，我索性就把琳子失蹤的事情告訴了寧偉，當然我還是隱瞞了大部分資訊，只是告訴他琳子在工作場合失蹤了，根據資訊判斷她的失蹤有可能和閆浩宇有關係。

寧偉離開之後，我並沒有立刻離開酒吧，而是再要了一瓶啤酒。有些東西我得好好消化下，很奇怪的是已經快十點了，酒吧仍然沒有太多人，場面很安靜，只有臺上的歌手緩緩得哼著布魯斯。想要好好整理頭緒的話，這是一個再好不過的地方了。

喝了口侍者剛端上來的拉格，我又想起寧偉臨走之時說的那句話：

「留點心，別掉下去了！」

可能這是寧偉出於媒體人的職業敏感性，認識到這件事情背後肯定大有玄機，因此在聽完我講的事情之後第一時間給我提醒。

而在多年之後我問起過寧偉，他也只是笑了笑，說自己那個時候也只是有某種不太好的預感，但是也說不上來是什麼原因，只能拋下這句話讓我仔細體會。

我估摸著算了一下，閆浩宇失蹤的時候，琳子應該才5歲，很難相信5歲的琳子會和這個大她20歲的舅舅有什麼關聯。

處在西南邊境的A城，我也只是在剛工作時因公路過過一次，那個時候的我，年輕氣盛意氣風發，自然也不知道未來我的妻子就出生在這個城市。A城當時給我留下的印象不深，國內所有的三四線城市幾乎都是一個模子刻出來的，唯一分別僅僅在於天然的自然環境以及該城市主要依靠的經濟來源不同，同樣的步行街，同樣劣質的商業中心，同樣熱鬧的農貿市場，同樣宏偉的市政府，同樣的舊房改造，老居拆遷，同樣通宵營業的夜生活。越小的城市，人們仿佛越想去「享受」生活。

每天除了毫無動力的上班之外，就是所謂的「生活」部分了。年輕一點的流連於輿論新造的「網紅」美食，新開的「網紅」夜店，工作——吃飯喝酒——泡吧蹦迪——開房的新四點一線生活開展的有聲有色。年紀大一些的，如果有幸逃脫帶孫的煩惱，就可以選擇沉迷於廣場舞與麻將（作為打發時間的最好方式，麻將這個愛好的涉獵面極廣，幾乎是全民皆麻）。人們仿佛擁有取之不盡的閒置時間來消耗。

在這裡，「生活」可以基本定義為消耗無聊時間的手段。市場自然要迎合大眾需求，不斷推陳出新，隨著智慧手機和移動互聯網的盛行，更是如魚得水。小城居民的朋友圈出其統一：旅遊打卡，麻將打卡，夜店打卡，五星酒店打卡，豪車打卡，精神生活統一而單調，托市場不斷反覆運算（網紅夜店、書店、咖啡店、飯店的名單幾乎每日更新）的福，也體現出了一種另類和諧。而在話題方面，男人擅長討論政治與時局，女人則在八卦、美食與服飾上凸顯天賦。

我當時就曾想過一個問題，社會是否就因城市而分為兩大分類，一二線城市只談錢（創業、上市、商業模式、股票、理財、房價與資源整合），三四線只談生活（雖然他們也談錢），沒有任何中間狀態。這兩種狀態我認為是海德格爾所說「沉淪」狀態的典型場景

我極度厭惡這種沒有中間狀態的現狀。

凡是不能說的事情，就應該沉默

簡單修整兩天，我和16號就踏上了去往A城的飛機。

不知道為什麼，16號對於琳子這個事情顯得特別上心，剛從金龍寺出來她就偷偷給我們訂好了去A城的機票和酒店，我也拿這個小姑娘辦法不多，只能由著她來，好在這件事情上，她對於我而言起到的是正面作用，並沒有添亂。

下了飛機，我們坐上了16號提前訂好的專車，朝酒店方向駛去。看著車窗外迅速向後移動的小城風景，我已有了和多年前第一次來之時完全不同的感覺，倒不是因為城市的變化，而是我現在已經知道了一個事實：這是琳子的家鄉。

這是琳子從小生長過的地方，前面的那個小學就有可能是她讀過的學校，那家咖啡店或許琳子也曾經光顧過，旁邊的文具店或許也留下過她的足跡。琳子曾經在這裡度過了沒有我的10餘年時光，我對那時的她一無所知，她在這裡逐漸成長為我認識的那個人，也就是在這裡她遇到了喬木。

想到喬木，我突然升起了一個奇怪的想法：在這個城市我會不會在遇到喬木？

隨後我自己搖了搖頭否認了這個想法：喬木現在肯定還在山區，他仍然還處在取保候審的狀態，沒有得到許可根本無法離開當地。

我後腦突然被人拍了拍，轉頭過去就看到16號正瞪著我，這個時候我才發現車已經停了下來。

「大叔，你怎麼又魔怔了，自言自語的。」16號一邊說一邊打開了車門：「別愣著啊，下來拿行李。」

我笑著搖搖頭，還真是拿她沒辦法。

16號定的酒店是當地唯一一家希爾頓，進入酒店後她大步流星的走在前面，我提著兩個箱子緊隨其後，她不時回頭讓我走快點，儼然一個大小姐帶著傭人出來旅遊的既視感。我看著她那興奮樣笑著搖了搖頭，說實在話，五星級酒店我這輩子就沒怎麼住過，偶爾那幾次還都是寧偉出版社報銷的，倒也不是住不起，實在是習慣所然。這一次無論是機票還是酒店都是16號付的錢，我準備把錢給她還被她奚落了一頓：「你現在要想的不是這些小問題，而是怎麼把琳子找回來。」

她說的沒錯，在出發之前我就已經把閆浩宇所在的寺廟資料查了一遍，確切來說他所在的廟宇不是寺廟，而是一家禪院。和一般寺廟不同，禪院是專門給禪宗的大和尚們坐禪使用的，不知道為什麼，我第一反應覺得有極大可能是專門為了閆浩宇而建，而且這所禪院的名字也很有意思：金龍禪院，不知道和金龍寺又有什麼聯繫。

第二天早上九點，我和16號準時打車出發。導航顯示禪院在市郊區一座山上，離市中心還有很長一段路，我們沿著護城河穿過城區，在山裡繞來繞去最後駛上了一條土路。儘管有手機衛星導航，我們中途還是迷了路，汽車里程表上顯示已經行駛了105公里，即便是刨去了彎路，也超出了本來原定的範圍：好一個隱蔽的禪院。

中午十一點，我們終於到達了金龍禪院門口。禪院的規模比我想像中的還要小，從外目測應該不會超過兩千平方米，我們說明來意之後，跟隨著門口帶路的小和尚來到閆浩宇的木屋前，這是一棟棟木結構的日式房子，周圍還配套了一些附屬性建築，比如工具間洗衣房和廁所，旁邊還有一所穀倉改建的書房。我估摸著計算了下，閆浩宇的生活區域差不多就占了禪院三分之一的面積，我之前想的沒錯，這座禪院就是為了他而建。

小和尚把我們引到木屋的會客室之後便自行離去，我和16號剛剛坐定，就聽見一陣腳步聲從屋外傳來。我的心情不免有些激動，把度母翡翠也拿了出來，馬上要見到閆浩宇，這絕對是琳子失蹤事件中的一個關鍵人物。

在我和16號的期待目光中，一個人緩緩從暗處走了出來，直到他站到我面前，我才不由地吃驚的說道：

「怎麼是你？」

「好久不見。」安和朝我揮了揮手，笑著對我打招呼。

多年過去，他還是老樣子，或許是禪修可以讓時間變慢，一點都沒有變老的跡象。手裡拿著的，似乎還是以前的那串念珠。

見我半天沒有搭腔，安和展開他那標誌性的笑容，問道：「怎麼了？這才幾年，就不認識我了？」

「他就是閆浩宇？」16號見我一臉震驚，忙不迭得問道。

「我不是閆居士。」安和朝16號點了點頭：「我和何先生很多年前有過一面之緣。」

我也朝著16號點了點頭，把話題接了過去：「這位大和尚就是我告訴過你的，那個把度母翡翠給我的人。」

16號恍然大悟，指著安和：「他就是你當年採訪的那個和尚？」

安和點點頭，還是笑眯眯的看著她。

「大和尚，」我回過神來：「你怎麼會在這裡？」

安和不慌不忙的在我面前的蒲團上坐下，熟練的從旁邊接起一壺水，開始煮茶。這一動作讓我一時間有些恍惚，仿佛又回到了多年前在金龍寺的時候。

「何先生，我們之所以能夠見面，其實早在那年我們第一次見面時就已經註定了。」

我有些明白了：「當年你給我這塊翡翠的時候，就已經想到了我們會再見面。」

「並非如此。」安和依然不慌不忙，目光注視著眼前騰起白霧的茶壺：「那並不是我們的第一次見面。」

我有些驚訝，在我的記憶中那一次的確是與他的首次見面，之前不要說他了，因為平時我一般從不去寺廟，所以就連和尚我也沒見過幾次。

「何夕。」這是安和第一次稱呼我的全名：「你相信緣分嗎？」

我搖了搖頭：「你這個問題，就像一個基督徒問我：『你幸福嗎？』一樣，我從不思考這種宗教色彩很強的問題。」

安和笑了笑：「我現在說的事情，和宗教完全無關。無非輪回，也無關前世，按照你的話來說，僅僅是因果律的問題。」

「因果律？」我倒不是驚訝與從安和的口中聽到哲學專用詞彙，他的博學從上一次我的採訪中就可以瞭解到了：「你想說的是，我們因為某種因果關係，因此再次見面，而如果你所言非虛，我們的第一次見面之所以我會忘記，也是因為因果？」

「你說得很對。」安和贊許的點點頭：「還記得我把翡翠交給你時說過什麼話麼？」

「你說這是我緣起的一部分。」我努力回憶著：「你說這塊翡翠天生就屬於我？」

「對。很多時候我們看事情只能看到事物的表面，換句話說，我們只是學會了使用和理解事物的辦法，可我們從未想瞭解過事物的本質。」

「你和閆浩宇是什麼關係？」我並沒有心思和安和打暗語，想直接進入主題。畢竟，相對於對話，我這次有更重要的事情。

安和卻沒有理會我，繼續自顧自的說著：「佛學裡把本質的體現稱之為『空』，可對於『空』卻並沒有明確的詮釋。原因也很簡單，因為語言。你知道維特根斯坦[10]吧？」

「啊？」我此刻心亂如麻，又不好再次打斷他：「嗯，當然知道。」

「維特根斯坦是個聰明人，他知道大部分的問題都出在語言上了，所以他才想要自創一套語言體系。」

「凡是能夠說的事情，都能夠說清楚，而凡是不能說的事情，就應該沉默。」我不自覺的回應道。

「對，這是他的原話。」安和把煮好的茶給我和16號一人倒了一杯：「但是他也有其局限性，他認為有『不能說』的事情。這和康德[11]一樣。」

「嗯，物自體。」我實在有些不耐煩，站了起來：「不要談這些了，我們能不能……」

「別著急。」安和打斷了我：「事情要一點點來。我們之間的這次談話對你而言很重要。」

我只能再次坐了下來，焦急的心情也卻一點都沒有好轉。我看了一眼16號，出乎意料的是，她居然端坐在蒲團上，聽得很仔細。

看到我在看她，16號甚至還沒好氣得丟給我一句：「好好聽。」

10　維特根斯坦是20世纪最有影响力的哲学家之一，他主张哲学的本质就是语言。语言是人类思想的表达，是整个文明的基础，哲学的本质只能在语言中寻找。

11　伊曼努尔·康德——德国哲学家、作家，德国古典哲学创始人，他认为现象是主体认识的对象和感性的基础，不能被主体认识的对象就是「物自体」

相信一個人並不需要理由

「影子代表隱喻。」安和看著我，表情前所未有的認真。

「隱喻？」

「對，也可以這樣說：影子是你的隱喻，是你的可能性。」

難道安和知道我夢中影子的事情？我更有些迷糊了。

「由於某些原因，我不能告訴你太多。」安和做了一個抱歉的表情：「對此，我可以給你一份『隱喻』，作為禮物。」

隨後他用手指了指房間的某個角落，我順著看了過去，在房間的暗處，躺著一個包裹。

安和站了起來，朝我們告別：「閆居士最近都不在此處，他一早便知道你會過來，所以給我留下口信讓我在此等你們。」

「等等！」我有些不能相信：「他怎麼知道我會在這個時候找他？難道和這個有關係？」我揚了揚手中的度母翡翠。

安和搖了搖頭：「具體的情況我也不太知曉。他也只是告訴了我你們可以會來的大概時間，讓我在這裡暫且住下等你們。」

既然閆浩宇不在這裡，安和看起來也並不知道內情，留在這裡也沒有意義了。我站起身，走到角落拿起了包裹，試了試分量，很輕，似乎是檔類的東西。

「你們不用在這裡打開，可以回去慢慢看。」安和輕聲提醒我。

「好的。」我雖然有種現在就打開的強烈衝動，可對於安和我一直有一種莫名的信任，他既然說回去打開那自然是有道理的。

「我知道你想要尋找真相。」安和把我們朝大門的方向引去：「不過根據我的經驗，如果要觸摸真相，必須要使自己成為『影子』。」

「成為影子？」

他笑了笑：「你以後就會知道了。」

於是我和16號與他道別，我知道他並不會在此長住，下一次見面不知道要等到何時，心裡還有些不得滋味。也就是在這個時候，安和拍了拍我：

「何先生，請仔細想想我所說的隱喻。」

不過我已經沒有什麼心情思考什麼隱喻的事情了，回到酒店後，我立刻打開了包裹查看。果然不出我的所料，就是簡單幾頁列印出來的A4紙。我拿起一看，心情瞬間降到了冰天雪地。

16號看到我臉色不對：「何老闆，你是見鬼了麼？」她馬上湊了過來，剛看了幾眼，她的臉色也一下子變了。

這份文件是一份醫院的一份超聲檢查報告，被檢查人是琳子，在報告的結果部分霍然寫著：「宮內見單個胎兒。」

「琳子，懷孕了？」16號抬起頭問我。

見我臉色鐵青，她又補了一句：「你不知道？」

見我還是沒有說話，她也好像意識到了什麼，再不多言，只是默默得看著我。

琳子有了身孕這個消息對於我來講，不誇張的說，真的算是五雷轟頂。檢查報告上寫的很清楚，檢查時間是今年4月10日，當時胎兒已經有了一個月，也就是說琳子是在3月中旬的時候懷上身孕。我記得很清楚，琳子是在四月初才出差回來（四月底再次出差去了茂名），因為這次出差她離開了半年時間，所以我們還特意出外慶祝了下。

這意味著，琳子的這個孩子，不可能是我的。

這個消息讓我瞬間心亂如麻，甚至有些氣憤。16號此刻的追問更是讓我怒火中燒，我一句話也沒說，把手中的文件用力一揮丟在地上，隨後摔門而出。

走出酒店天色已經暗了下來，吹了吹夜風，我的心情才逐漸平緩了下來。不管這個消息對於我來說有多麼不能接受，琳子的懷孕肯定是導致她失蹤的一個必要因素，此刻她失蹤最明顯的原因已經呼之欲出：因為懷孕，她無法面對我，所以必須要製造一個失蹤的假像。或許在一般人看來，這個假設幾乎是成立的，這必然是最大的可能。

可我依然不相信這種可能。

以我對於琳子的瞭解，就算這個孩子真是其他人的，琳子也絕不會採取逃避的態度。按照她的性格，如果她想留下這個孩子，那一定會和我正面講清楚，琳子並不是一個拖泥帶水的人。

我突然又想起了安和所說的「隱喻」，他說這個消息是他給我帶來的一個「隱喻」的禮物，這樣的行為絕不可能是一時興起，既然是「禮物」，那一定是對我，至少是對我尋找真相這件事情有幫助的。

可這個對我而言晴天霹靂的消息會對我有什麼幫助呢？我實在是想不出來。

街邊的唱片店緩緩流出 snowy white 的歌聲：

Sometimes I wonder if the sun will ever rise
I'm such a long way from paradise
The truth is like a diamond in the palm of my hand
It took me so long to understand

我什麼時候才能明白這鑽石般的真相？

我在外晃悠了一個多小時，也沒想出個緣由，只能灰溜溜得回到酒店。刷開房間，進門就看到了16號坐在房間沙發上，她還沒離開。

「我說，」我顯得有些尷尬，回想了下剛才的摔門而出的行為的確有些孩子氣：「不好意思……」

「沒什麼不好意思的。」16號直接打斷了我的話：「換做任何一個人，看到這樣的消息都很難不失控。」她的確是個善解人意的姑娘。

「過來坐。」她指了指正對著她的沙發：「我們聊聊。」

我乖乖走到沙發前坐下，像個做了錯事的孩子。

「不管你是怎麼想的，我並不覺得琳子是這樣的人。」

16號輕輕的說著，語氣顯得和年紀不符，斬釘截鐵。

「我……」我欲言又止：「我也不認為琳子是這樣的人，可這個報告……」

16號站了起來，打開窗戶，南方的夜風流淌進來。

「有些時候。相信一個人並不需要理由。」

我無語。她也沒有再說話。

鯨魚與藤壺

第二天，我和16號踏上了回程飛機。一路上我們幾乎沒有交談，飛機起飛後她很快便昏昏睡去，我看著她熟睡的樣子不僅有些感慨，終究還是個孩子，來來回回折騰了這麼幾天，也該累著了。

雖是一大早的飛機，我卻完全沒有睡意。想到孩子，焦慮又再一次爬了上來。

我和琳子曾經討論過有關孩子的問題：

「何夕，對於我來說，對孩子的愛其實分為兩種。生理意義上和心理意義上的。從生理意義上來說，這個孩子是你基因的傳遞，你對TA擁有者本能的保護欲望。而心理意義上來講，這種愛是在你和孩子接觸的時間裡慢慢形成，隨著孩子的成長這種愛變得越來越深，有些人最後會形成一種畸形的愛戀關係，把孩子作為自己的所有物，想要掌控孩子的一切。而這種因為長期陪伴而形成的愛對於我來說並不重要。」

「我追求的並不是與孩子之間的愛，如果一定要有孩子，那孩子與我的關係不是常規意義上的母子之愛，孩子對於我的意義，僅僅是因為TA是我們兩的孩子。」

琳子躺在我懷裡，輕聲說：「我這樣說你能明白嗎？」

那是一個熱得不像話的夏天，琳子帶來的榕樹已經開始長大，我們兩坐在樹下的木沙發上發著呆。

「我明白」。我抬頭望著榕樹碩大的樹冠喃喃自語：「因為我也是一樣。」

我當然明白，對我而言，如果我和琳子有了孩子，我愛孩子的原因只有兩個，首先TA是我的骨肉，我們之間有著不可斬斷的血脈關係，再者是因為TA是我和琳子的孩子，是我和琳子感情的結晶。而這兩種原因，毫無疑問我更加在乎後者。下一代永遠有下一代的生活，而我卻只有琳子，琳子也只有我，這是一個在我看來最簡單不過的道理。

所以當我看到那張化驗單時，心情是極度震驚也極度壓抑的。整個世界仿佛倒懸過來一般：我有過一次耳科檢查的經歷，醫生用工具在我的耳朵搗鼓了約半個小時，在檢查終於結束後，我睜開眼，看到了難以置信的一幕：整個世界在我的眼前調轉了過來，地面在上，天花板在下，最可怕的是，隨著我大腦逐漸適應，天空與大地就在我的眼前轉了一百八十度，恢復了正常。我當場就吐了出來。

此刻坐在飛機上的我再次感到到了這種眩暈，我立刻離開座位來到洗手間，關上門對著馬桶一陣嘔吐。這張化驗單，僅僅是一張簡單的A4紙，就似乎要把我和琳子之間的信任掃得蕩然無存。再想到最近琳子失蹤這幾個月，我做出的種種努力，所有幫過我的人似乎此刻都站在我面前嘲笑著我，而為首的那個人，正是喬木。

琳子的懷孕，讓我無法不聯想到喬木。無論我如何說服自己琳子不會做對不起我的事情，可鐵一般的證據還是活生生擺在我面前。而如果，如果說琳子擁有出軌物件，在我所認識的她的朋友中，唯一的可能只有喬木。

當時琳子給我說起喬木的時候，我並不太在意，相反還因為琳子童年的遭遇而感到痛心，甚至還一度為琳子能有喬木這樣的一個朋友而為她感到慶倖。可當喬木在事實上成為琳子出軌對象的可能性出現之後，我的第一反應是憤怒，而此刻在回程飛機上的我，卻似乎有了一些釋懷。

我從未想過自己是否能給琳子帶來幸福。我們兩在一起的時候，我能夠確確實實的感覺到她的快樂，兩個人在一起，通常來說是互補關係，雙方之間都能幫助對方補上靈魂的空洞，這一點在我體現得尤其明顯，琳子的溫柔，她的善解人意，處理事情毫不拖泥帶水，這些都很好的幫助了我，和她在一起我活的比以前要快樂很多，很多之前煩惱的事情都有人分擔，因此我覺得婚姻生活是幸福的。

但琳子呢？

想到這，我突然打了個寒戰：

琳子，在我心中幾乎就是完美的象徵。在事業上她是她們部門最年輕的林業勘察專家，發表的論文在國際上也小有名氣；在生活上對我照顧得無微不至，因為我平時不喜歡外出，喜歡運動的她休息時會一直陪我在家裡讀讀書，看看電影，還燒得一手好菜。這樣的妻子的確是無可挑剔的。

我仔細回憶了下，從戀愛到結婚再到現在，無論是工作還是生活，我好像並沒有在任何一個地方對她有所幫助。甚至剛好相反，我或許在不斷蠶食她的自由。我想起之前看過的一部關於鯨魚的紀錄片，片裡說鯨魚身上很容易依附上一種叫做藤壺的生物，藤壺會在鯨魚身上不斷生長，如果一隻鯨魚身上依附太多藤壺，就會導致它遊動的速度越來越緩慢，藤壺如果依附在鯨魚皮膚細嫩一點點的地方，讓鯨魚無法忍受了，鯨魚也會想辦法把它撲騰掉，不過大多數鯨魚都擺脫不了這種都動物。一般來說，一旦依附關係成功，就會伴隨鯨魚的終生。

想到藤壺那個令人噁心的「牛皮癬」一樣的形象，我不由地噁心了下：我會不會就是就一片依附在琳子身上的藤壺呢？

這樣的我，又有什麼資格質疑她？

昨天在酒店我幾乎通宵未眠，而在目前極度懊惱的狀態下，我再也支撐不了，終於沉沉睡去。在即將入眠的那一刹那，我心中只有一個念想：不管我是否能夠配得上琳子，我要救她，就算是為了救自己。

存在並不合理

我又回到了閆浩宇的木屋，安和煮的白茶仍在沸騰，裝有琳子懷孕消息的檔袋還在角落，只是屋內空無一人，沒有安和，也沒有16號。我已知道我在夢裡。

只有影子正對著我坐在茶桌前，若有所思的樣子。

看到影子，這次的我並沒有絲毫恐懼，我知道，這個時候它一定會出現。而我也在期待著它的出現。

看到了我的出現，它似乎有些高興，指了指桌上：「喝茶。」

桌上出現了一杯早已斟好的茶水，似乎就是為了我而準備的，於是我從容的在它面前坐了下來。

「你終於出現了。」我死死得盯著它，這是一個找到真相的好機會，我不能醒過來，也決不能讓它消失。

影子笑了笑（它的表情是我的直覺，嚴格意義上來說，它就是一團人形黑影）：「我真的很高興，你終於可以正面面對我了。」

「你到底是誰？」我沒有時間和它閒聊，定要在最短時間內把最關鍵的問題問出口。

「那個和尚不是告訴你了嗎？」影子用「手」端起茶杯，一飲而盡：「我是一個隱喻。」

「我不太明白。」

「你早晚會明白的。」影子繼續說道：「我不能直接告訴你，不然就會違反規則了。」

「規則？」

「對，任何世界都有其規則。」

「根據你說這句話，我可不可以這樣理解，」我緩緩的說：「你和我不是一個世界的？」

「那要看你如何定義『世界』這個詞了。」影子用「手」指了指我的茶杯，示意我把它喝掉。

我端起茶杯一飲而盡，茶水沒有任何味道，甚至沒有溫度（不熱不涼，在夢裡或許我已經喪失了味覺）。

影子見我喝完，又用「手」拿起茶壺給我斟了一杯，場面的確詭異。

「我不知道該如何對『世界（複數）』這個詞做定義。不過肯定不是你們日常所說的『平行宇宙』、『多維空間』之類的詞。」影子撓了撓頭（這也是我的想像，我只能從它的動作裡想像它的含義），緊接著說出了一句德語：「Was vernünftig ist, das ist wirklich,und was wirklich ist, das ist vernünftig.」

「存在即是合理？」還好我學過一些皮毛，雖然所學不多，黑格爾這句名言還是知道的。

「我想告訴你的是，這句話是有問題的。」

「什麼問題？」我實在沒想到，會在夢裡和一個影子討論哲學問題。不過正如安和所說，這個時代每個人都處在一場大的緣起之中，我夢裡和影子的見面或許也是這場緣起中的一環，我不能著急，需要保持耐心。

「符合理性的東西就是現實存在的，現實存在的就必然符合理性。」影子把這句黑格爾的名言詮釋了一遍，接著說：「可如你現在所見，我是現實存在，是符合理性的嗎？如果我是現實存在的，那我的存在本身能夠符合你的理性嗎？」

「這個世界上沒有絕對真理，只有相對真理。」我想替黑格爾辯護下：「一切都是在發展之中。」
「那你覺得，這種合理存在的關鍵因素是什麼？」
我仔細想了想，吐出兩個字：「時間。」
「說的好。」影子笑了起來（沒有聲音，我仍然是從形體動作上判斷）：「記住你說的。答案已經離你不遠了。」
「什麼答案？」我急忙沖它問道。可惜話還未說完，我便醒了過來。
當我醒來時，才發現飛機已經降落，16號已經在著手準備拿行李了。
「我看你睡得挺歡實。」16號站起身，打開了頂部的行李架：「就沒叫醒你，想不到你居然直接睡到了目的地。」
我急忙起身幫她拿行李：「什麼叫睡得歡實？你剛才才睡得很皮實好嗎？」
16號笑了起來：「皮實？你才皮實呢！」她收起了拿行李的手，直接捶在我胸口上。
我也笑了起來，16號並不知道，這場夢對於我來說有多重要。它幫我實實在在確認了一些東西，讓我知道可能一切都並非我之前想的那樣。
首先，影子是真實存在的。正如它所說，存在即合理是有問題的。它的存在本身或許就是一種我們無法用理性思考來得出結果的「某種東西」，它似乎在現實世界中無法現身，只能出現在我的夢中，而且這「某種東西」的存在很明顯不止我一個人意識到，就目前的情況來看，加上我至少有四個人知道它的存在。首先安和肯定是知情者，他有意無意的給我透露一些資訊，閆浩宇必然也是知情者，最後剩下的一個人我認為是琳子，她的失蹤肯定和這「某些東西」有關。閆浩宇失蹤了十年歸來，如果造成他失蹤的原因和琳子是同一個，那至少證明有回來的辦法，不管花多長時間。

一切尚有轉機。

有些事情就是這樣奇怪，當你真正發現了一些在現實社會中無法見到的「事物」，你的視野會一下子被打開。寧偉經常對我說，他很希望遇見鬼，因為當他真正見識之時，無論這個事情對他是有益還是有害，至少他的整個世界觀會徹底顛覆。按照寧偉的說法就是：「朝聞道夕死可矣。」

讓我很慶倖的是，影子並沒有對我造成傷害，恰好相反，它或許出於某種原因在幫助我。好奇心是人類最優質的品質之一，對於能見識並確認這個世界有「不同的存在」，反而讓我很興奮。同時也更加堅定了尋找琳子的信念。

下了飛機，我和16號並沒有回家，而是直接去了琳子做檢查的那家醫院，我首先要做的是確認這張檢查單的真偽，我曾不止一次在想，萬一這份報告是假的呢？在採取下一步行動之前，我必須把這個事情確認了。

兩個小時後，在我出示身份證，證實我是琳子的合法丈夫之後，我從醫院得到了確認的資訊，這張檢查單是真實的。這份報告已經變成事實，再沒有僥倖的餘地。

「我見到琳子了。」

在醫院門口，我給自己點了一根煙。16號默默走到我旁邊，示意我給她一根。

「你還沒成年。」我搖了搖頭：「借煙消愁是成年人才擁有的權利。」

16號並沒有回答我，看得出來她的心情也很不好。

「我們下一步怎麼辦？」

我正欲回答，手機不合時宜得響了起來，拿起一看，是寧偉。

「喂，老何，你在哪兒？」寧偉的聲音顯得很急促。

「剛回北京。」我漫不經心地回答，這個時候我並不想和他多囉嗦。

寧偉的聲音像炮彈一樣射了過來：「很好。你在哪兒？我現在要立刻見你一面。」

我有些疑惑：「什麼事啊？我最近在忙點事情，如果是工作。。」

「不是工作。」寧偉打斷了我的話：「很重要的事情，總之我們見面再說。」

話已至此，我也只能答應了他。放下電話，我讓16號先回家。

「你要去哪兒？」16號一臉不情願：「都到這一步了，你可不能背著我去找琳子啊，我必須全程參與。」

「放心吧。我老同學好像遇到點什麼事兒，我去去就回來。」我揚了揚手機：「剛才你不是已經聽到了嗎？」

16號癟了癟嘴，沒有再堅持。

送走了16號，我立刻打車來到了酒吧。寧偉早已等在卡座上，我拍了拍他的肩膀：「喂，我可是趕過來了，到底有什麼事？」

話只說到一半，就生生被眼前一幕塞了回去：寧偉旁邊還坐著一個人，一個我見過面的男人，喬木。

無論如何我也想不到此刻能在北京見到喬木，更沒想到喬木竟然能和寧偉一起。我朝寧偉看了一眼，他立刻還以一個抱歉和無奈的眼神。

我再次看向喬木，和兩個月前我見到的他相比，明顯消瘦了很多，但眼神和當初有了明顯不同，那個時候的他還充滿了沮喪，甚至是有些洩氣，而現在的眼神中則充斥著希望。不過我現在再看到喬木，因為剛知道了琳子懷孕的消息，心裡又有完全不同的感受，很不是滋味。我甚至有一種懷疑，喬木是不是在什麼地方得到了琳子懷孕的消息，因此才會在這個時間點出現在我的面前。

寧偉和我還沒發話，喬木卻先搶著朝我打了個招呼：「何先生，好久不見。」

「你……」我沒什麼好氣的回答：「如果我沒記錯的話，喬木你不是還不能出省的麼？」

「我……我……」喬木仿佛瞬間被我戳到了痛點，說話都顯得有些結巴：「實在是沒有辦法，我必須要找到你。」

「找到我？」

「對。」甯偉終於找到機會插進話來：「何夕，你是不知道為了找你，他真是什麼辦法都用盡了。最後也不知道他用了什麼辦法得知了我和你的關係，找到了我才聯繫到你。」

我更奇怪了：「你要找我，不是打個電話給我就行了嗎？」我還記得臨走時為了方便彼此之間互相通報琳子的最新資訊，還給喬木留了個電話。

「就是這個問題。」喬木還是欲言又止的感覺：「我要給你說的這件事情，必須要當面說。」

「為什麼？」

「首先。」喬木喝了口水，穩了穩情緒：「這件事情不能在電話裡說，我也不能電話你約你見面。」

「實不相瞞。」喬木終於恢復了狀態，一臉嚴肅：「我這次是偷跑出來的，估計我的手機也早被監控了，如果我通過手機聯絡，必然會連累到你。所以我只能先來北京，找到你的住處或者聯繫到你的朋友，通過他們我才能和你在這裡碰面。」

我望著一臉狼狽的喬木，突然有了一種預感：喬木要給我說的事情，定不會是什麼小事。能夠讓這個看起來敦厚質樸的男人冒這麼大風險來找我，必然是有什麼了不得的理由，並且這個事情肯定和琳子有關。

想到這，我才在喬木面前坐了下來，同時示意服務生來一杯蘇打水，現在不是喝酒的時候。

「你別著急。」我看著喬木：「慢慢說，到底是什麼事情？」

此刻喬木已經徹底放鬆了下來，他直視著我，開始說話。

在看到喬木的一瞬間，我的腦海裡就浮現出很多種他會來找我的原因，有可能是因為找到了琳子的線索，也有可能是有事來找我幫忙（這個可能性很小，而且根據他現在的處境，我好像也沒有能力幫助他什麼），當然也有可能是因為他得知了琳子懷孕的資訊。

而我無論怎麼想，也沒想到從喬木嘴裡吐出的是這幾個字，他說的話是：

「我見到琳子了。」

金龍寺

我一時之間沒反應過來，喬木似乎要再次跟我確認一般，又說了一遍：

「我見到琳子了。」

大腦一片空白，我一時之間竟然不知道該如何回話。寧偉在這個時候插話進來：「我說老何，這麼大的事情，你怎麼都不告訴我一聲。」

我沒有理睬他，目光仍然死死的看著喬木：「你說，你見到琳子了？」

喬木點了點頭。我迅速穩定了情緒，越是在這種時候越要冷靜：「你既然見到了她，為什麼她沒有一起來？」

聽到我的問題，喬木情緒一下子沮喪了起來，他吞了吞口水，似乎有些艱難的說道：「這也就是我來找你的原因。」

在我們離開之後，喬木按照原計劃繼續留在了密林做護林員。一來是他也的確去不了任何地方，更重要的原因是他想留在當地繼續尋找琳子的線索。在山上繼續探查已經沒有意義，喬木所做的第一步，就是把當初琳子任務的材料全部彙集在一起，他準備仔細審查一遍，看看能不能從任務本身上找到線索。

整個事件之中，失蹤的不僅是琳子一人，還有同組的兩個同事。據喬木猜測，這兩個人至少是在做任務之前就和琳子有通過氣，然後由這兩個人先借著收拾裝備的名義出去（事實上這兩個人根本沒有到過當天的勘察營地，第二天喬木前往該地點的時候發現所有裝備還是和昨天一樣，並沒有經過整理），然後等喬木睡著後琳子再出去與他們會合。

如果這個推斷是正確的，那很大概率上就可以確認這是一個組織上準備的絕密任務，而喬木因為某種原因沒有被選中成為這項任務的執行者。喬木本人在琳子失蹤後，也反復跟組織領導詢問過，是否有任務單獨派給琳子等人，但得到的一律都是否認的答覆。

但喬木並未死心，他在局裡幹了十多年也算是老資格了，積累了不少人脈，在通過各種關係搞到了此次任務的詳細材料後，他決定從這上面找突破口。

因為這次任務量大，耗時長，所以最後喬木拿到的材料量是巨大的，他花了整整半個月時間才把所有材料讀完。可以這樣說，九成的材料內容，作為本次任務的第二負責人，喬木都是已經瞭解過了的，再反復閱讀和揣摩之後，喬木並沒有在任務本身的材料之中發現線索。

而讓他有所突破的，是琳子在任務執行前一天的一張外出單。

「外出單？」我忍不住插了一句。琳子只要在工作狀態中，向來是以工作為主，絕不會因為私人事情而耽誤，更何況第二天就要執行如此重要的任務。

「對，我想你也知道，琳子會在執行任務的前一天請假外出，對於她來說是絕不尋常的事情。」喬木看了我一眼：「而那張外出單寫明的理由是：『因病去醫院檢查』。」

聽到這兒，我心裡一沉：按照時間來計算，琳子那個時候正常懷孕差不多2個月的樣子，胎兒成型的前三個月的確是非常重要的時間，第二天就要上山，琳子去醫院檢查一下，順便開點藥物保胎也是極有可能的。

我一邊想著一邊看著喬木，他的眼神仍然很平靜，實在看不出來他對這個事情是否知情。

當喬木發現這個外出單的時候，他也立刻意識到了異常（至少對於琳子來說），於是立刻去了一趟當地的醫院。因為是鎮醫院，醫生數量很少，喬木拿著琳子的照片去一個一個詢問的時候，總算找到了一個當天和琳子打過照面的護士。

根據護士的說法，琳子那天過來就簡單做了下身體檢查，順便開了點藥（開的藥品自然是不記得了）就離開了，整個行程並沒有什麼異常。喬木倒是很細心，他記得當天他第一次見到琳子的時候已經是下午六七點了，山下營地很小，琳子只要出現就很容易被發現（那天他還很困惑，不知道琳子去了哪），也就是說琳子回到營地的時間也差不多就在那個時候。但根據護士所說，琳子早上到醫院，中午的時候就離開了，從醫院回到營地至多不過一小時，這中間憑空消失的四、五個小時琳子到底去了哪兒？

在喬木的不斷追問下，護士才終於想起，琳子在臨走之時問過她是否知道哪裡有租馬的地方，（講到這裡喬木還特意解釋了下：在這種小鎮上有很多地方開車非常不方便，人們很多時候都喜歡騎馬出行）看樣子是要走比較遠的地方去。聽到這個消息，喬木在確認了馬場的具體位置後就離開了醫院。他馬不停蹄的趕到了馬場，所幸這次還比較順利，負責租馬的年輕人一下子就認出了照片上的琳子，據他所說，琳子在中午的時候租走了一匹剛成年的母馬，然後大約在下午六點左右過來歸還。

這樣時間就對上了，喬木暗自想著。他緊接著詢問男人，是否知道琳子去了哪裡？

年輕男人想了想，回答道：「這個阿恰[12]倒是問了路，她要去離這裡差不多十多裡地的一個地方，

12 维吾尔语里「姐姐」的意思。

當時我還奇怪吶，那個地方啥也沒有，就一個小破廟，而且因為離鎮中心太遠，平時就連我們本地人都不常去。」

喬木自然不肯放過這個重要資訊，問到位址之後立刻驅車前往。

10餘裡的鄉間小路，喬木加快速度，最後卻在一片森林前停了下來，這個時候他才明白為什麼琳子要租馬過來，根據導航所示，這個廟竟然建在這片森林的中間。沒辦法，喬木只能步行前往，好在他做林地勘探出身，穿越森林並不是難事，半個小時過後他終於在一片林中空地中看到了小廟。

正如租馬男人所言，這是一個非常破舊的小廟，從外面看面積絕不會超過300平米，門頭被風土侵蝕，廟名幾乎不可見。

他把車停好，走到廟門前，朝上一看，才從門頭上勉強辨認出了幾個字：金龍寺。

「金龍寺？」聽到這，我忍不住倒吸了兩口涼氣。

線索好像又串起來了。

當年我採訪安和的寺廟是叫金龍寺，前幾天去找閆浩宇之時，他所在的廟宇叫金龍禪院，而琳子在上山失蹤之前去的最後一個地方也叫金龍寺。這一切絕不可能是巧合，幾個本次事件主要的人物（安和、閆浩宇、琳子）都被金龍寺這個名字串聯起來，這其中一定大有文章。

喬木看了看我，似乎察覺到我對這個廟名的反應有一些異樣，但他並沒有多話，繼續往下說。

和外面截然不同，這座神廟裡面的房屋雖然也很破舊，一共三間房，除了大殿是木制結構外，全部是黃泥夯牆，青瓦覆頂，可還是看得出來有過仔細打掃的痕跡，兩間大殿空無一人，另外一間看起來像是起居室的房間緊閉著門，從窗戶外往裡看，似乎也沒有人的動靜。

喬木並不死心，繼續在廟裡尋找著，最好的情況是能找到人問問，實在找不到人也碰碰運氣看看能不能找到一些線索。

正當喬木一籌莫展之時，突然發現在主殿后面有一口古井，鬼使神差之下他竟然想去看看井裡是什麼情況。

「我那個時候真是很著急。」喬木自嘲著說：「竟然想去看看是不是井裡藏著人。」

古井裡自然沒有人，喬木很失望，就在這時他看見由廟門外走進一個年輕僧人。喬木急忙上前詢問，才知道這件小廟已經荒廢了一段時間，原來的僧人都到了鄰縣一個稍大些的廟宇，平時只留下這個和尚照看。

喬木拿出今年他們團隊合影的照片，指著琳子向僧人詢問是否見過這個人。小和尚想了半天，才記起琳子曾經來過這裡的事情。

「她來那個時候我們廟裡的人正準備搬家，」小和尚努力回憶著：「那天她過來好像是騎著馬過來的。」

「對對，」喬木急忙接著問道：「那你知不知道她過來是做什麼？」

「你到底是誰？」小和尚明顯有了一絲警覺：「為什麼對這個女施主的事情這麼感興趣？」

喬木掏出自己早已準備好的工作證明，並且在那張合影中指出自己的位置，證明他和琳子是同事關係，並告知小和尚琳子已經失蹤，現在正在到處尋找。

「好吧。」小和尚放下心來：「她那天過來是為了和廟裡的一位居士見面。」

喬木頓時興奮了起來，這是個很好的線索，他的直覺告訴他，琳子的失蹤一定和這個居士有關。

「那他們具體聊了什麼你知道嗎？」

小和尚搖了搖頭：「這位女士到了廟裡後，就和居士到了後面的偏殿談事，不過。。」他皺了皺眉頭：「等她回去的時候，似乎臉上有些不高興。」

「不高興？」

「是的。」小和尚繼續回憶著：「她走的時候很著急，進門的時候還和我們打個招呼，走的時候卻沒跟任何一人說過話，急匆匆的上馬就走了。」

「那位居士現在在哪裡？」喬木知道在這個小和尚身上已經問不出什麼了，現在找不到琳子，找到那個和她私聊的人肯定有所發現。

「這個我就不太清楚了。」小和尚抱著歉意說：「這位居士是我們廟裡很尊貴的客人，那天之後他就應該立刻離開這裡繼續雲遊去了。」

「雲遊？」

「對，」小和尚的臉色上呈現出尊敬的神色：「剛才我已經是說了，他是我們廟很尊貴的客人，這位居士雖然並未出家，但他的佛法造詣極高，偶爾會到我們這裡來為我們說法傳法。」

「那這位居士叫什麼你總該知道吧？」喬木仍然不死心，繼續追問。此行既然已經進行到這一步，必須找到一些關鍵線索才能甘休。

小和尚還是搖了搖頭：「他的全名我們並不知曉，只是每次過來我們方丈都稱呼他為閆居士。」

閆居士？！我心裡暗自一驚，難道這個出現在這個小金龍寺的高人是閆浩宇？雖然琳子和閆浩宇認識並不是什麼奇怪的事情（畢竟是親戚關係），但琳子在失蹤前一天居然見過閆浩宇，這件事絕不尋常！

雖然內心波濤洶湧，但我還是忍住了打斷喬木的衝動，讓他繼續說下去。

喬木在金龍寺雖然得到了一些線索，但因為無法找到這個「閆居士」，因此線索又斷掉了。他心情也著實很鬱悶，剛看到了一絲希望，卻無法更向前一步，的確令人沮喪。

喬木回家之後，立刻開始著手收集閆浩宇的資訊，但因為他常年在外做林業勘察，對於在互聯網上的資訊收集並不在行，並且也沒有像寧偉這樣的朋友，所以並沒有找到什麼有價值的資訊。

就這樣過去了一整天，第二天喬木還是沒有找到任何有關閆浩宇的線索，他失望透頂，決定再去一次金龍寺，當面再問問那個小和尚，看看能不能再問出點什麼。

這種時候，也只能死馬當作活馬醫了。

來到金龍寺後，所幸小和尚還在那裡，看來他之前說自己留守並沒有騙人。

剛見面小和尚一眼就認出了喬木，估計是他最近這段時間也沒見到什麼人，對喬木的印象倒是還很深刻。喬木也不客氣，開門見山說出了自己的來意。

「那位女士還沒找到嗎？」小和尚有些為難：「可上次我已經給你說得很清楚了，估計也很難再給你提供什麼資訊了。」

喬木敏銳得發現這個小和尚相較于上一次見面之時緊張了許多，表情明顯有些不自然。他心裡暗自一喜，這必然是上次他來打聽琳子的事情被某些知情者知道了，這個知情者應該不是這個小和尚，但是決計和他有所關聯。

「實在抱歉，又再次來麻煩你。」喬木不露聲色的回答：「她已經失蹤了這麼多天，員警也沒找到人，我的確是沒有辦法了。」

「喬先生你還是走吧，」聽到有員警涉入，小和尚顯得比剛才更緊張了：「我真的什麼都不知道。」

也就是這個時候，喬木發現小和尚似乎正在整理行李，起居室已經搬空，院子裡擺放了幾個包袱，從外觀上一看便知是一些床褥被子之類的家居物件，看來自己來得及時，再晚一步估計在這個廟裡就找不到人了。

「你這是，要準備離開了？」喬木沒有繼續追問關於琳子的話題，他決定先和這個小和尚聊聊天，既然對方有所防範，直接問肯定是沒結果的。

「嗯，」小和尚臉色微紅：「這個廟現在已經沒有煙火，我也要跟著師兄們一起走了。」

「可昨天你不是還說，要一個人留守在這個廟麼？」喬木語氣裡帶有一些調侃，他決定套一套這個小和尚的話。

「本來是這麼打算的。」小和尚支支吾吾的說道：「不過我想了想，還是，還是和師兄們一起走比較好。」

「你現在還不能走。」喬木收起調侃的表情，正色道：「我來之前已經通知了附近派出所，他們會過來調查。」

聽到有員警會來，小和尚臉色更難看了：「那，那好，喬先生你先稍坐了一下。」說完，他把喬木引到了起居室，裡面果然一片狼藉，除了一張破舊的仿皮沙發無法搬走外，基本該搬走的東西都清空了。

「你先在這裡休息會，」小和尚邊說邊往外走：「我繼續去收拾下，等員警來了我會配合調查的。」

自然沒有什麼員警要過來，喬木此舉不過是想要通過小和尚引出背後的人，待小和尚出去之後，喬木便偷偷跟在了他後頭。

讓喬木感到意外的是，小和尚出門後並沒有如他意料一般直接出廟，而是徑直朝大殿走了過去，喬木便悄悄跟了上去。

絕對的黑暗

剛進入大殿，喬木便立刻被一陣黑暗所籠罩。因為老舊失修，再加上因為要搬離，估計這殿內至少一個月時間沒有了香火，殿內窗戶被人用紙糊上，能見度極低，也沒有燈光，喬木著實花了一段時間才讓自己的眼睛適應過來，然後靠小和尚移動發出的聲響輕聲跟了過去。

因為幾乎沒有光線，喬木只能靠著直覺慢慢跟過去，待他走進之後，他終於依稀模糊看到了小和尚。小和尚斜靠著牆，用一種非常怪異的姿勢在往前推著一個什麼東西。喬木又走進了些，才看清和尚所推的，竟然是一座佛像。

這是一座一米半高左右的度母雕像，小和尚推的很吃力，喬木估算了下這將近一百六十公分高的佛像估計有一百多斤，小和尚這麼怪異的行為讓喬木感覺有了些許好奇，那尊佛像背後到底是有什麼？

答案很快揭曉，佛教被推開之後，在小和尚的面前霍然出現了一道暗門，他很熟練的推開暗門，緊接著一閃身就從喬木的視線之中消失了。

喬木並沒有著急立刻上去查看，他耐心等了幾分鐘後，才輕聲走到了暗門前面。走進一看才發現這道暗門非常窄小，整體高度不超過一米五，佛像正好可以遮得嚴嚴實實，但是人進去就要頗費些周折，不僅要低頭，而且因為暗門的寬度也不到五十公分，體型大的人還真過不去。

從門外往裡看，整個空間也是暗呼呼的一片，並沒有燈光，目測大約也就五個平米左右，但喬木卻並沒有發現小和尚的蹤跡。就這麼小的空間，難道和尚憑空消失了不成？喬木有些好奇，決定自己進去看看。

費力進到房間之後，喬木才發現這個空間的層高很高，向上望仿佛看不到頂（當然也有可能是因為黑暗的關係），至少直起身走路沒有問題。同時喬木也發現了小和尚消失的原因，原來從門外看到的這個空間並不是封閉的，進來之後因為幾乎沒有可見光，喬木只能靠著手摸著牆壁確定空間的邊緣，最後在靠右的牆邊發現了拐角，喬木心中一喜，努力朝著拐角的方向朝前看去，原來這個房間的靠右的位置有一條狹長通道存在，而且似乎通道的盡頭還有一些光亮，小和尚定是順著通道走到那邊去了。

通道裡似乎更暗了，然而事已至此喬木決計沒有退卻的道理，他也只能壯著膽子走進通道之中。剛走出幾步，喬木便覺得有些不對：從通道外目測，通道的長度決計不會超過二十米（從通道起始的地方一直到有亮光的所在），就算是在純粹黑暗中行走不太方便，也大概一分鐘不到就可以走完。可喬木足足在通道裡移動了幾分鐘，感覺還是沒有迫近前面的亮光，再往回一看，來時的入口早已消失在黑暗之中。

再說了，這個廟的小院能有多大，走了這幾分鐘就算是在外面，也絕對橫跨小院了。饒是喬木一向膽大，這個事情也不僅犯嘀咕：這個通道裡肯定有蹊蹺。

情急之下，喬木只能加快向前的速度，而他越是心急，情形卻越發顯得怪異起來。遠處的光亮不僅沒有接近，反而有越來越遠的感覺，更為可怕的是腳下的路似乎也開始變得透明起來：本來因為黑暗喬木就看不見腳下的路，只能依靠腳與地面的觸感來確認自己還踏在地面上（在完全黑暗的空間，你實在無法確認前面會不會一腳踏空）而越往前走，喬木便發現腳下的觸感越來越奇怪，從最開始的硬地面，再到仿佛鬆軟的土壤，到後面甚至每踏出一步都是向下陷進的感覺。通道牆壁的質料似乎也開始有了變化，走到最後，喬木甚至還聽到了流水的聲音。

此時，喬木已經非常確定自己肯定不在金龍寺之中了，理由也很簡單，就算不能看到時間，但大概估摸著也能算出自己至少在通道裡走了至少半個小時，實在很難想像在這樣一個破舊的小廟旁，能修出這種長度的通道，喬木依稀記得來之前看到小廟旁邊有一座山，按照這個方向，通道一定是修到山中去了。

喬木默數著向前走的時間（這樣他可以大概判斷自己走出了多遠），走出了這麼遠，回頭已然不可能，他也只能硬著頭皮繼續往前，又走出了半個小時左右後，周圍的環境還是沒有任何變化，前方的光亮還是那麼遙遠，流水聲也依然如舊，喬木心裡開始有點慌了。

這個時候要是往回走，至少知道要多久可以回到暗門，根據喬木的預估，往回走最多兩個小時自己就可以回到入口。但如果還是要往前，真的不知道還要走多久，按照目前的情況，走個一天一夜都完全有可能，在黑暗之中行走體力消耗也很大，還不知道自己什麼時候體力會耗盡。喬木思考了一會，終於還是做出了返回的決定：等先回去做好準備再來。

可就在喬木費力轉身回頭，剛向回走出一步的時候，頭上不知道撞到了什麼，他來不及反應，一下子倒下地面，直接暈了過去。

「你暈倒在了通道之中？」我有些吃驚，聽喬木的描繪那個通道，要是暈倒在裡面，後果肯定不敢想像，真不知道他是怎麼走出來的。

「是的。」喬木給自己點了一根煙，講了這麼久情緒早已穩定了下來：「很奇怪的是，我非常清楚自己暈倒在了『通道』之中，但那種狀態不像是普通的暈倒，更像是直接睡著了。」

「睡著了？」我更加吃驚了。

「對。」他一臉複雜的表情看著我：「我甚至還做了一個夢。」

喬木就是在夢中見到了琳子。

在夢裡，他似乎仍然暈倒在通道之中（也就因為此，其實喬木也說不清楚自己到底是在夢裡，還是在現實），在迷迷糊糊的狀態下，他看到了一個人，從前方的黑暗中走了出來，當這個人走到跟前的時候，他才發現，這個人是琳子。

琳子拿著一個發光的物件（姑且可以算是一個手電筒類的物件）走到喬木的面前，喬木看到琳子，心裡很激動，可他仍處於迷糊狀態一句話也講不出來。琳子朝他慢慢蹲了下來，手輕輕拍了拍他的背部，喬木就猛然醒了過來。

喬木醒來之後，發現自己已經在金龍寺之中了。仍然還是在大殿內，他趕緊朝暗門的地方望去，卻發現暗門早已消失，在他面前的就是一面實實在在的石牆。但他非常確定，這一切絕非是夢境，至少他走過通道的過程不是，因為在原來放置度母佛像的地面，看得出明顯的移動痕跡。

暗門、神秘通道、再加上琳子的出現，讓喬木驚喜異常。他決計不能就這樣離去，於是他索性在廟裡面住了幾天，一來是繼續留在這裡四處搜索是否還有暗門的痕跡，另外也在等待小和尚的再次出現：如果能等到他出現，那一切的謎題或許都可以迎刃而解。

可喬木足足在金龍寺住了七天，也並沒有發現任何線索，暗門和那個通道彷彿就從人間消失了一樣，再也找不到了。小和尚也並未再次出現，留下的行李仍然丟在了廟中。喬木也無法繼續再呆下去，他已經有幾天未歸，如果再不回去工作單位的同事肯定會著急（幾次同事來電話，他都以在附近縣城看望親戚為由請假），派出所的員警也會起疑心，只能趕緊返回。

但他並不甘心，在回去之前，還向當地人四處打聽了下，周圍縣城有沒有金龍寺的分院，得到的結果卻大失所望，金龍寺本身在當地本就是一個不起眼的小廟，因為離得比較遠，平日裡知道的人就不多，去過的人就更少了，所以他問到的所有人幾乎都給了否定的回答。用手機搜索也沒有發現附近的廟宇，他也只能先回到駐地，再做打算。

我又為她做過什麼？

聽完喬木的講述，我和寧偉一陣沉默：喬木的故事相當離奇，我們都需要消化的時間。

「那，」我第一個打破了沉默：「你是因為什麼想要來找我呢？」

「我是實在沒辦法了。」喬木有點不甘心：「這件事情告訴其他人肯定沒人肯相信我，只能來找到你商量下對策，或許你這邊會有一些線索。」

的確，就在我離開的時候，雖沒明說但大家都看得出來，幾乎所有人都已經默認了琳子已經失蹤甚至死亡的現實。從喬木這個還未徹底洗清嫌疑的人口中說出的話，必然不會有人相信。

「其實有一個問題我想了很久，早就想問你了。」我躊躇著，想想這個時候也是問喬木這個問題的最好時機，於是便脫口而出道：「你為什麼對尋找琳子這個事情，這麼執著呢？」

喬木望瞭望我，慘然一笑：「你是真的不知道緣由嗎？」

喬木這句話問出口後，我一時之間竟然不知道該如何回答，他既然這樣發問，那琳子是他小學同學的事情必然已經被他知曉，雖然我不知道這究竟是琳子告訴他，還是他自己猜出來的，而且喬木到底是否知道琳子懷孕的事情也尚未可知，但這一切都已經不重要了。

對於目前的我來講，現在或許已經到了我真正需要面對這件事情的時刻，在我知道喬木就是琳子口中那個名為艾爾肯．庫爾班的男孩之時，我總是在刻意回避這件事情，現在目前情況已經逼得我不得不面對了。

在喬木問出這個問題之後，我們兩似乎都默契得陷入沉默。我把目光投到了酒吧其他地方，現在這個時間點客戶已經漸漸多了起來，有成雙結伴的，有幾個朋友一起聚會的，也有獨自一人前來，不知是為了獵豔還是一個人借酒澆愁，總而言之，他們似乎都有自己的目的，就連甯偉和喬木，也是帶著明確目的而來。而我呢？這段時間的奔波，表面上看起來是為了尋找琳子，其實我自己心裡明白，或許真正要尋找的是我自己，那個代號為 #FFF 的我自己。

「我說，你們到底在打什麼啞謎？」這個時候可以打破這種沉默的也只能是寧偉了，他一臉疑惑看著我和喬木：「到底還有多少事情是我不知道的？」

我沖他抱歉得笑了笑，但並沒有回答：這麼狗血的劇情我實在不想讓他知道，至少不要從我的口中講出來。

喬木默默給自己點了一根煙，對著寧偉說：「這件事情其實說來話長，我給你講個故事，你就明白了。」

我本能得想打斷喬木，卻又無法說出口，只能看著他娓娓道來。

喬木告訴寧偉，在他小學時有一個自己非常喜歡的女生，小學畢業後這個女生轉校，他們就此斷了聯繫。喬木曾經期待女生會給他寫信（女生並未留下聯繫地址給他），為了等待她的來信，他甚至放棄了當地最好的高中，一直在當初的中學讀到畢業，但一直到上大學，他也未曾收到過來自女生的消息。

但喬木並沒有因此而放棄，畢業後他托各種關係查找她的下落，包括回到當年的小學調取女生的轉校地點，然後再到她轉去的學校做進一步調查，可線索一直追溯到女生的大學就斷了：女生中途因為某種原因選擇輟學，所有她的大學同學都不知道女生去了哪裡（女生輟學之後手機號也做了變更），她們只知道這個女生去了國外留學，剩下就沒有半分線索了。喬木所說的這些事讓我很驚訝：我只知道琳子是國外某著名大學博士畢業，在我看來琳子應該是順風順水直接在國外拿到學位，沒想到之前還有這麼多波瀾。

喬木依然沒有放棄，他知道女生從小喜歡自然，大學專業學的也是林業勘察，依照她的性格，無論去國外哪裡讀了書，只要回國，從事的肯定還是相關的職業。於是喬木做出了當時所有人都吃驚的決定，他大學本科讀的是金融學，並且在畢業幾年後順利拿到了 CIIA 證書（當年國內一共持有該證書的人在不超過三百人），當尋找女生的線索斷了之後，他毅然辭掉了上海的高薪工作，以成人身份重新參加了高考，並于同年考取了女生當年就讀的國內大學，選擇的專業就是她喜歡的林業勘察。按照喬木的想法，他想重新經歷一次這個女生的大學生活，同時畢業之後可以從事林業相關的工作，說不定在這個圈子裡可以遇到。

沒想到這麼多年過去了，他還是沒有找到這個女生。

喬木的講述讓我和寧偉都陷入了沉默，尤其是我，完全沒有想到喬木有這樣曲折的人生之路，更沒有想到的是一個人能夠為自己心愛的女人付出這麼多。反觀我自己，作為琳子的丈夫，我又曾為她做過什麼？

喬木講完後情緒有些激動，把自己的頭深深埋了下去陷入回憶之中，或許他從未給其他人講述過這些故事，過了一會他緩緩抬起頭，朝我問到：「她知道嗎？」

我只能苦笑得回答：「我不知道。」我並沒有說謊，琳子到底是否知道喬木就是她當年的那個同學，她從未給我透露過分毫，而我也是這次在前往林場之前查看琳子團隊工作人員材料的時候才注意到：原來喬木就是當年的那個男生。

喬木歎了一口氣：「我真的是傻，從未想過琳子就是當年的那個女孩。」

一旁本來聽得不是太明白的寧偉瞬間變了臉色：「你的意思是，」他給自己喂了一口酒，穩定了下情緒：「琳子就是你當年喜歡的那個女生？」

喬木沉重得點了點頭，寧偉則緩緩轉過臉來朝著我，五味紮陳的表情。

「本來我不會發現琳子的真實身份的。」喬木繼續說著：「我真的沒想到的是，她竟然連名字都換了。更沒想到她這些年竟然一直在我身邊。」

我默默不語：喬木也就罷了，按理來說作為上級的琳子應該是早發現了喬木的身份，可為什麼她一直沒有告訴喬木呢？或許這個秘密她從未告訴過任何人，包括我。

「那你是怎麼發現的？」寧偉好奇的問道。

「還是因為在通道的夢境。」喬木苦澀的說著：「那場夢裡，叫醒我的並不是現在的琳子，而是當年我認識她的模樣。看到當年的她，我才一下子明白了過來，琳子就是那個我一直在找的人。」

「你的意思是，你看到的是，小時候的琳子？」

「是的，或許這麼多年之後，琳子的模樣已經在我的記憶之中模糊了，而直到那刻看到當年的她，我總算才一下子明白過來，琳子就是那個我一直在尋找的人。」

「也正因為如此，」喬木突然看向了我：「我一定要找到她。而要找到她，我一定得先找到你。」

「為什麼一定要找到我？」作為當事人的我，此刻竟然顯得有些心不在焉。

「因為你是她的丈夫。」喬木並沒有咄咄逼人的口氣，我卻感到了一種莫名的傷害，這種傷害來源並非是喬木，而是我自己。

「因為你是她的丈夫。」喬木再一次重複了這句話，語氣不僅沒有強勢，反而透出些許苦澀：「你和琳子一起生活了這麼多年，你這裡一定有我永遠不會擁有的線索。我實在沒有辦法了，所以我只能找到你。」從他說話的口氣就看得出來，如果不是走投無路，他是肯定不會找上我的。

我靜靜看著喬木，這個為琳子付出半生的男人，有足夠理由贏得我的尊重。相對於他，我就好似一個不勞而獲的男人，我幾乎是輕易得獲得了琳子的感情，作為丈夫的我未曾為琳子付出過什麼，也未曾為琳子改變過什麼，在喬木面前，我沒有任何驕傲的資本可言。

遺失的過去

走出酒吧，我決定步行回家。此時夜燈初上，剛下班的路人都行色匆匆，每個人都想早點回家，除了我。那個我和琳子一起搭建的家，此刻或許已經失去了它本應當擁有的意義，彩色的熒紅燈、閃爍的車燈、川流不息的人群與車群，還有那急著催人回家的夜風，都讓我有了一絲脫離感。

帶上耳機，這種不真實感愈發強烈。John Lennon 在耳邊淡淡的唱著：「I』ve shown you everything, I got nothing to hide.But still you ask me do I love you, what it is, what it is.」牽手結伴的情侶，路邊撿食的野貓，高談闊論的老人，在我耳邊一一如默劇般走過，我審視著他們，他們嘲笑著我，世界的流動就如此這般運行著。

此刻，「琳子在哪兒」在我需要解決的問題中似乎不再是最重要，取而代之的是「真相是什麼」，我為自己這樣的想法而感到羞恥，卻並沒有能力改變。墨西哥詩人Octavio Paz曾經經歷過一場大火，火災吞沒了他的家，也吞沒了他多年來收藏的名家油畫與藝術品，Paz從此一蹶不振，從家裡搬了出來住進旅館與醫院，他自此變得沉默寡言，甚至連老朋友的電話都不願意接，他在那次大火之中，失去的不止是自己的家，還失去了自己的過去。

我現在的感受正是如此，如果說琳子的失蹤仍然讓我有動力去尋找她，而喬木的故事則讓我在某種意義上失去了過去。說起來很尷尬，現在看起來，和喬木一樣，我的過去似乎也只有琳子。父母去世之後，我雖然還是按部就班考上高中，考上大學並且順利畢業，但只有我自己知道，在遇見琳子之前，我是沒有生活的。琳子的出現，開始慢慢治癒我（也或許我們在互相治癒），讓我有了繼續生活的希望與勇氣。

而時至如今，能夠支撐我一直走下去的那根稻草彷彿一下子斷掉了，我似乎重新開始變得茫然。琳子與我的生活，更像是一場互相治癒的過程，而我並不知道的是，我負責治癒的她那一部分，是由喬木帶來的，我可能只是在恰當時間出現的適合補充，喬木是這一切的起源，或許也應該是這一切的終點。

不知不覺天色已然大暗，一個小時出頭的時間，我已經走到了社區裡。那棟我與琳子一起搭建的家，此時還亮著燈光，我知道那是16號，她依然還在等著我。John Lennon也終於唱出了結束的歌詞：「I really love to watch them roll.No longer riding on the merry-go-round..I just had to let it go.I just had to let it go.」

是時候回去了。

第五章

隱喻

我並非痛恨眾人的愚蠢
我痛恨的是自己也在眾人之中

A City Of Sadness

在酒吧見面的最後，我把所有有關琳子的資訊都通通告訴了喬木，也包括琳子懷孕的消息。我覺得這個時候，不應該再對這個男人有所隱瞞。

喬木仔細聽完後，就再也沒有說話。我知道他自己在慢慢消化這些所有的資訊，寧偉在這個時候提議我們明天再聚，今天先回去大家都消化消化，我和喬木都沒有表示反對，於是這場意料之外的臨時聚會宣告結束。

臨走之時，寧偉喊住了我，他把我拉到一邊，抱怨著說：「我說你這小子，咱們兩都多少年朋友了，你這出了這麼大事兒還瞞著我？」

我正想解釋，他卻並沒有給我這個機會，繼續自顧自的說道：「多的話我不提了，既然這次喬木能找到我，那我註定就要參與進你們之間的事情來。以後再有什麼情況，可不能再瞞著我。」

我有些感動，我一直沒有把整件事情（上一次委託他查閆浩宇的材料也只不過告訴了他琳子失蹤，但並未說細節）完整的告訴寧偉，雖然出發點是不想把他也捲入到這個事情之中，但就如他所說，這件並不小的事情對這麼多年的朋友隱瞞，的確不太應該。我實在是忽略他的感受了。

甯偉把我朝邊上拉了拉，讓我們兩和喬木有了一些距離，然後正色對我說道：「何夕，我知道你的性格，從大學以來你無論遇上什麼難事從不會找人幫忙，總是一個人扛著頂下來，而一旦朋友有麻煩的時候，你卻總是第一個站出來的人。我知道你最怕麻煩別人，可有些時候。。」他拍了拍我的肩膀，動情的說道：「有些時候，麻煩一下朋友才能更顯出你對於朋友的信任不是嗎？」

我默默點點頭，也不知道這個時候該說些什麼。他說的沒錯，我骨子裡可能是一個冷淡的人，所以對於他人的饋贈一直會感到內疚。父母過世後，無論大事小事我從未要求過別人的幫忙，如果說人脈這種東西，價值只在於互相使用，那我根本沒有任何人脈，始終孤身一人。這種情況一直持續到琳子的出現後才有所好轉，可或許也正是因為我對琳子有了依靠，才導致了我對於琳子與喬木的關係如此敏感。

人一旦決定依靠什麼東西之後，必然會對這件東西格外重視。特別對於我這種人而言。

回到家後我並沒有第一時間上樓，而是在客廳打開電視，給自己放了一部侯孝賢 1987 年執導的電影《戀戀風塵》。這是我的習慣，每當需要獨自思考的時候，我就會給自己放一部侯孝賢的老片。按照我自己的理解，喜歡看老片並且重複看，是源于我對現實的極度厭惡。

片子是由該片編劇的真實經歷改編，主人公阿遠和阿雲自小青梅竹馬，幾乎身邊所有人都認定他們將會連理相伴一生。兩人初中畢業後，先後離鄉背井，作夥在臺北市謀生。之後阿遠入伍服了兵役，而阿雲卻在日復一日的守候中逐漸將這份感情疏遠。部隊裡發生「兵變」，家鄉里的親人都在恐慌裡祈望著他的音訊，然而阿雲卻不堪寂寞，最終移情別戀嫁給了每日幫他們倆送信的郵差。

片尾，阿公對阿遠娓娓道來：「照顧這些蕃薯比照顧巴參還累，現在又得除藤了，若不除藤這蕃薯種出來就只有這麼小，除了藤蕃薯才能吸收養分，那才會長大。」

世間之事或許並無蹊蹺，它們總是雷同。

「你今天遇到什麼事情了？」16號聲音響了起來。

電影看到一半的時候，她就從樓下下來了。我們並沒有說話，她在沙發前的地板上直接坐下，一直到電影結束。

我把電視關掉，並在唱機上放了一張唱片，等S.E.N.S.的《Hiromi のテーマ》響起後，我便把今天發生的事情一五一十的告訴了16號。

這張《A City Of Sadness》的唱片是我第一次遇見琳子之時，也就是我採訪琳子的時候在書店放的唱片，對於很多人來說，一首歌或一首曲子就可以代表一個人，而這張唱片在我心裡，就代表了琳子。

「那你是怎麼想的？」

「沒什麼想法。」

「不繼續找琳子了？」

「肯定要找的。」

「那和喬木一起找？」

「是的。」

直到唱片放到第三首《文清のテーマ》後，16號再次開了口：

「有些事情，我其實一直瞞著你。」

「嗯？」

「你還記得琳子放家族材料的暗格嗎？」

「記得。」

「我之所以知道書房那個暗格的所在，是琳子告訴我的。」

我並不驚訝，這個事情自然只能是琳子告訴她，而我一直困惑的原因，在於為什麼從未告訴過我。

不過16號立刻說出了答案：「琳子告訴我，這是為了防止某種情況的出現而做的預防措施。」

「預防措施？」

「對，按照琳子的說法，她已經做了很多類似的工作，就是為了預防一些事情的發生。而之所以不告訴你，也是這種預防措施的一部分。」

我本來已經冰凍麻木的心臟似乎再次跳動起來，難道琳子早就知道自己會出事，所以提前做了準備？

16號繼續說道：「琳子告訴我，有些危險的事情即將發生，但是她並不想把你捲進來。有些事情她必須要去親自完成，你沒有必要與她一同承擔。這是她的責任。」

「那她有沒有對你說起過，有關於這次可能發生的事件的情況？」

16號搖了搖頭：「關於這個事情，琳子並沒有說太多。她只是說了一種可能性，如果她一旦出事，我可以把這個暗格的所在透露給你。」

聽著16號的話，幸福感慢慢爬上了我的身體：不管如何，琳子是信任我的，她相信我可以有所作為。

16號繼續說：「其實我很感覺出來，琳子身邊可信任的人不多，在這些人裡，你肯定是那個最重要的存在。」她勉力堆出了一個笑臉：「至於我為什麼會出現在她的信任名單之中，我的確是不清楚的。」

我沉默不語，按照琳子的性格，她定然是認為16號可以在某種程度上幫到我，才會把這種帶有風險的情報（結果必然會把16號捲入到這次事情中去）透露給她。如果不是這樣，她絕不會把其他人拖進這種事情來。

「對了，有件事情我必須在這個時候告訴你。」16號把身體轉向我：「琳子的那個孩子，並不是其他人的。」

「不是其他人的？」我有些困惑。

「對。」16號認真得看著我：「這個孩子的父親，並非除你之外的人。」

請相信她

「並非除我之外的人？」我更加困惑了，之前我已經反復計算過時間，因為琳子一直在外出差，這個孩子決計不可能是我的。而且如果孩子是我的，那琳子為什麼不第一時間告訴我這個消息。邏輯上完全說不通。

「是的。」16號有些遲疑的說著：「就這段時間你的反應來看，你也並不知道這個孩子的情況。可琳子告訴我的原話就是這樣。」

我更加困惑了。這莫不是琳子再跟我打什麼啞謎？

「不過，」16號接著說：「琳子也說，在我告訴你這個消息之後，讓你不要懷疑，請相信她。」

請相信她！

當我聽到琳子的話從16號口中傳過來之時，我對於她所有可能的質疑剎那間煙消雲散，琳子對於我而言，還有什麼是不值得被信任的呢？我與她之間的感情，是早已經歷過時間驗證後的感情，雖然這段時間發生的事情超過了我的認知範圍，可也正是因為發生過這種超出認識範圍的事情，或許我更有理由去相信她。

「說實話。」16號慢慢走到窗前：「我在某些時候會為琳子感到不值。」

她看著窗外的榕樹，緩緩說道：「在琳子拜託我這件事情之時，我也問過她緣由。她雖然沒有說出實情，但我能看出來她的壓力相當之大。我的直覺告訴我，她告訴我這件事情本身，也一定冒了很大風險。可是這種風險她卻認為是值得的，這僅僅是為了消除你的顧慮。我覺得肯定是有什麼未經她證實的原因，導致她沒辦法直接告訴你答案。所以她所希望的，僅僅是你能夠相信她。」

「難道說，」16號轉過頭看著我：「夫妻之間的絕對信任，真是不可能的嗎？」

我終於發現，我窮盡半生想要脫離俗世的生活，從不關注大眾所吹捧的東西，從不發朋友圈，甚至不用微信，不看任何八卦，不聽任何謠言，不看微博，不刷短視頻，我以為只要脫離大眾生活圈，就可以脫離「沉淪」，成為海德格爾口中的「向死而生」的存在，直到現在我才發現自己錯得離譜。

在發現琳子懷孕之時，我的第一反應是懷疑她有了外遇，我認為這是邏輯與理性的推斷。而我恰恰忘記了：相信夫妻之間有絕對信任，並想打破社會傳統夫妻相處模式的那個人，就是我自己。

我沒有選擇相信琳子，我選擇了做一個「常人」。

我早已在不知不覺之間讓自己的 #FFF 被濃墨重筆的勾畫，而作畫的人不是我，恰恰是我最厭惡的「世界」。琳子之所以會喜歡我，也是因為我有向這個世界不妥協的勇氣，而或許讓她失望的，也恰好是這種勇氣的喪失。

我不能再這樣下去。

「其實你大可不必沮喪，」16號繼續說：「我們內在有什麼，包括我們自己在內所有人都不知道。只有開始拿走人們內在的東西，一次拿走一個希望的時候，你才能看出那人的內在有什麼。」

「而也只有在這種時候，你才能看出自己的內在有什麼。」

我呆呆望著她，像看著一個陌生人：「我真的可以嗎？」

「有些時候，我們只有拿送紙張之上塗抹著的東西，才能夠看出它自己的顏色。」16號用不容置疑的口吻說道：「我倒不覺得你已經明白了自己是什麼，你的本質或許不是你之前認知的，也不是你此刻認知的，而是一些別的什麼東西。」

「別的什麼東西？」

「是的，」16號抬起頭看著我：「至少我是這麼認為的。」

這一剎那，我終於明白了為什麼琳子會把這件事情告訴16號，或許是憑藉女人的直覺，也或許是其他什麼原因，她知道16號會相信我。而我現在最需要的，恰恰就是他人的信任與鼓勵。

「好男人只要碰對女人，」16號說：「那女人要他多堅強，他就會有多堅強。」

「嗯？」

「這是Gregory David Roberts書裡說過的一句話，」16號看著我投過來的眼神，解釋道：「琳子相信你，你也應該相信你自己。其實你一直追求的東西，不是他人的理解，而是與自己的和解。」

說完這句話，她便離開上了樓，留下我一個人獨自呆立在客廳，看著落地窗外隨夜風搖曳的榕樹，儘管已經到了深夜，蟬兒仍在樹上縱聲鳴叫，彷彿不知疲倦的螻蟻。

似乎春天終於過去，夏天終於來臨。

晚上我做了一個夢。在夢裡我見到了琳子，她還是當年剛剛與我認識時的模樣，我和她走在田埂上。旁邊麥穗組成的風景，一望無際。

我們有說有笑著，偶爾還嬉戲打鬧，一切都如同剛開始的樣子。飛鳥從我們面前掠過，蟋蟀和蝗蟲在腳邊跳來跳去，樹上的蟬叫得沒心沒肺。

突然之間，天色迅速暗了下來，烏雲由外及內，吃掉了飛鳥、麥穗、蟋蟀、蝗蟲，最後直接吞沒了我們。

就在這個時候，一頭惡狼從田裡躥了出來，把琳子撲倒，瞬間便咬斷了她的頸部動脈，然後一口吞掉了她的頭顱。琳子的黑髮從狼的口中散了出來，隨風漂移。

一切發生得太過突然，我只能呆呆站在一旁，低著頭看著失去頭顱的她。琳子躺在地上，雙手抱住了我的腳，彷彿在向我求助。

我抬起了頭，惡狼也抬起了頭，雙目對視。

就在這時，我醒了過來。

能在恰當時間死亡的人才真正幸福

第二天起床後，我立刻聯繫了寧偉，讓他把喬木帶來我們一起商量下一步計畫。放下電話後，我走進廚房給自己和16號做早餐。

往碗裡放置一些蔥花、豬油，加一些食鹽、雞精，再放一些生抽和香油，水燒開後用開水調齊，然後在鍋中放入麵條。很簡單，兩分鐘後兩碗陽春麵就做好了，這一套完全是跟寧偉學的，他是上海人，生活得極其精細，每天固定要給自己整碗面，我見得久了也就學會了。

面做好後，我在旁邊再放了兩個煮好的水煮蛋便端了出來。剛到餐廳就看見16號早已坐在那裡等著我。

「什麼時候起的？」我有些奇怪：「你一向沒這麼早啊。」

「一大早就被你吵醒了。」話是這樣說，16號臉上倒是沒有不開心，只不過從臉色上可以看出她昨天決計沒睡好。

我把早餐送到她面前，她急忙端過去開始狼吞虎嚥起來，活像一隻餓了幾天的小熊。

「你……」我一時語噻，我自己的廚藝我自己清楚，打發自己還可以，要說美味就很牽強了。

「我昨晚沒吃飯。」16號頭也沒抬：「還不是為了等你。」

聽了她的話，我並沒有回答，只是低下頭，默默吃起了早餐。

我們吃得很快，不到十分鐘，一碗陽春麵便已經下肚。正在我收拾碗筷的時候，外面傳來一聲停車的聲音，甯偉和喬木來了。

把兩人引進客廳，我先把16號給他們介紹了下，因為和16號早已結識，寧偉倒是沒什麼，反倒是喬木看16號的眼神有些許異樣。我並沒有在意，招呼他們坐下後，便開門見山得沖喬木說：「喬先生，我們一起去找琳子吧。」

我說得直接，倒是喬木有些不自在：「何先生，你真的想清楚了？」

「想的很清楚。」我沒有絲毫猶豫：「昨晚想了很久，或許在這個世界上我們兩才是最關心琳子的人，而且現在這個情況，似乎也不是一個人就可以解決的問題，為了琳子，我們必須一起合作。」

喬木有些如釋重負，點點頭說：「其實我這次過來的最終目的也是這個，如果我們兩都再找不到她，這個世界上估計再不會有人願意，也不會再有人能找得到她了。」

「嗯。」我點了點頭：「所以下一步，我計畫直接去茂名。」

喬木並不吃驚：「也只能從那裡入手了，這次事件的所有線索似乎都指向那裡。現在線索再次斷了，我們必須得從那個地方重新尋找。」

「是的。」我不自覺的摸了摸身上帶著的度母玉佩（其實自從這塊翡翠拿到手之後，我就一直隨身帶著，從未取下來過）：「到了茂名之後，我想去一趟你所說的那個寺廟，再看看能不能再發現一些什麼。」

喬木點頭表示同意。我餘光一掃，看到寧偉和16號正看著我，寧偉居然還一副興奮模樣，頗有些壯士斷腕的氣勢。

「我有種預感，這次必定會誕生很多好的素材。」寧偉沖我笑了笑：「你知道的，我又不需要打卡上班，出去採集素材也是常有的事。」

「你知道的。」16號也沖我泛起同樣的笑容：「我早就不用上學了。」

看著他兩我不由地歎了一口氣，這一次要是再想撇開他們，看來是不可能了。

就這樣，我們四個人商量完畢後，第二天便踏上了去往茂名的旅程。

因為喬木的原因，這次前往茂名我們並不能乘坐任何公共交通工具（他目前的身份根本無法通過任何安檢），於是我們只能自己開車前往。寧偉自告奮勇充當了我們的司機，他不知從哪裡搞到了一台大型越野車，塞下我們四人以及裝備綽綽有餘。

從北京到茂名，開車的距離接近三千公里，由寧偉主駕，喬木輪換。匆匆準備完畢後我們一行四人就踏上了征途。

「我說老何啊。」駛上京藏高速之後，寧偉心情愈發好了起來：「你說你都三十好幾的人了，咋連開車這種基本技能都沒學會？」

「原來你真的不會開車啊？」和我一起坐在後排的16號也湊了過來，一臉好奇：「和你一起的時候，無論去哪兒都是打車，我就猜到你不會開車，沒想到這竟然是真的。」

我只能苦笑：對於開車這件事情我一直持排斥態度，所以至今為止我甚至駕照都沒有考過。主要原因無非幾點，一來我很討厭麻煩事，找停車場、加油、保養，再加上偶爾會遇到的突發事件在我看來都是無比麻煩的事情，雖然生活難免意外不斷，但這些能製造意外的事情我還是能少則少。第二個原因源自於我的上路恐懼症。我的應變能力奇慢，很多東西沖到眼前我還反應不過來，所以要是我開車上路，那結果註定只有兩個：我撞人，或者被人撞。

還有一個原因我從未給寧偉說過：不知道從什麼時候開始，我就有一種強烈的預感：我總有一天會喪生在車輪之下。每次見到從我身邊呼嘯而過的大型貨車，我都有一種劫後餘生的既視感，這種預感來得毫無理由，也無從考證，就好像我是一個天生就知道自己結局的人。這個事情我從未告訴過任何人，包括琳子。

對死亡擁有準備時間的人很幸運，但能在恰當時間死亡的人才真正幸福。所以我從很早以前就開始著手準備自己的死亡，這並不意味著像雞湯文學裡寫的：把每一天都當成最後一天來活。我的方式是時刻做好準備，保證每天結束之時都維持在一個「完成」狀態（在我的日記裡，連自己葬禮的音樂都已經更換過幾次了），目的就是可以讓自己體面離場。

從北京出發的時間是早上六點，因為都懷揣心事，除了剛啟程時聊了聊天，一路上幾個人都沒怎麼說話。在甯偉開車期間，喬木抓緊時間在網上繼續搜索關於茂名金龍寺的線索，16號則是從一上車就戴上了耳機，而我則是在休息區吃過午飯後就沉沉睡了過去。

不知道過了多久，我才被16號的聲音喊醒：「我說何老闆，你還真是心大啊。」我睜開眼就看見16號一臉笑意：「這次出行我們一開始都很擔心你的狀態，而作為男主角的你卻在車上呼呼大睡足足了6個小時，小夥子不錯，看起來狀態很好啊。」

我抱歉得看了看其他人，由於這兩天精神都在高度緊張狀態，我基本上不存在有品質的睡眠，或許是因為終於確定了目標，所以在車上我睡了最近以來最好的一個覺。

這個時候寧偉哀怨的聲音也傳了過來：

「老何起來了吧，我們已經到巴彥淖爾了。」

我們只是橋樑本身

巴彥淖爾是計畫中今天的目的地，它是內蒙古的一個下屬地級市，也是從北京前往新疆的必經城市之一。我醒來後，16號也似乎恢復了一些活力，一個幾乎未出過遠門的小姑娘，第一次來到草原，興奮好奇才是應有的狀態。

到了市區之後，我們先吃了個飯，然後就直接到了酒店，經過一天的趕路，所有人都身心俱疲想早點休息。

安頓好行李之後，我獨自一人來到酒店一樓的茶室，給自己要了一壺白毫銀針。趁著這個時間讓自己放空放空，雖然在車上睡了一下午，可整個人精神狀態還是恍恍惚惚，我必須調整好自己的狀態。第一泡夾帶著乾草香味的白毫銀針很快入口，讓我的精神瞬間清爽了不少，我和琳子都很中意白茶，我們時常在閒暇時分坐在榕樹下煮上一壺銀針或者白牡丹，就著院子裡的青草香閒聊，那是我關於琳子最美好的回憶之一。

不知過了多久，我旁邊悄然坐下了一個人，我抬頭看過去，原來是16號。應該是才洗過澡，還頂著一頭濕漉漉的頭髮，很明顯只是用了毛巾簡單處理了下。

「你都不吹吹頭髮？小心感冒啊。」

「習慣了，這個天氣我喜歡讓頭髮自然幹下來。」她把我手中的書拿了過去：「什麼時候開始讀《壇經》了？」

「隨便讀讀，可以靜心。」我淡淡回答。其實之所以會讀壇經，是受到了安和的影響。我想起了那次採訪最後他送給我的那句真言：「自佛不歸，無所依處。」對於這句話我一直不得其解，於是這次出發前，我隨身帶了一本《壇經》在身上，想從中找到答案。

「我問你啊。」16號不緊不慢的說道：「活著的意義到底是什麼？」

我有些吃驚，的確沒想到聰慧如16號這樣的人（雖然還未成年，可理解能力絕非一般人所能比擬）會問出這個問題。

「你別那副表情。」16號繼續著不緊不慢：「有人說活著的意義就是活著，有人說活著沒有意義，也有觀點說追求意義本身沒有意義。可我今天就想聽聽你的說法。」

我放下茶盞，口中還有一股逝去的桂花香：「我個人的看法。活著的意義是修行。」

「修行？」

「對，修得真理之行。人總是把自己看得過於重要了，其實我們的出生與死亡，並沒有目的。人只是一座橋樑，而非結果。」

「什麼樣的橋樑？」

「到達真理的橋樑。生命所追求的方向並非走過橋樑，我們只是橋樑本身。」

16號把《壇經》放下，拾起我的茶盞喝了一口：「香味很足，我記得琳子就很喜歡喝這個。」

我抬了抬手，示意服務員給16號加一個茶盞。她搖了搖頭，轉身讓服務生給她重新泡一壺銀針：「要冷泡。」她刻意強調了下。

「你喜歡喝冷泡？」我有點詫異：「冷泡對身體不太好。」

她並沒有回答我，而是自顧自的說了起來：「從我有記事開始，我的父母就已離婚了。」

「從小我就和母親一起生活，一直到現在，見到父親的次數沒有超過兩位數。」

「當然，我的生活並沒有因為父母的離異而顯得窘迫，母親本身就是一個事業女強人，擅長交際，經營的公司規模上千人，盈利狀況一直極好。再加上父親也會定期寄來不菲的生活費用，所以我從未因為錢的事情而感到過焦慮。」

我之前對於16號的背景情況可謂一無所知（其實就連琳子的情況我也並無好奇心，更何況她之外的人），這也是第一次聽起她自己說起，於是我並沒插話，只是慢慢聽她講述：凡是過去，皆為序章，有些時候我們只有把序章重新複描一遍，生活才能更好的往下演奏。

「按理來說這樣的生活並沒什麼不好，父母雖然離異但關係還算融洽，我們一家三口經常一同外出野餐，父親也經常帶著我出去玩，對於一個小孩來說，這和一般家庭區別並不大。」

「可這樣的生活卻並不滿足我。」16號接過服務生遞過來的茶壺，出神得看著透明器皿，裡面白毫在冰水之中翩翩起舞，似乎此刻講的事情與自己無關。

「人的欲望的確深不可測，我自己也無法理解，作為一個小孩的我，為什麼會隱藏著如此猛烈的控制欲，無論父母如何嘗試補償我，我的心裡卻只有一個願望，希望他們能重婚。我希望自己能夠真正的擁有他們。」

「骨子裡，我覺得這是他們欠我的。」

「直到不久前，我讀了Augustine of Hippo的《懺悔錄》後才意識到，原來人之初，性本惡。和書裡的那群偷梨小孩一樣，童年的我對於父母的愛熟視無睹，卻對他們之間離婚的事情耿耿於懷，我從心裡嫉妒父親擁有另外一個孩子（和之後的妻子所生），甚至在我七八歲的時候便開始暗自策劃如何分離他和他的現任妻子。」

我聽得暗暗心驚，的確沒有想到16號小時候竟然會有這樣的故事。她並沒有理會我的反應，繼續慢慢講述著。

「隨著時間的推移，我渴望父母之愛的欲望逐漸轉向了對於後母及弟弟的恨意。雖然這個時候我也開始意識到，正是因為父母離異導致他們給予了我更多寵愛，幾乎是無條件滿足我的各種要求。」

「但還是缺少了陪伴對吧？」我不由地插了一句。

她仍然沒有看向我，只是搖了搖頭：「你可能無法想像，在這種狀況下，我得到的父母陪伴時間居然比弟弟還要多得多。無論是從生活還是精神上，我相信自己得到的絕對足夠。」

「而我對弟弟與後母的恨意卻日益膨脹，我甚至在想：要是他們兩都不在了該多好。」16號歎了一口氣：「我經常會被自己這種想法嚇到，但卻無能為力，我無法控制自己，只能任由它肆意生長。」

「你知不知道，有些人燙完一次頭髮之後，就算以後再也不燙，新生長出來的頭髮也依然會沿著之前的軌跡繼續卷下去。」

我搖了搖頭。

「我的頭髮就是這樣，它仿佛擁有記憶，生長的同時被向著不同方向的力量拉扯，恣意生長。如同被前世的業力所操控，朝著自己無法控制的方向進發。我把這種情況稱之為『有序的熵增狀態』：混亂、不受控制、充斥狂流的張力，但有目的。」

「目的？」

「對，目的。就像我當時面臨的狀況一樣，我並不理解，甚至感到恐懼，但這恐懼無法阻止我的完成。終於在十二歲那年，我以隱晦的方式達成了自己的目的。」

「你的父親還是和後母離婚了？」

16號並沒有回答我的問題。她只是看向茶室的窗外，我朝著她的視線望了過去，除了一片漆黑，再無其他。

隔了許久，她才把目光從窗外緩緩投向我：「怎麼樣，聽我說了這麼多，是不是有點吃驚？」

我依然搖了搖頭，仿佛今夜我除了搖頭並沒有什麼其他事好做。

情緒真相與事實真相

等了許久，我才回復了她：「所謂精神，就是殺進自己生命中的生命，它通過自己的痛苦增加自己的知曉。」

「尼采？」

「對。」

我暗自在想，或許正是這多年的痛苦累計，才讓16號現在擁有了不同於同齡人的成熟與通透。但這種讓人沉溺於仇恨的黑暗，卻並非每個人都可以走出來的。

16號想了想，又緩緩說道：「其實不光對我的後母，就是對我自己的母親，我也懷有恨意。」

我歎了一口氣，恨意這種東西一旦形成，自然不是某一個人引起的，原生環境才是罪魁禍首。

16號繼續說：「說實話，她其實並沒有太大的問題，只不過犯了一個大部分女人都會犯的錯誤。」

「那是什麼？」我有了些許好奇。

16號喝了一口茶，平靜的說道：「混淆了情緒真相和事實真相。」

「情緒真相和事實真相？」

「對，在我看來這個世界的真相分為兩種，也就是剛才我所說的情緒真相和事實真相。這兩種真相有一個共同點，就是結果的晦暗不明。導致事實真相不顯現的原因來源於對真相的定義，而導致情緒真相不顯現的原因來源於情緒本身的混亂以及不可說明。」

「我母親的悲哀就在於她既要求父親有事實真相上的結果（可以靠數字定義的成功，比如世俗意義上用金錢衡量的成功），又要求在情緒真相（可以靠潛意識以及混亂的感性認識來定義）上滿足她。但是她所要求的情緒真相是極不穩定的。」

「不穩定？」

「是的。我認為這種不穩定根源其實來自於記憶的不穩定。」

我一下子明白了：「回憶並非由過去，而是由現在和未來做決定的。人所能表達的記憶其實是建立在大腦自私天性的基礎上，過去的記憶都是根據人所在的當下以及未來，所編造出來的利好回憶。」

16號眼睛亮了一下：「說得好。也就是說在極端情況之下，她的情緒會根據記憶的改變（隨著當下及未來的可能性改變而改變）而確定不同的目的。而這對於一個男人來講，幾乎是不可能辦到的事。」

我笑了笑：「不僅是男人，就算從整個人類來說，要同時兼顧你所說兩種真相的探索都是不可能辦到的事情。這完全是兩種不同思維模式導致的真相，人擁有的天生局限性（自我）註定不可能兼顧這兩者。」

「所以在這種情況之下，導致了我持續不斷的痛苦。一方面我痛恨父親第二段婚姻給我帶來的『不公』（這個對於不公的定義自然是我自己杜撰出來的，在那個階段我無法理解我自私的天性），另外一方面又痛恨母親的不自知。我痛恨母親沒有足夠的自省，也痛恨父親對於這種情況的不作為。在這種情況之下結果幾乎是註定的，而我卻無能為力。」

我並沒有馬上回復她。這種由於過度的自我清醒而引發的矛盾，必然會帶來高度的自我懷疑。這樣的事情，我可謂是感同身受。人活在世上，必然有其痛苦之處，對於我和16號這樣的人來說，自省帶來的痛苦註定會持續一生。

「我希望你能夠成為成功的穿越者。」

「什麼？」

「我指的是穿越這片黑暗的旅行者。每個人都有自己的黑暗，我是這樣，你是這樣，甚至於琳子也是這樣。我有一種預感，你只有看透這片黑暗的本質，才能真正得找到琳子。」

又是預感，我不由地倒吸一口涼氣。琳子之前就給我說過16號的直覺很准，估計這也是她刻意讓16號稱為知情者來幫助我的原因之一，畢竟目前這個狀況，要解決問題或許光靠理性是遠遠不足的。

與16號告別回到客房之後，我依然還在回味著剛才的對話。

說實話，16號的故事並沒有讓我感到過於驚訝，一個像她這樣的女孩必然有一些不同的成長經歷，讓我感到值得思考的是，她提到的那片「黑暗」。

人性黑暗的起源，在漫長的歷史長河中被無數作家、哲人提及，基督教講究原罪（就如同16號所說的奧古斯丁的《懺悔錄》，人類從嬰兒時期就不斷產生罪惡），佛教說人的煩惱來源於貪嗔癡，但是從未有一個統一答案。

就像16號的故事一樣，她的父母儘管離婚，但已經給予了童年的她足夠多關愛，她自己也明確認識到了這一點，但依然無法讓自己滿足，反而因此引發了憎恨，這種從理性上分析幾乎沒有緣由的黑暗究竟來自何處？

帶著這樣的疑問，我再次昏昏沉沉的睡了過去，也正是在這種情況之下，我也再次見到了影子。

把一個人當做解藥是危險的

這次夢裡的場景換到了多年前神山上的那座木屋，影子就坐在當初安和坐的位置上，煞有介事得歪著頭看著我。有了前幾次的經驗，我也並不慌亂，立刻從地板上坐了起來（我之前依舊保持著躺著的狀態）看著他。

「喝茶？」影子用「手」指了指面前沸騰的茶壺，好像我們已經是多年的老友。

我點了點頭。並不立即說話，而是靜靜等待著。我很清楚的知道，這一次見面必然有其原因：此時正是我尋找琳子的關鍵時刻，影子在這個時候出現必有其理由。

影子似乎也並不著急，它用「手」拾起茶壺（我眼中的情況則是一團似手非手的黑影包住了茶壺柄），將茶水注滿面前的茶盞，然後示意我端過去。

我拿起茶杯，輕啐一口，正是我今晚喝的白毫銀針味道。

「看來你已經適應了我的存在了。」影子抬起頭面朝著我（它是否看著我並不得而知），慢條斯理地說：「這是一件好事。」

我放下茶杯，也慢慢地回答：「存在即是合理。我記得上一次我們見面，正討論過這個問題。所以我自然也應當把你當做『合理』的存在了。」

影子點了點頭：「很好，也不枉費我花了這麼多精力來與你見面。」

「與我見面很難？」

「非常難。需要越過很多東西，才能達到這裡。」

「你說的這裡，」我遲疑著問：「是指目前我所在的世界？」

「對。」影子這次回答得很快：「世界與世界之間，被某種東西聯繫起來，要穿越這些界限著實是一件比較困難的事情。」

「那之所以你想與我見面，是因為我即將要做的事情？」我試探性的問，只要這個問題影子給出了確定的答案，那就必將證明一個事實：琳子的失蹤與它或者它所在的那個世界有關。

「你問了一個好問題。」影子點了點頭：「繼續和你繞圈子也沒意義，你已經開始接近一些核心了。

是的，我這次找到你的確與此事有關。」

我心中一塊大石瞬間落地，無論是我或者喬木，雖然尋找琳子找了這麼長時間，也發現了一些似有似無的線索，但都無法明確和琳子有關聯，這是我第一次找到肯定的線索，儘管這個線索是在夢中由一團黑影帶來的。

「但是。」影子見我沒有說話，就自顧自得繼續說了下去：「你想要的最終答案我無法給你，這個答案只能是由你自己去發現。」

「你說的最終答案，是指琳子的所在？」

影子搖了搖頭：「我說的並非是這個問題。當然你太太的所在我也無法告訴你，確切來說，不是無法，而是不能。」

「你說的『不能』是指你因為某些規則或者某些忌諱無法告訴我，還是說，你也不知道琳子在哪裡？」

我繼續追問，既然影子說無法告訴我，那我也必須問得更深一些，這些問題的答案必然對我大有助益。

「我說的是後者，我也不知道她的所在。」影子歎了一口氣：「況且，我今天找你的真正目的，也並非如此。」

「那是？」

影子把身子往前湊了湊（給我的感覺是它想表達這將是一個嚴肅的提問），然後開始發問：「你覺得你自己是一個什麼樣的人？」

無論我如何設想，也不可能想到影子竟然會提出這樣一個問題。一時之間我竟然有些迷茫，不知道這個問題該如何回答。「你覺得你自己是一個什麼樣的人？」影子見我遲遲不回答，又加重音調重新問了一遍：「請注意我的提問，不是在別人眼中你的樣子，而是你自己的答案。這個問題對於我而言很重要，請你務必回答我。」

雖然還是完全摸不清頭腦，我還是接下了它的話：「說實話，我不知道。」

「不知道？」

「對。」我加重語氣，意在讓影子明白我並非敷衍：「其實你問的這個問題，我已經問過自己無數次了。」

「但始終沒有答案？」

「嗯。」我有些遲疑的點點頭：「也並非說完全，都只是一些模糊的概念。關於我自己。」

「說來聽聽。」

「就如你所說，別人眼中的我是什麼樣，對於我來講完全不重要。我追求的東西，可以稱之為一種完全的理念。」

「理念？柏拉圖的理念[13]？」

「對。」一個影子居然知道柏拉圖，我還是有些許吃驚，不過我也沒有繼續深思，而是慢慢往下說：「從很久以前開始，我認為我追求的是真理，或者你也可以稱之為真相。直到我在世界中慢慢經歷，

13　柏拉圖認為自然界中有形的東西是流動的，但是構成這些有形物質的理念卻是永恆不變的。

我才終於開始明白，真理並不存在。」

「所以，」影子不假思索的說道：「你開始追求一些其他的東西，比如理念？」

「對，多年以前有個叫做安和的和尚曾經送給我一句真言：『自佛不歸，無所依處』，這句話源于六祖慧能所著的《壇經》，而直到這時，我才開始明白，我真正所要追求的是理念，是那個我之所以是我的存在原因。」

「柏拉圖認為一類事物都有一個統一的理念，這種可知的理念是可感的事物的根據和原因，而反過來說，可感事物是可知理念的派生物。我很認同這個觀點，同時我也認為追求這個『我』的完美理念是我之所以存在這個世界的終極目的。」

「所以，你給自己的書店取名為 #FFF ？」

「沒錯。確切來說，#FFF 正是我為自己塑造的理念本身。人是一種相當複雜的存在，就拿我來說，缺陷幾乎無處不在。我有很多怪癖，比如說我不願意去別人家作客，僅僅是因為我不願意帶禮物。」

「帶禮物？」

「對，一般來說到別人家做客，象徵性的帶點禮物是一種世俗禮儀的象徵，而我卻特別厭惡這一點，而原因卻並非因為我吝嗇。」

「你是不喜歡送人禮物的那種場景感吧。」

「對。」被影子一語擊中的感覺讓我有些震驚：「這是我第一次對外人說起這種感受，你為什麼會。。」

「你就當我有讀心術吧，」影子笑了起來：「你繼續說。」

「你說得沒錯，這種送人禮物的場景感會讓我感到莫名尷尬。在這種狀況下，無論做客時帶不帶禮物，都會讓我感到不適。」我歎了一口氣：「類似的這種情況數不勝數，因此我在可能範圍內基本斷絕了社交。」

「我覺得。」影子想了想：「你斷絕社交的原因恐怕絕非是僅僅因為這個原因吧？」

不知道為何，在影子面前，我突然擁有了強烈的自我表達欲望（在一般情況下，我會儘量避免談論自己）：「你說得對。導致我社交斷絕的根本原因，是源於我強烈的自我厭惡。」

「自我厭惡？」

「我曾經反復做一個夢，在夢裡，我把自己大卸八塊，然後拾起新鮮的骨肉與血液，再一口口吞入肚中。」

「夢境在一般情況之下，就是你潛意識的呈現。」

不用影子刻意解釋，我也知道夢境在「特殊情況」之下是什麼樣：那正是我兩現在所處的模樣。

「自我厭惡幾乎無處不在。大多數時候我腦海之中會幻化出另一個自我，『他』作為一個協力廠商的觀察者，觀察著我的一舉一動：每句話，每個表情，每個動作，乃至每個想法。與此同時，這個『他』

會第一時間告訴我回饋，幾乎都是一些負面的詞彙，比如諂媚、自我、偽善、做作。」
「可這些事情在別人身上也會出現。」
「是的。可這正也如我之前所說：他人對於我來說並不重要。從某種意義上來說，我是擁有一個絕對自我的存在。」
「這種想法自從你父母離世之後就一直存在？」
「是的，直到琳子的出現這種情況才有所好轉。」
「為什麼？」
「琳子讓我第一次感覺到有了可依靠之處。她是一個聰慧並且善解人意的女人，她的理解對於我來說，是一劑純正的解藥。」
「把一個人當做解藥是相當危險的。無論是對於你，還是對於她。」
「沒錯，當我真正意識到這個問題的時候，卻又再次陷入了懷疑自己的怪圈。」
「你不願意傷害她，也不願意離開她，所以又再次陷入自我懷疑？」
「對，我把這種自我懷疑形容為一種空洞，或者更確切的來說，更像是一個深淵。就如尼采所說，我看著深淵的同時，它也在凝視著我。這讓我更加無法自拔。」

人類就是一種隱喻

「這種自我懷疑是否來自你的童年？」

「我的童年生活在奶奶家，那是一棟坐落在城郊山上的獨院小屋。那地方就算在農村也可算是偏僻之地，三公里內都無人居住，只有我和她。而附近唯一可以稱之為小賣部的地方就是山下的一個加油站。」

「加油站？」

「對，山下就是縣道，出屋下山到縣道只需要不到十分鐘的時間。小時候的我很喜歡在夜裡趁奶奶睡著後偷溜出去，獨自步行去加油站給自己買點零食。

夜間的縣道空曠無邊，沒有路燈，前後左右盡是一片漆黑，只能聽到自己的腳步聲。偶爾也會有貨車路過，這個龐然大物發出的轟鳴，閃爍延綿的前燈，加上與之相對的黑暗，都讓我為之入迷。儘管那刻我與貨車都在前行，但空間與時間卻似乎不再流動，這個時候我會停下腳步，沉浸於這一刻的時間，絲毫未曾想過逃離。

成年後的我常常會想，我這一生作出的所有努力，或許都是為了讓我回到那一刻的時光：深夜空曠的公路、迎面而來的川路牌貨車、窒息的黑暗、遠方燈光微亮的加油站、年幼的我。是的，直到現在我還深深癡迷著這段路程，它讓我擁有了前所未有的安全與充實。」

「那看起來你的自我懷疑應當來自成年之後，你在小時候已經學會了如何獨處。」
「是的。小學畢業之後我回到城市與父母生活在一起。相對農村，城市生活只是一開始讓我感到新奇，但沒過多久便感到深深的厭倦。這種情況一直維持到父母去世之後，厭倦便轉變成為了麻木。」
「對於生活的麻木。」
「對。在短短三年內，我的爺爺奶奶、父母、外公外婆相繼去世，因為短時間內經歷了過多死亡，自那個時候開始，自我懷疑便開始出現。」
聽到這，影子深深的歎了一口氣：「一切都源於死亡。」
「沒錯，一切都源於死亡。我開始思考自我存在的意義，生命的意義以及死亡的意義。死亡帶有強烈偶然性且無法回避，我不知道它會在什麼時候到來，因此也不明白努力生活的意義。也就是那個時候開始，我開始讀哲學，希望能從哲學之中找到一些辦法。」
「那你找到你想要的答案裡嗎？」
我搖了搖頭：「如加繆所說：『沒有一個哲學家敢於面對真正的死亡』，這並非哲學的過錯，休謨問題其實早在數百年前就宣告了哲學的死亡。經驗並不等於真實，真實也並不等同於真理。」
影子點了點頭：「追尋真相是一件非常痛苦的事，你就沒有想過做一個普通人嗎？順應命運，安於當下。」
我並沒有立刻回答它的問題，遲疑著端起茶盞喝了一口，然後決然得回答了它：「我厭惡人。從骨子裡就厭惡。」

影子並沒有如我想像般驚訝，反而一臉淡定：「為什麼這麼說呢？」

「我並不是說人類本質無可救藥，它們天性就是趨利避害，趨樂避苦，無論是視金錢為最終目標而拋棄道德，還是因追求權力而壓榨他人，作威作福，儘管它們反復無常、迷信、野心、吝嗇、嫉妒、貪婪、戰爭、謊言、不忠、誹謗、缺乏誠信，但我認為都無可厚非。所有人都操勞於這個世界，盲目而並不自知，但因緣際會這些欲望無一例外最終都會變成一場空，導致眾生的可悲，為什麼佛家說眾生皆苦，即是來源於此處。所以它們非但不值得被厭惡，反而值得被憐憫。」

「那你厭惡的是？」

「其實說是厭倦更加貼切，我從骨子裡厭倦的是與它們相處的過程。我懶得應付關係，同時也不願在關係上有所承擔，就從這一點上來看，我是一個非常自我的人。有人說人的本質就是社會關係的在某一個點上的集合，我並不這麼看，我認為人應當在一些重要事情上有所擔當，比如對於真理真相的追求，而不是窮盡一生陷入社會關係的熵增亂局之中，或許也正是我對於人類有了不切實際的期望，才會讓我在實際上成為一名不折不扣的社交回避者。」

「但是。」影子略一沉吟：「對真理的追求，似乎並不能建立在脫離社交關係的基礎上。」

「你說得或許沒錯，這也正是形而上學消失的根本原因。自泰勒斯、蘇格拉底、巴門尼德[14]開始，人類用了數千年時間去思考自我存在，最後還是決定放棄，回到生活本身。但我始終認為，或許人的

14　三位都是古希臘時期的哲學家

確有絕對無法超越的東西，但人的珍貴性應該體現在知不可為而為之的奮鬥之上。」
「還是說到厭惡這個話題上來吧。恕我直言，你真正厭惡的或許並不是他人，而是生活在這些他人之間的你自己。」
我低下頭，突然有些莫名的感動，一時之間竟不知道如何回話。
影子繼續說：「正是因為厭倦人類，所以才對自己依然存在於人類關係之間這個事實產生厭惡，這或許才是你真正的悲哀之處。」
我緩緩將視線重新聚焦於影子身上，雖然琳子對我而言是無可比擬的重要存在，但也並非能夠達到知己的程度，我從未想過有朝一日竟能夠在一個影子身上找到這種強烈的認同感。
「你這個話，」我沖著影子笑了笑：「竟然讓我有些感動。」
影子依然不動聲色（事實上，我也看不出它的表情）得發問：「你是不是很少有感動的時候？」
「準確來說，一般情況下，我會控制自己的感動。」
「控制？」
「對，你也可以說我是一個把情緒壓抑到最底層的人。與其說我控制自己的感動，還不如說我不敢感動。」
「更正確的來說，你是害怕自己在他人面前有情感的流露。」
「對，除了琳子。」

「嗯，琳子。」影子頓了頓：「在談論琳子之前，我想知道你是怎麼看待與他人的關係的？」

「與他人的關係？」

「對，恕我直言，我感覺你對於他人的感覺和一件工具並沒有什麼不同。你希望自己變為一個獨立的個體，他人對你而言更像是工具類的物品。就像16號，你之所以帶上她，或許目的也只是為了找到琳子。」

「這還是第一次有人跟我談論到這個話題。」我非但沒有怪罪影子，反而有些興奮：「其實我思考過這個問題，用工具來形容他人並不準確，比較恰當的形容應該是『上手之物』。」

「『上手之物』？這是海德格爾的隱喻吧。」

「沒錯，舉個例子來說，如果你用一根竿子去夠水果，這根竿子就是你的「上手之物」。拿起這個工具去使用，整個行動過程是得心應手的。你完全不會把焦點放在這根棍子如何，始終放在如何摘到水果上面。這個物體的「存在」，正是通過人在使用過程中，得到了顯現，起到了作用。對於每個他人，客觀上來講都只是你的『上手之物』。」

「這是你過於強調自我後的自然判斷。」

「沒錯。比如我與寧偉之間的關係，我通過他得到某種情感認同，得到他帶給我的全新視野，也得到謀生的工作。但和工具不同的是，這段關係對於我而言並非只有主動的關係，也有被動得到的受益。這種關係是相互的。但可悲的是，人類並不存在穩定關係，永恆的關係在整個人類歷史上基本不存在。

在蒙田[15]的時代，當母親長久拋下自己的親生骨肉而去撫養別人的孩子的時候，她對於他人孩子的感情甚至會超過自己的親生。在某種情況之下，天生的感情也會消退，讓位於私生的感情。同樣的道理也適用于子女對於父母，對於同伴，對於伴侶。這也是我厭倦人類關係的一個很大原因。」

影子繼續發問，聲音卻變得有些沉重：「你有沒有想過，這樣思考問題，對於你的人生或許並非一件幸事。」

「這當然不是一件好事。總體來說我算是一個感性的人，但與其他感性的人不同之處在於，我的感性是建立在強理性的基礎之上。這會直接導致各種自我矛盾以及過度的自我反省，同時帶來的還有自我厭惡。因為理性的存在，讓我失落於人性的黑暗之中，而因為感性的存在我卻一心想尋找黑暗之中的出路，這是根源。」

「琳子在這裡面代表什麼樣的角色呢？」

「琳子對於我而言，無疑是一個特殊的角色。在我與她的關係之中，我的得到遠遠高出付出，因此在我的自省之中生起自我厭惡，再次導致自我懷疑的出現。」

影子想了想，說道：「從你所說來看，我是不是可以這樣理解：你已經開始享受於這種自我懷疑。」

我有些吃驚，面前這個黑影似乎比我自己還要瞭解我。既已如此，我也就坦誠應道：「確切來說，我開始以痛苦為食。」

「以痛苦為食？」

15 米歇尔·德·蒙田：文艺复兴时期法国思想家、作家、怀疑论者。

「對。有人用大量社交為自己補充能量，有人喜歡用獨處為自己充能，而我比較特殊，我擅長在各種痛苦之中尋找本我。伊壁鳩魯[16]說不用刻意追求幸福，與其追求快樂，不如消除痛苦。我則恰好相反，似乎正是在痛苦之中，我才能找到我之為我的意義。」

聽到這裡，影子讓對話停了下來，它似乎若有所思的盯著案桌上沸騰的茶水，陷入了長久沉默。

我也沒有打破這種沉默，慢慢站了起來，開始重新打量起這個夢裡的空間。

也就是在這個時候，我才發現了這個空間的些許異樣。表面上看起來這就是當年我與安和見面的木屋，可仔細看看還是會發現一些不同。整個房間裡的所有物件（茶桌、木沙發、地板、木床），與當年的完全一致，但只有仔細觀察才能發現，這些所有的物件似乎都要比當年我看到的要新了很多。茶桌雖然還是那張茶桌，但我當年看到的已經擁有了明顯的使用痕跡，而我眼前的這一張卻像是全新的一般。

突然之間我有了一絲好奇，想走出這棟小屋，看看外面的情形是什麼樣的，而就在我朝屋門走過去的時候，影子發話了。

「沒用的，你打不開那扇門。」

意圖被識破，難免有些尷尬，我急忙回到茶桌前，重新坐了下來。

「抱歉，目前這個情況你只能在這個空間裡移動，沒有辦法出去。」影子聳了聳肩：「這是時間的局限。」

16 伊壁鳩魯：古希臘時期哲學家

「時間的局限？」
「是的，你以後會明白的。」
以後會明白？我有些疑惑，從剛才的對話之中我就隱隱約約的感覺這個影子似乎和我有種聯繫，並且它好像還知道我即將會遭遇的事情。
「你。」我仔細斟酌著詞彙，機會難得，有什麼疑問我想現在就問：「你是不是和我有某種聯繫？」
「某種聯繫？」
「對。你似乎很瞭解我。」
「人類就是一種隱喻。」影子並沒有正面回答我的問題：「不僅你我，這世上萬物都是隱喻的表現。所有的物體都因為隱喻而被聯繫到一起。你一定要牢記這一點。」
它的回答自然沒有令我滿意，我正欲發問，夢醒了。

半夜在酒店中驚醒，我多少有些沮喪，回過頭想想，這次在夢裡見到影子本應是一個讓我瞭解它與琳子之間有什麼關係的好機會，我卻幾乎全程被它牽著走。就在最後好不容易要問道重點之時，夢恰好就在這個時候結束了。
不過這次也不能說完全沒有收穫，首先可以確定的是影子必然和琳子這次失蹤的事件有所關聯，雖然它自己說不知道琳子在哪裡，但是它至少與這件事情有因果關係。其次，至少從表面上來看它很瞭解我，有極大可能它因為某種原因平時就在觀察我，一想到身邊隨時有個影子在暗處窺視著我，心裡不免有些發毛。

一想到這裡我不禁有些氣憤，掀開被子朝四周喊了出來：「有本事你直接出來找我，別搞這些沒頭沒尾的事情！」一連喊了幾遍，我睜大眼睛仔細觀察著黑暗房間裡的每個角落，可等了幾分鐘後四周空間依然依舊，並沒有一個我期待的黑影出現。

它為什麼要觀察我？在夢裡影子明確表達過這次來找我是有目的的，縱觀整場夢境，難道它所謂的目的就是為了更好的瞭解我？我百思不得其解。到最後，我只能寄希望于再次入睡時還能夠見到影子，這樣就可以問清楚了，於是我立刻蓋上被子，滿腹心事的睡了過去。

等我再次醒來時天已大亮，看著佈滿晨光的房間，我心裡不由得又暗暗罵了幾句：真是想來就來想走變走。不過今天有很重要的事情要辦，我也沒有時間再去思考影子的事情，只能立刻起床洗漱。

半小時後，我們一行四人在酒店大廳集合。今天計畫前往喬木口中所說的金龍寺，一想到金龍寺裡那詭異無比的通道，每個人都顯得有些緊張與興奮，寧偉更是隨身帶上了Go pro，理由是說不定可以在通道裡面拍到一些超神秘素材，出來便是一部聞名天下的紀錄片。

「好兄弟，」甯偉諂笑著用肩膀蹭了蹭我：「我這輩子能不能拿下普利策獎，就看今天了。」

我沒好氣得白了他一眼，不愧是久經沙場的記者，這種樂觀心態我真是望塵莫及：「別高興太早，喬木不是說了嗎，那個通道已經消失了。我們這次去也有極大概率碰壁。另外，就算這個通道真的存在，你也別忘了我們此行的真正目的。」

「知道知道，」寧偉一臉嫌棄：「首要目的肯定是找你媳婦嘛。」

「知道就好。」我笑了起來，然後把手朝旁邊的喬木和16號一揮：「出發。」

因為喬木比較熟悉路程，所以今天整個行程由他來開車。我仍和16號坐在汽車後排，到達目的地差不多還需要有一個多小時的車程，而此刻的我卻全無睡意。

我有一種強烈的預感，無論結果如何，今天我都會得到一個明確答案。這種預感可能來自於昨晚的夢境，在夢裡影子給我的感覺有一些著急，似乎它認為昨天晚上是它需要得到某些答案的最後機會，如果我的分析正確，那今天必然會發生一些事情，或許會導致影子之後無法再次與我見面。這樣想起來我心中竟然還帶了一些淡淡的遺憾，自從昨夜過去之後，在我心裡甚至已經把影子放在知己的位置上了，在它面前我似乎更有訴說欲，同時它也能給予恰當的理解與回應，這種理解在我整個生命過程之中從未出現，就算是琳子也無法做到。

琳子失蹤之後，影子就開始出現，幾乎在尋找琳子的每一個關鍵點都有它留下的痕跡。這讓我不得不開始思考，或許正是因為琳子的失蹤，導致某些「隔離」的東西被打碎，讓影子這樣的存在可以穿過「隔離」出現在我面前。

在昨天對話的最後，影子特意給我強調了「所有的一切都是隱喻」，這一點我至今還是想不明白，如果這個世界上所有東西都只是隱喻，那這個隱喻來源只能是類似上帝一樣的角色了，影子雖然強調過「存在即合理」並不合理，同時我也明白最近發生的事情一定存在超驗的存在，但我想影子要表達的絕非神化人格的這個意思，一定要說的話，應該和尼采筆下的查拉圖斯特拉類似。

「你不用太過於擔心，我們一定可以找到琳子。」說話的人是上車後一直保持沉默的16號，不知道是不是因為昨天和我聊過的原因，她上車之後就一直一言不發，估計是看到我憂心忡忡的樣子，才會開口安慰我。

我只是沖她點了點頭，以示回復。

「我還是那句話，」16號看著車窗外，自言自語繼續說著：「琳子之所以會留下線索給你，必然是希望你能夠瞭解一些事情。雖然不知道她的真正意圖，但唯有一點很明確，她對你有信心。你也需要給自己一些信心。」

「我明白。」我用手輕輕拍了拍她的肩膀：「放心吧。關於這一點我已經不再有困惑了。」16號轉過頭來看著我，一臉的欲言又止。

就在這個時候，喬木的聲音從前排傳來：「我們到了。」

相信

他看著那個女孩走了下來
好像一把大刀子，從夜的暗處捅了他

第六章

進展太順利了

下車後眼前是一大片防護林，按照喬木的說法，穿過這片樹林就可以達到寺廟。果然如他所說，步行半小時後金龍寺三個大字已經霍然出現在我眼中，走進後我才開始慢慢打量起這座小廟。這是一座一眼看去便已知道年代久遠的廟宇，雖然年久失修，但門口牌匾上的金龍寺三個大字仍然顯得氣勢磅礴，仔細一看便知道必然是名家之作，不知道當初選址是否刻意為之，廟周圍的確可算是荒無人煙，四周盡是枯林，倒是有點海德格爾口中「林中空地」既視感。

喬木朝我們示意了一下，便上前敲門，結果只是輕輕一敲廟門便朝內散了開去：根本沒有上鎖。這一切都在我們的意料之中，經過喬木上次這樣一鬧，廟中的那個小和尚定然已不在廟裡，沒有絲毫猶豫，我們四人徑直走進了廟內。

廟裡一片破敗之色，一看就是已經久未有人居住，院子中央還留著幾個行李箱，應該就是喬木口中所說小和尚所留下的行李，看來小和尚自從上次消失在喬木眼前之後，也並未回來取回行李。

在喬木的指引下，我們徑直走到了主殿裡，喬木用手指了指，因為主殿面積本就不大，順著他指引的方向很清楚的能看到，左側有一尊度母的佛像。

這就是喬木所說的通道入口，我們幾個人呼吸頓時急促了起來：如果喬木說的沒有錯，那移開這尊佛像就可以看到入口了。

我小心翼翼的走到佛像前，仔細看了看，果然發現這個佛像有明顯被移動過的痕跡，心裡不由暗自一喜：喬木所說果然是真的。不過按照喬木的說法，他離開時佛像背後的門已經消失了。想到這我朝喬木看了一眼，他點了點頭：「我走之前的確查看過，那扇門的確是已經消失了。只不過……」

「只不過？」

「嗯，如果我沒有記錯的話，我離開的時候，並沒有把這尊佛像的位置還原。」喬木有些沉重的回答道。

那這就意味著，在喬木離開之後，必然有另外一個人來到這裡，把佛像的位置進行了還原處理。

「也就是說，」16號湊了過來：「之所以會有另外一個人來處理這尊佛像，那必然有其理由。因為如果那道門已經消失，一座已經被放棄了的寺廟沒有必要再來處理了。」

這個時候寧偉的聲音從背後傳了過來：「想這麼多有什麼用，直接挪開看看不就知道了？」我轉過身，看到寧偉已經把手持攝像機已經打開來，儼然已經在錄製狀態了。

他說的在理，我揮揮手示意讓喬木走近過來，我們一起移開這尊佛像。

佛像並沒有我預計般沉重（估計也是為了方便移動），我和喬木很快就把佛像移動開了一個身位，移開之後我立刻朝原位置的牆上看了過去：一扇木門赫然出現眼前！

四個人原本緊張期待的心情立刻被調動了起來，一向穩重的喬木此時說話也有一些結巴了：「就是……就是這個門，可是……」他一臉的狐疑：「當時我離開的時候這個門明明已經消失了……」

這個時候自然已經顧不上這麼多了，我又上前了兩步，仔細端詳了下木門：因為整座主殿都是木質結構，所以木門顏色與牆面顏色幾乎同出一轍，要不是我們提前從喬木口中知道這裡有這樣一道門，否則不仔細看還真看不出來。門的材質與牆面完全一致，也並沒有什麼特別的裝飾，只是在邊緣之處與牆面留下的一絲縫隙，看起來應該是往裡推的。我遲疑著伸手，準備推一推試試看。

「何夕，你等等。」寧偉突然從後面喊住了我：「你們有沒有覺得，這個事情進展得太順利了？」

「是的。」16號此時把話接了過去：「順利得簡直有些異乎尋常。從之前喬木所說的情況來看，『對方』必然是不想讓我們發現通道所在的。那既然『對方』有能力讓通道消失，為什麼還特意留下這個線索給我們呢？」

「我其實也覺得有些奇怪，當初小和尚進入這個通道時很明顯是刻意避開我的，所以很明確的一點是『對方』肯定不想讓別人知道這個通道的所在，不過我覺得也有一種很簡單的可能性：因為當時我醒來時佛像並未移回原位，所以存在一種可能性：『對方』並不知曉我曾經進入過這裡，而通道因為某種原因，只會開放很短的一段時間，所以在我離開廟宇之後，小和尚才從通道出來，再把佛像移動回原位。這也是正常的。」

我笑了笑：「按照你這個說法，你離開時這道木門已經消失。那那個小和尚又是怎麼出來的呢？」

喬木白了我一眼：「我也就是說了一種可能性。」

我點了點頭：「無論我們現在怎麼猜測都是沒用的，只有試一試。」寧偉和16號也一時找不到話來回應，也只能默默點頭表示同意。

於是我伸手想要推開木門，意想不到的事情就在這個時候發生了。

紙片人

木門後突然出現了一些聲響，門體也開始出現了明顯的晃動，我立刻把手收了回來，同時所有人往後退後了一步，緊緊盯著木門。就在我們不知所措不知道要發生什麼的時候，門從內部緩緩打開了。

在我們四人的注視下，門內緩緩走出了一個男人。他環視一周，最後把目光鎖定在了我身上：「何夕先生，你好。」

不光是我，在場的其餘三人都顯得無比震驚。在這個詭異通道門中出現一個人已足夠讓人驚訝，更何況這個人好像還認識我！喬木寧偉16號不約而同都把目光投向了我，我用眼神回應，表示我壓根不認識這個男人。

男人再次開口：「何先生不用驚訝，我是從琳子口中才得知了你的資訊。」

聽到琳子的名字從這個男人口中說出，我們四人再次震驚了。喬木第一個開口問道：「你認識琳子？你到底是什麼人？」

男人笑了笑並未直接回答，只是淡淡說了一句：「我是琳子的朋友。」

「琳子的朋友？」喬木再一次把詢問的目光投向我，我還是苦笑搖頭，再次表示我完全不認識這個人。

「是的。」男人依然不緊不慢回答，繼續把目光對準了我：「何夕先生，如果各位方便的話，請跟我來。」他朝木門內指了指，示意我們隨他進去。

我看了一眼甯偉和喬木，情況如此我們似乎也只能走一步看一步了，只能朝男人點了點頭，示意他在前面帶路。

剛一進門，裡面的空間瞬間便豁然開朗起來，室內茶桌茶具等一應俱全，看起來像是一間茶室。我仔細看了看，房間裡似乎並沒有其他出口，唯一通向外界的通道只有我們進來時候的木門，情況詭異至極。我把眼光投向喬木，卻發現他和我一樣，都是一副首次來到這裡的樣子。

「這和我上次來的時候完全不一樣。」喬木走到我面前，輕聲說：「我上次剛進來的時候，那個空間決計沒有這麼大，而且當時感覺是在一個山洞之中，一片漆黑。」

「這位應該就是喬先生了吧。」男人走到主人位前，自顧自的坐下：「這裡肯定和上一次你來的時候完全不一樣。」

因為剛才光線不好，我現在才有機會好好打量眼前的男人。他和喬木完全是兩個極端，這個男人1米7左右，身材異常瘦削，從側面看整個人就像一個紙片人，但步伐卻穩健有力，一看就是經常鍛煉的結果，眼神裡透出一股堅毅。不知道怎麼回事，看著他我總有一種熟悉的感覺，但是我非常確認，我從未見過他。

「各位不用緊張，我們坐下來慢慢聊。」男人指了指他對面的木椅：「放心吧，我沒有任何惡意。」這個時候，16號走了過來躲到我身後，看得出來她有些緊張，我歎了一口氣：不管怎麼樣，她終究還是一個16歲的孩子。

於是我率先往前走了走，在面前的木椅上坐了，同時也把16號拉了過來坐在旁邊，並拍了拍她的手示意她放鬆。喬木和寧偉也坐了下來。直到這個時候，寧偉還拿著他的手持攝像機，很明顯，他沒有放過任何一個可以錄製的機會。而那個男人似乎也沒有阻止他的意思，反倒是我讓16號坐在身邊的舉動讓男人有了些許詫異，不過這個表情一瞬而散，立刻恢復了原樣。

茶桌上雖然茶具一應俱全，但男人卻絲毫沒有泡茶的動作，正襟危坐著，也不說話，只是笑眯眯的打量著我們。

一開始我們四個人還可以穩得住，可被他這樣盯著打量著一會，我還是忍不住打破了沉默：「你認識我？」

「嗯。」男人點點頭，卻並不繼續回話。

「我們兩見過嗎？」

男人搖了搖頭：「我們並未見過，我只是從琳子那裡聽過你。」

「那？」男人的態度著實讓我有點不耐煩，決定直入主題：「琳子現在在哪兒？」

男人並沒有回答我的問題，而是用手指了指16號，問道：

「請問她是誰？」

聽到男人這樣問，16號就更緊張了，她根本不敢看向對面，只是用緊緊盯著我，想看我如何應答。

我用手拍拍16號的肩膀，試圖消除她的緊張情緒，同時回答道：「她是我和琳子兩個人共同的朋友。如果你認識琳子，她應該有對你講過。」

男人並沒有回答，仍然還是那副笑眯眯的模樣看著我。

「你到底是誰？為什麼會有琳子的消息？」見他不回答有關琳子的問題，我決定換個思路。

「既然你能夠找到這裡，看來琳子所說的並沒有錯，或許她真的沒有看錯你。」男人不緊不慢的應答著：「那我也就不拐彎抹角了，我就是閆浩宇，那個你一直在找的人。」

看到的未必就是真實

謎題終於揭開，我終於明白為什麼從見到這個男人的第一眼開始，就有一種似曾相識的感覺，當得知他就是閆浩宇之後，我才明白這種感覺源於琳子：他就是琳子的舅舅，那個傳說中消失十年又再次出現的男人。

當得知這個男人就是閆浩宇之後，其餘三人也並沒有表現出驚訝的表情，倒不是因為他們早已猜到，恰恰相反，是因為這個消息過於震驚，特別是寧偉，當時關於閆浩宇的第一手材料是他收集而來，對於閆浩宇他應該是我們這裡所有人瞭解最深的。此刻我明顯得感覺到了寧偉的緊張情緒在加重，托著攝像機的手也開始了微微顫抖。

我們都明白，坐在我們面前的這個男人，必然會告訴我們一個超出我們認知的真相，大家緊張之餘，也都還帶著一絲期待。

「說實在的，的確沒想到你還能查到我的材料。」閆浩宇歎了一口氣：「本來我是不想把你拖到這件事情中來的，也沒想到琳子這麼相信你。」

「琳子她，」望著眼前這個男人，從他的話中我第一次看到希望，一個琳子仍然在世的希望：「琳子她現在還好嗎？」

閆浩宇點了點頭：「我很難跟你描述她現在的情況，不過據我所知，她目前應該是安全的。」

聽到這個話，一股情緒瞬間湧了上來：自從琳子失蹤以來這是第一次，我終於得到了她平安的確切消息。在得知琳子失蹤的消息後，我曾經絕望過，也放棄過，無數次的懷疑自己，但最後還是選擇了堅持，此刻似乎之前的所有堅持都得到了回報。

直到16號遞了一張紙巾給我，我才發現自己臉上已經佈滿淚痕。

可現在還不是感動的時候，我控制住情緒，緊接著問：「那我要怎麼才到見到她？」

閆浩宇想了想，隨後說道：「你先別著急。在你行動之前，我先給你講一講整件事情的前因後果。」

我們聽到這話都精神一振，整件事情自從琳子失蹤之後就變得撲所迷離，我因為能夠見到影子所以更能理解這件事情的特別之處，目前答案即將揭曉，所有人都非常期待。

這個時候閆浩宇把手伸進了茶桌下，從抽屜里拉出一張A4紙大小的文件，然後對我說：「在我說明這件事情之前，你先看看這個。」

我疑惑著接了過來看了一眼，娟秀的字體鋪了滿滿一小頁紙：這是琳子給我一封信。我拿著信的手微微顫抖，只能勉力控制情緒，看了起來。

「小何先生，見信佳。」

當我看到「小何先生」四個字出現在我眼前時，空氣似乎凝固，琳子的淺笑彷彿再次出現在我眼前。

我深吸一口氣，繼續往下看：

「雖然這樣說，但是當你看到這封信的時候，證明此刻我肯定不在你身邊，所以現在拿著這封信的你心情肯定不會太好。實在對不起，我有一些秘密瞞著你，想必這個時候的你也已經知曉了一些。事到如今我也的確沒有什麼好辯駁的，雖說是迫不得已，但對於夫妻兩人來說，坦誠相對是最重要的。」

「何夕，我並不知道你看到這封信的時候，情況是怎麼樣的。可能在你看來，我莫名的消失了，也有可能你已經看到了各種關於我的資訊（目前我還無法確定你即將接受到的是什麼資訊），但我仍然還是期望你能夠相信我，記住我的話：你看到的東西，未必就是真實的。我想告訴你……」

這是一封短信，信的內容到這裡便戛然而止。從字跡上一看便知是在某種緊急狀況下寫下的，琳子甚至沒有時間寫完，這必定是她在遭遇了某種危機狀況之下匆匆寫出的，想到這裡，我便把疑惑的眼光投向了閆浩宇。

閆浩宇點點頭，回應我道：「這封信，是我在山上小屋裡發現的。」

「小屋，就是琳子失蹤的那座山上的木屋？」

「對。事件發生之時，我就已經在趕往那裡的路上了。不過遺憾的是，等我趕到那裡一切都已經結束了。」閆浩宇轉過頭看了看喬木：「我離開的時候，正好看到喬先生你正往山上走。」

「那？」喬木有些吃驚：「也就是說，你是在我之前趕到木屋，並取走這封信的？」

「是的，而且在那個狀況下我不能和你見面，所以就在你到達之前離開了。」

看著喬木和閆浩宇的對話，此刻我心裡卻是一團亂麻。在這封信最後，琳子刻意交代：「你看到的東西，未必是真實的。」她到底指的是什麼呢，難道是那份孕檢報告？可我也去過醫院驗證過這個事情，醫院的存檔證明這份報告是千真萬確的。

當眼前不能為實的時候，一切似乎都變得混亂起來。

「在這封信裡，琳子說『眼見的並不一定是真實』」我看向閆浩宇：「這句話是什麼意思？」

「這正是我想要給各位說的。」閆浩宇仍然還是微笑著看著我，活像一個彌勒佛：「有關於這整件事情的真相。」

他收起笑容，表情也變得嚴肅了起來：「我先問一個問題：就我們所見到的這個世界，你們覺得是什麼在推動著往前發展？」

這問題來得突然且沒頭沒腦，一時之間我們都沒反應過來，還是寧偉最先回答：「自然是科技，自從近代工業革命以來，生活中種種日新月異的變化都是拜科技進步所致。」

閆浩宇看著他點了點頭，卻並沒有回應。

喬木自從坐下之後，一直低著頭，此時仍然低著頭回答：「我是個自然主義者，推送發展的肯定是自然，萬物自然進化的過程本身就是世界的本身。」

閆浩宇仍然沒有回應，反而把視線投向了我。

我不得不硬著頭皮回答：「在哲學上我是一個懷疑主義者，在我的觀點之中，如果真有某種存在推動著整個世界發展，我覺得一定是康得書中的物自體。這種存在是我們無法理解的，就像基督徒認為世界存在是上帝創造的結果一樣，至少目前我們對於上帝的角色無法進行認知。」

閆浩宇聽完之後，仍然不置可否，還是用眼神示意我們繼續，就像一個對著學生恨鐵不成鋼的老師。在沉默一段時間之後，仍然拿著攝像機的寧偉還是忍不住了：「我說閆先生，有什麼答案就直接告訴我們吧，況且我們關心的問題又不是這個……」

寧偉的話仍未說完，一聲纖細的女聲傳了過來：

「是時間。」

並非只有一個世界

我們三個人立刻看向16號，她在眾人的注視之下顯得有點緊張，但還是用不容置疑的語調繼續說了一遍：「是時間。推動世界發展的就是時間。」

「說得好。」

閆浩宇的聲音又讓我們把驚訝的目光從16號拉向了他。

「你說得不錯，」閆浩宇用贊許的眼光看著16號：「真正在背後推送世界運行的，就是時間本身。」

「可是時間完全是因為人類主觀意識而定義出來的概念啊。」我有些困惑：「更何況最早的起源只不過是為了讓人類更好的記錄歷史。」

「時間，不過是根據數位運動的圖像。」閆浩宇並沒回應我，反而直接給出了答案：「更何況，就如同你剛才所說，人類只能用人類所能理解的語言進行交流，在我看來，人類歷史至今為止最偉大的創造，莫過於『時間』這個詞的發明，這個詞在某種意義上昭示了世界的部分真理，只是我們窮於語言的缺失，無法理解這個詞背後的奧秘。這個詞從本質上來說，就是一個偉大的隱喻。」

「隱喻？」這個被影子數次提到的詞彙，此刻從閆浩宇的口中說了出來，我還是有些吃驚的。

閆浩宇點了點頭：「你說得沒錯。本質上來說，我們所見到的萬事萬物都只是這個世界的一個隱喻，而時間本身就是這之中最大的隱喻。」

他接著說道：「從古希臘時期開始，柏拉圖就已經開始關注時間問題了。我方才所說的『時間是根據數位運動的圖像』也正是他的判斷。萬物因時間而產生，因時間而存在，又在時間中消亡。」他又看向我：「你讀過康得，他對於時間的看法你應該很清楚：唯有在時間之中，一切現象界的事物才得以顯現。事實也的確如此。不過對於柏拉圖或者康得來說，他們的理解仍然是站在人主觀判斷的基礎上，比如柏拉圖的說法中就有『數字』這個由人類自身創造的詞彙，因此無法與真實情況完全一一對應。」

「而我真正想要向大家說明的是，真實的世界並非只有我們這一個世界。」

「多元宇宙？」甯偉突然冒出一句，我皺了皺眉頭，他一定是最近好萊塢大片看多了。

閆浩宇笑了笑：「其實本質上完全不同，我這裡所說的『複數世界』概念是由時間所決定的。」

他看著我們四個人一臉的迷茫深色，便繼續解釋道：「我給你們大概詮釋一下。」

「讓我們想像一下，假設這個世界存在無限數量的古鐘。」他用手指了指密室門外：「就類似于這個金龍寺廟內的那口大鐘。這些古鐘會按照順序被敲響，每口鐘被敲響一次意味著一個時間單位的流逝，而世上發生的所有事件都已被提前被記錄入古鐘，每敲響一次，這些事件就會在世界上出現一次。」

「也就是說，如果古鐘敲響的時間單位是秒來計算，這些古鐘就相當於我們時鐘裡的秒針。」16號聽得入迷，自顧自的補充道。

「不錯，我們可以理解為古鐘的持續敲響，導致了時間的誕生，世界伴隨著這些鐘響而持續運轉著。

那這裡我們做一個假設，在這些古鐘內記載的事件內容不變，並且在無限持續的情況之下，能有什麼因素會造成世界運行結果的變化？」

一時之間，我們都沉默不語。閆浩宇話中的信息量很大，我們都需要時間去消化。

過了良久，還是16號來打破了沉默：「頻率。」

她低著頭喃喃自語著：「產生變化的是頻率。」

聽到16號的回答，閆浩宇看著她露出一絲意味深長的笑容。

「你說得對。是頻率。」閆浩宇輕輕拍了拍手，以示對16號的贊許：「要對這個世界運行的結果產生變化，唯一可能影響的因素就是頻率。時間的確是由我們人類創造的詞彙，儘管是以天體星球變換的客觀條件為判斷標準，比如地球自轉一周是一日，公轉一周是一年，但不可否認所有這一切都建立在人主觀感受之上，也就是柏拉圖所提到的『根據數位運動的圖像』概念。他認為我們這個世界是造物主根據一個永恆完美的形象模仿而來，被造物不可能實現永恆，於是他根據數位來設定了這個世界的運轉規律，也就是時間。包括在相對論中愛因斯坦也表明，時間會相對於觀察者，並基於觀察者在空間中移動的速度而改變。但是如果這個世界上真的有這樣一種古鐘，產生某種『類時間』的產物，而這種產物不僅包含了過程，也包含了內容，那這意味著什麼？」

16號小聲補充道：「我最近看過一篇論文，大概內容是說時間取決於觀察者保存有關經驗事件的資訊的能力。也就是說時間的方向是主觀的，由觀察者決定。」

「如果如你所說，真有這種『類時間』的產物。」我沉聲說道：「那就只能定義為命運。」

「所謂命運，其實也不過是內容的流程化固定化而已。」閆浩宇繼續說道：「更核心的意義在於，一旦『古鐘』響起的頻率由於某種原因加快或者變慢，就會導致世界的異化。」

「世界的異化？」

「對。我們仔細想一想，上世紀7、80年代與現在社會的區別，隨著交通工具的發展，互聯網特別是移動互聯網的興起，世界發生的最大變化，就是『時間』變快了。以前需要一個月做到的事情，現在一天甚至幾個小時內就可以做到。這直接導致了人類生活環境的改變，從某種意義上來說，也進一步刺激了人的欲望。而這僅僅算是世界內的『時間微調』。」

「世界內？」

「對，我剛才所講的世界異化，是針對於世界之外的。當『古鐘』頻率發生改變之時，世界會出現異化，導致的結果就是分裂。世界由一分為二，二分為四，目前就我所知，至少有幾十個『世界』的存在。但是我也很確信，『世界』的存在絕非僅僅這個數量。」

一片寂靜。

閆浩宇口中的「事實」讓我們一時之間都無法接受，在來這裡之前我自以為已經做好了面對任何情況的準備，但此刻面對這種足以顛覆世界觀的資訊，我也還需要一些消化時間。我看了看其他三人，他們似乎也和我一樣的想法，都陷入沉思，消化這些閆浩宇口中的「事實」。

「抱歉。」思考良久，我率先打破沉默：「如果真如你所說，存在多個因時間頻率發生改變而誕生的『世界』，那具體在這些世界裡，又會有哪些怎樣的存在呢？我實在無法理解。」

「好問題。」閆浩宇用手輕輕敲了敲茶桌：「你沒有在第一時間就質疑我剛才的說法，已經很了不起了，換做其他人的第一反應必定認為這是異端邪說。」

我不由得苦笑了下。看了看其他幾人，他們都是一臉詫異得看著我。相對于16號和寧偉等人，對於閆浩宇所說之假設我的接受能力應該會更強一些，畢竟我見過「影子」，那本就是不應該存在與這個世界的事物。我看了看喬木，他似乎也和我的想法一致，畢竟他也是真正見識過「通道」的人。

我並沒有因此而回應閆浩宇。畢竟目前我並不知道他是否知曉「影子」的存在，此人是敵是友仍然是未知之數，我不能在這個時候就全盤托出，要給自己留一些空間。

閆浩宇對我的反應並不在意，繼續說道：「簡單來說，因為時間頻率的不同，每個世界的發展情況是完全不一樣的，但這也僅僅是過程不一樣，裡面的內容卻是完全一致的。比如，」他指了指我：「何夕先生，在另外一個世界裡也必然存在一個相同的你，你們兩之間可能生活方式不同，穿著也不同，但構成你們的物質卻是相同的。」

我回應道：「也就是說，如果在其他世界裡真有另一個『我』，那我們在物質結構上是必然相同的。」

「是的。因為『古鐘』裡的蘊含的內容是完全一致的，沒有什麼改變。」

這個時候喬木嘀咕了一句：「說了半天，還不是和什麼多元宇宙一樣嗎？糊弄小孩子吧？」

「這個還真不一樣。」寧偉臉色鐵青的回答：「多元宇宙的概念是所有的宇宙都處於同一個時間體系裡，只是空間體系不同。這個概念是站在觀測者的角度出發提出的，一次觀察產生一次新的宇宙。但，」他指了指閆浩宇：「他所說的完全不一樣，他口中的多重世界是因為時間體系的不同而產生的。」

「說的沒錯。」閆浩宇點點頭繼續說：「為了方便，我把這種時間的頻率簡稱為『時率』。不同的『世界』僅僅因為時率的不同，便導致了與我們的差異性。我舉個例子，其中一個世界因為時率較慢，目前的交通工具還停留在車馬時代，另外一個世界因為時率較快，交流和通訊工具已經實現了意念交流。但是無論是哪個『世界』，人類更新的代數是一樣的，這一點和我們保持一致。也就是說，我們在場的五個人，在這些世界之中同樣存在。」

聽到這裡我心中暗自一驚：如果閆浩宇的說法屬實，那影子或許就來自于這種時率較快的世界，只是不知道它是以何種方式穿越到我這個『世界』之中來。

「其實。」閆浩宇歎了一口氣，繼續說：「說實在話，時率不同，人類生活的幸福指數也有很大不同。」

「我明白。」我點了點頭：「在時率低的世界，人類會更加注重精神生活，而並非如我們這個世界一般消費主義、利益主義至上。」

「沒錯，但不管在哪個世界，人性的醜陋始終存在。不患寡而患不均在哪裡都一樣適用，只不過是程度不同而已。」

「可你講了怎麼多。」我決定把話題拉回正題：「就算我們認同閆先生你講的都是真的，你還是沒有告訴我們這些和琳子有什麼關係，你別告訴我琳子的失蹤，是去往了其他世界。」

閆浩宇苦笑了一下：「關於這個事情的確很抱歉。你說對了，如果我的估計沒錯的話，琳子目前的確不在我們這個『世界』之中。」

消失的十年

「那她現在在哪裡？」喬木急忙問道，可能在場的人中除了我之外，最著急琳子下落的就是他了，看著他焦急的樣子，我心裡頗有些不是滋味。

「不要心急。既然你們已經來到了這裡，我會把所有的事情都告訴你們。」閆浩宇慢慢說著：「剛才我已經說了關於世界組成的一種假說，世界因時率不同而產生分裂，但最後所形成的世界裡存在物是一致的，不知道這裡你們有沒有看出什麼問題？」

「剛才我就想問了。」16號立刻接著說：「既然有分裂現象的出現，並且分裂出去的世界時率不同，那怎麼會存在物是一致的呢？」

「這裡就是關鍵點了。每個分裂出去而產生的新『世界』，是保持了原世界既有時間中的所有存在物而產生的。也就是說，如果此刻我們現在的世界出現了分裂，那在新分裂出去的『世界』裡，我們五個人仍然還在這個空間之中，在進行對話。分裂出去的世界會產生新的『古鐘』，因為時率不同，過程也就會不同。」

我們靜靜聽著沒人打斷，看得出來每個人都在努力消化閆浩宇口中的資訊。

「而當這種我稱之為『分裂』的行為出現之時，原有世界也會受到影響，具體來說就是原世界中的一些事物會消失並進入到新世界之中。」

我突然反應了過來，朝著閆浩宇說：「你的意思是，琳子的消失是因為我們這個世界再次出現了『分裂』行為？」

閆浩宇笑著回答：「你這個『再次』說得很好。」

誠如閆浩宇所言，如果琳子消失是因為世界「分裂」而引起，那多年前閆浩宇的消失也必然是這一原因，我們這個世界的「分裂」肯定不是第一次。

閆浩宇接著說：「的確如何夕所說，琳子之所以消失是由於世界『分裂』而引起，而何先生你想得沒錯，我之前失蹤了十年也正是因為這個原因。」

他話一出口，立刻引起了譁然。除了我和甯偉，喬木和16號都是第一次知道閆浩宇之前曾經失蹤過十年的事情，事已至此，這一切似乎都能對得上了。

「據我所知，我們這個世界的『分裂』行為已經至少出現過七次了。」

「這個你是怎麼知道的？」我有些奇怪：「難不成每一次分裂你都經歷過？」

「當然不是。」閆浩宇苦笑著回答：「我之所以會知道這個數字，是因為每次這種異變的發生都會影響到我的家族。從我的家族有家譜開始，每一代人都有失蹤的記錄，很明顯，在我之後就輪到了琳子。」

「上一個消失的人是我父親，當時的情形我至今記憶猶新。他是在我面前活生生直接消失的。」閆浩宇罕見露出悲哀的神色：「那天我和他在書房一起下棋，我還在思考如何應對父親的一步妙手之時，他突然就在我眼前消失了。事情發生後沒有人願意相信我的說辭，甚至有人懷疑我有弒父的可能。這也不怪他們，有誰會相信這麼荒謬的說法。」

說到這裡，閆浩宇又再次苦笑了一下：「之後我四處查閱所有有關人類『消失』的材料，但一無所獲。可就在有一天我閑得無聊翻閱家譜之時，我才發現原來我的家族每代人都有一個人失蹤。而且這些失蹤者再也沒有回來過。我問過家裡的長輩，他們對於這個事情都忌諱如深，而這些失蹤者，沒有一個人再回來過。」

「那你是怎麼回來的？」聽到這裡我馬上發問，如果閆浩宇說的是真的，那他成功回來的經驗可能是我找回琳子的關鍵所在。

「我不知道每個消失的事物在『新世界』的存在形式是怎麼樣的。」閆浩宇沉思片刻，彷彿是下定決心後說道：「就我個人的經驗來說，我在新世界是以一種『影子』的形式存在的。」

「影子？」我不由地喊了出來。

「嗯？」閆浩宇被我這突如其來的一喊嚇了一跳：「我知道聽起來有些匪夷所思，不過這的確是我的實際經歷。」

「我說何夕，你別這樣一驚一乍的，」寧偉也被我嚇了一跳，不滿得說道：「先聽閆先生說完。」

我之所以這麼激動，自然是和我遇見過的「影子」有關，這進一步證實了我的判斷：「影子」就是從別的世界，因為世界分裂的原因而來到這裡的。

閆浩宇疑惑得看了我一眼，繼續說道：「當我進入『新世界』之時，其實我並不知道發生了什麼：那天我獨自一人在書房讀書，突然似乎有一陣烈風刮過，緊接著手中拿著的書掉落在了地上。我一開始還奇怪哪裡來的風，直至我伸手去取掉在地上的書時，我才發現自己變成了一個陰影。」

「我當時非常慌張，大喊呼喊讓管家進來，卻發現沒有一個人回應我。於是我向外走去，其實這裡用『走去』其實並不貼切，我沒有任何腳與地面接觸的觸感，只是按照以往移動的方式向外走，總之情況非常詭異。當我來到客廳看到管家之時，他竟似完全聽不見我的聲音，也看不到我。更加詭異的是，我嘗試拍打他的肩膀，竟然直接穿過了他的身體，這個時候我才明白：我已經沒有實體了。」

聽到這裡，我不禁暗自想到，原來影子只能在夢裡與我見面，是因為在現實之中我根本看不見它。

不過那次在家裡三樓看到的，那個我以為是琳子的影子又是什麼？難道這兩個影子不一樣？在閆浩宇的述說下，謎題在層層解開的同時，似乎又增加了新的疑團。

閆浩宇自然不知道我在想什麼，他繼續說著：「在新世界裡呆了一段時間之後，我才慢慢適應了。不得不說，作為一個別人看不到的影子，算是徹底擺脫了肉體的困擾，這種感覺著實非常美妙。」

「請直接說重點。」喬木的耐心已經快被耗光：「你是怎麼回來的？」

閆浩宇有點尷尬，只能回答喬木的問題：「我去的那個世界，相對我們這裡時率快了很多，如果按照這裡的時間來計算，我一共就呆了不到三年。」

「但是在我們這個世界，你足足消失了十年。」我沉聲說道。

他默默點了點頭：「的確如此。在那邊的第一年，我在世界各地穿梭，想尋找到一個和我一樣的影子，結果卻讓我大失所望。」

「沒有找到？」

「對。當你作為一個影子形式而存在的時候，空間已經不是問題了。在短短摸索適應了一個月之後，我幾乎就擁有了瞬間移動的能力。」

16號聽到這裡興奮了起來：「就像七龍珠裡那樣的瞬間移動？」

閆浩宇笑了起來：「說起來還真有些類似，不過我並不需要感受其他人的氣[17]，在那個狀態下，空

17 在七龍珠漫畫中，瞬間移動需要感知到某個人的『氣』才可以瞬移。

間對於我來說可以理解成折疊式的，簡單來說你可以理解為我的瞬間移動是只需要穿越一個在地球內部的『蟲洞』。」

我皺了皺眉頭，如果沒有親身經歷過這一切，旁人看起來的確很難理解。

閆浩宇饒有興致的繼續說道：「我用了一年時間，幾乎把整個世界看了一遍，在尋找影子的同時，你也可以理解為我做了一次全球旅遊。」

「不過，」他隨即話鋒一轉：「在我確認這個世界並沒有和我一樣的存在之後，我便開始了我的第二步計畫。」

「等等，這裡有個問題。」我突然之間想到了什麼，於是立刻打斷了他：「你變成影子狀態之後，又是如何知曉自己在新世界之中的呢？」

「沒錯。一開始我剛變成影子的時候，我當然沒有想過什麼新世界這樣的可能，我當時甚至認為我是不是已經死亡，現在影子僅僅是我自己的靈魂。直到我發現了這個世界和我之前生活的世界不一樣的地方。」

「你說的，是時率？」

「對。沒有親身經歷的確很難想像，當你處於一個和之前時率不同的世界之中，那是怎麼樣的一種體驗。」

「能具體說說麼？」16號顯得非常好奇。

「我估算過，我去的這個新世界時率大約是我們這裡的3倍左右，最簡單的理解就是想想咱們平時把視頻調成3倍播放的狀態。所有事物的運動狀態、包括行走、對話、勞動，所以在我到達新世界的第一年，因為器官的加速老化，新世界的自然老死率突然暴增了幾倍，這在那時形成了熱門話題，沒有人知道為什麼老人的自然死亡率和發病率會突然激增。」

「就沒人發現時間變快了？」

「當然沒有。這是一個群體性現象，從我的角度來說，的確是時間變快了，但是在這個世界之中的人看來，卻並沒有什麼異常，我覺得時率改變也會在某種程度上影響記憶對於時間的判斷。你想想，我們也從未認為過自己的時間出了什麼問題吧，就像我們無法以古代人的時率來做對比，因為我們從未體驗過。就像我到了這個世界之中後，我個體的時率也受到了影響，說話速率完全跟其他人一致，但我也並未覺得有什麼不妥之處。」

他說得的確有道理，當每個人的行為模式統一改變之後，是不會有人覺得異常的，或許其他生物會有感覺，但是人類的確是一種靠環境來決定生存方式的生物。我突然想起影子，他又會是來自于什麼樣時率的世界呢？

「說說你的第二步計畫吧？」喬木仍然是我們之中最心急的那個人：「說實在的，什麼新世界的我並不關心，我現在只想知道你是怎麼回來的？」

我望著喬木，不僅有些感慨：我們此行的目的非常明確，就是要找回琳子。但是直到現在，對這個目標最關切的竟然是喬木，而不是我這個琳子的丈夫。在閆浩宇說到「新世界」話題的時候，我對於話題本身的關注甚至一度超越了我對於琳子安危的關切，這讓我產生了一種強烈的負罪感，同時自我懷疑再次湧了上來：琳子對於我而言，到底是一種怎麼樣的存在？或許我根本沒有我想像中那樣在乎她？或許我真的只是一個天性冷淡的人，或許我真的過於自我，以至於根本就不配擁有伴侶。

等我回過神來的時候，閆浩宇已經開始繼續講述了：

「就如喬先生所說，我的第二步計畫就是尋找如何回來的辦法。當我發現整個世界都和我之前不一樣之後，我開始慢慢察覺到或許並不是我自己出現了問題，而是這個世界出了問題，我有很大可能是穿越到了其他空間。於是我便開始嘗試尋找破局的辦法。」

「尋找或者收集返回的線索並不容易，甚至可以說很艱難，我只能通過在互聯網上查找資訊，搜索所有有關影子的線索或者傳說，卻一直一無所獲。直到有一天我在電視上看到一則新聞報導。」

「電視新聞？」

「對。新聞裡說在某個山洞發現了一個古代遺跡，電視的畫面裡正在現場對考古隊員進行採訪。我當時只是隨便瞄了幾眼，便徹底被吸引了過去。電視畫面上出現了一個有著巨幅壁畫的石門，壁畫內容似乎就以一團黑影為中心。我不能放棄任何線索，所以便立刻傳送了過去。」

「我到達的時候，洞穴門口已經聚集了很多考古隊員，門口石門上紋刻的正是我在電視新聞裡看到的黑影。我立刻穿過人群走了進去，裡面是一個幾千平方米的巨大密閉空間，抬頭便看到了洞壁上的巨型壁畫。幾乎在看到壁畫第一瞬間我就被眼前的景象震撼了：整個壁畫就像通過洞壁直接投射在我的眼前一般栩栩如生，首先映入眼簾的就是一排延續至深空的『古鐘』，古鐘周圍環繞著很多個象徵著不同世界的星雲符號，在這些『世界』旁聚集著一些人形黑影，影子們圍在各個『世界』的周圍，似乎在尋找著什麼。我看了看旁邊的考古隊員，他們似乎對這個壁畫完全熟視無睹，甚至於視線從未在洞壁上停留。」

「他們看不到？」

「對，我是後來想起才反應過來，這個壁畫應該專門是給已經成為『陰影』的人看的，為他們指明道路。」

「你就是從壁畫上找到了線索？」

「沒錯。我剛才不是說壁畫上的這些『影子』都在尋找什麼嗎？其中有一個大一點的『黑影』並沒有圍繞在『世界』旁邊，似乎是在朝一個方向前進。於是我走到這個『黑影』所前往的方向的洞壁邊，就立刻感應到了。」

「感應？」

「對，這種感應無法用語言來形容，我感覺到就在我所在的洞壁內部，似乎有一種東西在裡面呼喚我，我立刻明白洞壁內部還有一個空間，我便立刻傳送了進去。」
「裡面就是出口了？」
「是的。」閆浩宇看向了喬木：「就像你第一次來到這裡一樣，空間裡是一條『通道』。」
喬木聽到這話後，手開始不自覺微微顫抖起來，很明顯他想到了上一次在「通道」裡的遭遇。
「進入『通道』後我就立刻發現自己恢復了實體。」閆浩宇繼續說著：「我大喜過望，沿著『通道』走了很久，才找到出口出來。出口正在這個廟裡，於是我終於回到了屬於自己的『世界』之中，儘管我出來後才發現，距離我當時進入『新世界』，這裡已經整整過去了十年。」
閆浩宇說完這句話之後深深吸了一口氣，便沉默了下去，不再多言。

另一個入口

我能夠理解，莫名失去了整整十年光陰，雖然自己面容未見衰老，可外面的世界卻早已物是人非，對於任何一個人來說，這都不是能夠輕易接受的。

沉默良久之後，我決定把話題重新拉回來：「閆先生，那按照你的說法，這個『通道』的出口在這裡，那入口也必然在這裡了？」

「沒錯。」估計閆浩宇也是第一次說起這個經歷，他的神色一下蒼老不少：「我從這個廟裡出來後，就聯繫了這個小廟的主持，這個人你也見過，就是前些年你準備採訪我時見到的僧人。」

「安和？」

「對。在我父母過世後，我便給神山那邊的金龍寺捐贈了一筆捐款，希望他能讓我常駐在這個小廟。目的就是為了能夠長久研究這個『通道』，可我畢竟在這個世界消失了十年之久，以前的人脈、包括現在對於互聯網的應用都完全不熟悉，只能委託琳子來幫助我。」

「於是你便把所有的事情告訴給了琳子？」我的語氣之中有了些許怒氣，如果琳子不知情的話，說不定也不會捲入到這件事情之中來：「那在琳子消失前一天，和她見面的肯定也就是你了？」

「是的，這個我的確沒辦法。」閆浩宇有些為難的說：「我並沒有子嗣，我們家族下一代只有琳子一人。如果按照之前的傳統，下一代的這個事情就需要琳子來面對，而我又是第一個人成功回來的人，所以必須提前告訴她有個準備。」

我歎了一口氣，在這件事情上也的確怪不了他，既然一切都不可避免，那提前告訴琳子反而是一件好事。

「她是個聰明的姑娘。」閆浩宇一臉惋惜：「自從我給她說過這個事情之後，她便開始利用自己的資源和人脈開始收集這些年全球人員失蹤的檔案，我和她的分工很明確，我負責尋找這個世界通道的入口，她負責尋找材料，我們的目的只有一個：希望能夠在下一代的時候終結這個困擾我們家族數百年的輪回。」

當聽到「下一代」這個詞的時候，我內心再次震盪了一下。和琳子結婚這麼多年，或許她一直不要孩子的原因，就是怕我們的孩子之後還會繼續遭遇這樣的處境。想到這裡，心臟再次感到一陣陣痛，這麼多年過去了，琳子一直在我面前獨自保守著這個秘密，這是承受了多大的精神壓力，而我對此一無所知，仍然沒心沒肺的和她生活著。隨著這種內疚的情感愈發沉重，頭部的暈眩感再次襲來，我站起身來，決定讓自己走動走動。

16號也跟著我站了起來，用手指輕輕碰了碰我的胳膊，我看向她，她小聲的沖我說了一句：「不要太內疚，琳子還在等著你。」

一語驚醒夢中人。是的，不管之前琳子為我們現在的生活做出了多少努力和犧牲，現在是該我來承受這一切的時候了。我一定要找到她，不管用多長時間。

閆浩宇繼續說著：「一開始我是沒想過把你捲進來的，不過就在琳子失蹤後，事情仿佛都在加速向前發展，我才想到把你拉進來，畢竟也只有你才會真心想幫琳子。」

我想到閆浩宇剛才出示給我的信件：「如果我沒猜錯的話，那林區那間木屋的房主就是你了？度母翡翠也是你留給我的？」

「對。」閆浩宇抱歉得點了點頭：「我希望你能主動找到我，這是唯一的辦法。」

困擾我的謎題解開了一些，很多事情都在閆浩宇的計畫之中：當年他通過安和把翡翠送給我，就是在提前佈局，萬一琳子出現問題，那就可以通過這塊翡翠把我拉入局。以閆浩宇的手段，再加上琳子和他之間這層特殊關係，想找個辦法把翡翠從琳子手中取回也應該是輕而易舉的事情。看來無論是琳子還是我，都是他計畫中的一部分，而我此刻卻對閆浩宇無法生成應有的憤怒情緒：畢竟我們都在某種存在（或許是命運）的掌控之下，沒得選擇。

想畢，我回過頭朝閆浩宇問道：「你有沒有想過，按照柏拉圖的想法，所有的存在物都是由造物者來創造，然後由『神』來進行複製的。如果這個世界的真相果真如此，那是不是就必然存在一個『神』的角色。」

「是的。」說到這個話題，閆浩宇的神色更加黯然：「所發生的這一切都已經遠遠超出我們，不，是目前人類的認知水準，是誰創造了『古鐘』，又是誰創造了『古鐘』裡的內容，這一切都是未知之數，或許我們只能把這個歸之以『神』的角色。」

或許我並不能為琳子解除這個「家族詛咒」，但是一定有件事情是我能做到的，那就是不管她在哪裡，我一定要陪在她的身邊。

「我一直很欣賞一句話。」我淡淡地說：「『God's in his heaven,All's right with the world』，或許我無法改變『神』的想法，也無法改變『既有事實』的產生，但是一定有我可以做到的事情。現在你是不是可以告訴我，」我看向閆浩宇，語氣堅定：「你肯定已經找到了『通道』入口了吧？」

閆浩宇也緩緩站了起來：「這個世界通往其他世界的『通道』入口存在於不同的物理空間，『通道』會定期出現在入口處。」他歎了一口氣：「或許也是上天的安排，最近出現的『通道入口』，就在這個金龍寺之中。」

聽到這個消息，我們所有人都精神一振。

「通道在哪？」喬木很興奮的站了起來，開始環顧四周：「是就在這個房間裡嗎？」

閆浩宇搖了搖頭：「這個廟所在的地點很特殊，或許你上次碰見的『通道』和我回來時候的『通道』是同一個，但我也是最近才發現，這裡還存在著另外一個入口。」

「另一個入口？」

「對。這個入口比較特殊，之前喬木你遇見的那個入口嚴格意義上來說並非入口，而是『出口』。也就是說，通過它只能把新世界的『事物』傳送回來。」

「也就是說，那個入口只是『單向』傳輸，而你口中的那個新入口則是『雙向』？」

「並非如此。」閆浩宇搖了搖頭：「所有『通道』都是單向，簡單點來說，喬木遇見的『通道』負責回來，而另外一個『通道』負責過去。」

「話說回來。」閆浩宇神色嚴肅起來，對著我說：「如果我想得沒有錯，你是想通過『通道』去尋找琳子吧？」

「是的。我一定要找到她，不管付出什麼代價。」

「你們其實來的時間也正好，這個『出口通道』前兩天剛剛啟動。」閆浩宇又歎了口氣，似乎在惋惜著什麼：「但是有一點我必須給你們說清楚。這個『通道』每次通往的『世界』並不相同。而且出於某種我不知道的原因，似乎一個生命體只能通過一次。這就意味著，你們只能過去一次，如果我們的琳子恰好不在你去的那個『世界』，那就沒辦法了。」

「你說……我們的琳子？」

「是的。邏輯上來講，每個世界都有一個『琳子』的存在。所以只有對琳子非常瞭解的人過去之後，才可以分辨出這個『琳子』是否是你認識的那個人。」閆浩宇無奈的說：「我發現這個『通道』的時候已經是琳子失蹤之後了，我便立刻通過『通道』去尋找她，但是最後找到的卻是一個新世界的琳子。回來之後，我便立刻嘗試再次進入，卻再也進不去了。」

我再次心亂如麻，如果這次我去的世界裡沒有「真正」的琳子，那或許我就再也沒有機會再見她了。就在這個時候，喬木走上前來拍了拍我：「我和你分開進去，兩個人的機會總比一個人大一些。」我點了點頭，感激得看了他一眼，心情卻異常複雜。

我轉過頭去，正好看到16號。此刻她卻似乎刻意在躲藏我的目光，迅速把視線放到了別處。畢竟還是個小姑娘，我暗歎了一下，要她冒這麼大的險去找一個隻認識了一年多的朋友，的確有點太難為她了。

既然事情已經決定，我便要閆浩宇直接告訴我們「通道」的所在。

「我剛才說了，『通道』還是在我們這個廟中，它就在這座大殿旁邊的一口枯井之中。」

「我知道那口井。」喬木脫口而出：「我第一次過來的時候，就覺得那口井有些異常，但是又說出不來什麼異常，原來它就是『通道』。」

「嗯。」閆浩宇點點頭：「事不宜遲，我現在就帶你們過去吧。」

到達「新世界」

於是乎我們一行人便跟著閆浩宇走出了密室。閆浩宇帶路走在最前面，之前一直跟在我身邊的16號這次卻沒有和我走在一起，而是跟在寧偉的後面，似乎對他拍攝的片子很感興趣。我知道，她應該是對剛才給我的反應感到內疚，不知道怎麼面對我。

但這並不重要，或許我馬上就可以見到琳子，這是目前唯一需要關注的事情。

「對了。」喬木似乎突然想到了什麼，對閆浩宇說：「我們到了另外的『世界』之後，會不會也要變成影子狀態？」

「那倒是不會。根據我的經驗，只有在世界本身因為分裂而穿越過去的事物，才會變成影子，如果你僅僅是通過『入口』進入，你仍然會保持現在的實體狀態。」閆浩宇說道這裡，突然回頭對著我說：「說到這裡，我還是想提醒一下你們。你們去往的『世界』，大概率有一個一模一樣的『你』存在，所以我們還是儘量不要在親近的人面前露面，以免引起一些不必要的麻煩。雖然我並不知道這種影響會不會影響到我們本身的世界，但是因為『世界』與『世界』之間的區別僅在於時率，所以各位還是小心點為好。」

我們都點了點頭，他說的沒錯，這種風險最好還是不冒為好，我倒是對『世界』平衡與否並不關心，但是說不定會影響到琳子，這是我必須要避免的。

我們一行人穿過主殿之後，朝左又走了幾步，閆浩宇就停了下來用手指著正前方：「我們到了，就是那裡。」

我朝著他手指的方向看去，一口古井霍然出現在我的面前。

「這是？」我有些吃驚：「坎兒井？」

聽到我的回答，閆浩宇同樣有些驚訝：「是的。想不到你還知道坎兒井，說明有做過功課。」

此刻我想到的，正是在琳子失蹤林區我發現的那口坎兒井：說不定那裡的井也是「通道」之一。

我把這個事情告訴了閆浩宇，他點了點頭：「我一直相信我們所處的這個『世界』，絕非只有這裡才有『通道』的存在，你說的那個坎兒井如果真是另一個『通道』，或許真和琳子的失蹤也有關係。」

說著說著，我們已經走到了坎兒井旁邊。我發現井口處還留著一個小梯子，我看了看閆浩宇，他笑著回應：「這是我上次下井時候使用的，你們就可以通過這個下井。」

他接著說：「這個梯子會直接到達井底，不出意外的話，你們只要到了井底就可以看到『通道』了。」

我點了點頭。然後回頭看向寧偉，此刻他已經把攝像機收了起來，一副躍躍欲試的樣子。

「寧偉，你不能和我們一起去。」我的態度很堅決：「你必須留在上面等我們回來。」

寧偉一聽就急了：「我說何夕，你這樣也太不夠意思了。我跟著你們一路走到這裡，馬上就到最關鍵的一步了，你現在卻告訴我放棄？我告訴你，你也不用擔心我，我不怕回不來，而且話說回來，多一個人去不就多一分找到琳子的希望嗎？」

「這不是放棄。」我指了指16號：「你要和她守在這上面，等我們回來。」同時給寧偉使了個眼色，然後看了看閆浩宇。

其實我何嘗不想寧偉一起走，但是一來寧偉實在沒有必要跟著我一起冒險，二來我的確對閆浩宇還不是太放心，雖然他看似非常坦誠，但是實在說不清楚有什麼意外情況會發生，寧偉留在這裡也算是個有安全保障。

寧偉也明白了我的想法，只能無奈的點點頭，然後朝閆浩宇問道：「他們這樣下去的話，大概要多久能夠回來？」

「這個就很難講了。」閆浩宇回答道：「回來的時間首先和他們在那個『世界』呆的時間長短有關，其次更重要的是和那個『世界』的時率有關。我舉個例子，如果是時率比我們這邊快一倍的世界，那他在那邊呆一天，就是我們這邊的兩天時間，同理，如果時率比較慢，那我們這邊消耗的時間長度就比較短了。」

我接過話：「換句話來說，如果我們去的世界時率比較快，那就要儘早撤回。反之就可以多呆一段時間。」

「是的。當然這個停留時間長短，還是得你們自己做決定。從我個人來說，我也非常期望你們能帶著琳子一起回來。」閆浩宇停頓了下想了想：「我不得不提醒下你們，因為我們的確不知道到底有多少個『世界』的存在，所以你們很大概率遇見的並不是我們這個『世界』的琳子。當遇到這種情況的時候，千萬要保持清醒，不要成為影響那個『世界』正常運轉的異常變數，畢竟會發生什麼，我們誰都不知道。」

「那回來的出口，也是在這個廟裡了吧？」

「對，就是在我們剛才所呆的密室之中，你們傳送過去的時候也會在這個廟裡的某個地點，到時候就找到這個密室的位置就可以找到通道。」

我和喬木點了點頭，隨即便準備朝井口走了過去。這時，一直躲在寧偉身後的16號突然跑到我的面前，輕輕拉住了我。我知道她是擔心我的安全，心裡不禁留過一陣暖意，於是開口安慰道：「放心。我一定會帶著琳子回來的。」

此刻她的眼裡似乎已有些濕潤：「你要記住閆浩宇說的話，要是一旦發現有什麼不妥，立刻回來。」

我點點頭，再沒有繼續拖延，走到井口，抓住井邊的梯子開始往下爬去。

這口坎兒井似乎要比一般的水井深了不少，往下爬了十分鐘，還仍然看不到井底。我倒吸了一口涼氣，一般水井深度在二十米左右，這口坎兒井的深度怕是有 100 米朝上了。

這個時候斷然沒有放棄的道理，我只能硬著頭皮繼續向下，幸而閆浩宇用的是一個只有在消防作業裡才會用到的繩梯，如果只是一條攀岩繩我必然沒有下到底部的體力。又往下了20分鐘，我才終於達到了井的底部。按照之前商量的計畫，我使勁晃動了幾下繩梯通知井上的人，表示我已平安抵達，他們在收到資訊之後再過2個小時就讓喬木下來。

向上發出信號之後，我才終於有了機會好好觀察一下井底的情況：井底部早已沒有水的痕跡，都是幹土和一些枯草樹枝，證明這口井乾涸的年份不算短了。這口井很似奇怪，越往下井的圓徑越大，下井的時候我就發現了這個情況，越往下井壁離我的距離似乎越遠，直到此刻我才發現，井底的空間已經比井口大了一倍不止，當初井口只能勉強容納一個人進入，而在井底就算站上三個成年人也綽綽有餘。

時間緊迫，我開始按照閆浩宇給的指示在井壁上尋找標記，他說過自己在上一次進入入口之時便已經用刀留下了標記，在探照燈的照射之下，我很快便發現了在一塊有突起的井壁之上有用刀刻出的「X」記號，我用手試探著摸了上去，手掌竟然直接穿過了井壁：這必然就是入口無疑了。

我深吸了一口氣，按照閆浩宇事先的提示，整個人靠近標記所在的井壁，然後猛一發勁，整個人便立刻融入了井壁，成功穿越了過去。

此刻我所處的空間，正是喬木所經歷過的「通道」之中：完全的黑暗，遠處有亮光忽隱忽現。所幸這一次我帶著照明設備下來，所以可以勉強看見通道的情況：通道整體寬度1米左右，足夠兩個人並排往前走，從我所站位置目測來看，亮光在我正前方，離我最多不過500米的距離，不過閆浩宇事先打過招呼，靠視覺目測在這個「通道」之中是無效的，根據他的經驗，通往不同的「世界」通道所需時間並不相同。他自己試過最快的10分鐘，最慢的則至少需要接近一個小時，這也是為什麼會給上面的喬木預留了兩個小時的時間再下來。按照閆浩宇的說法，如果兩個人一起進入通道，那最後達到的「新世界」會是同一個，所以我和喬木必須分開走，而且必須等待第一個人通過通道之後，第二個才可以進入。

五百米不到的距離決不會需要一個小時，這其中必有蹊蹺。之前喬木已經說的很清楚：「路會越走越遠」，來之前已經和閆浩宇就這個問題有過交流，我心中已然有了準備：通往時率不同的世界，「通道」之中肯定會存在時間混亂，所以才會造成視覺判斷距離的錯誤，估計這個通過的時間也是根據對面世界的時率快慢來決定的。想清楚了這個事情，我便再也沒有什麼顧慮，朝著亮光走了過去。

沒想到的是，這段行程竟然異常順利，一路上我也聽到了喬木所說的流水聲，地面觸感的變化也完全如他所說（不過我沒有用照明設備去查看地面情況，這是閆浩宇特意說明嚴令禁止的行為。雖然不知道原因，而且好奇心也一再驅使我查看下地面情況，但我的注意力全部放到了前方的亮光上，沒有再做一些多餘的動作），由硬及軟，最後甚至有些凹陷。但令人詫異的是，我僅僅用了五分鐘就走到了亮光所在之處，此刻我心中也有了數：我即將到達的「新世界」，時率應該比我所處的世界要低。

通道盡頭的亮光其實並非一束單純的光源，在我面前的是一扇門，亮光便是從門裡發散出來，因此在黑暗之中的通道顯得格外耀眼。此刻的我自然已經沒有退路，沒有任何猶豫，我直接走入門中，穿過這片耀眼的亮光，朝著「新世界」，也朝著琳子走了過去。

再見琳子

此刻我正站在金龍寺廟院子的正中央：閆浩宇說過，通過「通道」之後，通過者會隨機出現在廟裡的各個位置。我環顧了一下四周，和原世界並無什麼區別，主殿之中那尊閆浩宇用來遮蔽密室門的度母佛像卻不見蹤影。我暗自尋思，這個「世界」（姑且把它叫世界B）分裂出來的時間肯定在閆浩宇放置佛像之前，因為時率不同，或許這個世界並未再次分裂，因此世界B的閆浩宇大概率還未去過其他「世界」，因此並未知曉「通道」的存在。我用手敲了敲石壁，傳來的聲響說明了裡面的確是有空間存在的，我一顆懸著的心也就放了下來：要是找不到回去的「通道」，我或許就真的被困在這個世界裡了，就算我重新找到了回去的「通道」，那回去之後也不知道是何年何月了。

在確認廟裡沒什麼異常後，我下一步計畫就是直接去找琳子。但我並不清楚琳子現在所在之處，只能先回家找找線索。想到我在家裡很可能看到一個一模一樣的「我」存在，心裡就一陣不是滋味：倘若世界B的琳子並非穿越過來，而就是這裡本就存在的琳子（這種情況絕對是大概率，我和閆浩宇都並不知道到底有多少個「世界」），真不知道我該如何面對。不過此刻我也沒有什麼辦法，一切只有等找到琳子，答案才會揭曉。

有信念，才會有奇跡。這麼多年以來，或許我一直缺少的，正是這樣一股信念。

在廟裡沒什麼參照物，所以一開始並沒覺得有什麼異樣，但當我走出金龍寺，來到人群聚集地的時，不適感才慢慢顯現出來。看得出來這個「世界」被分裂出來的時間較早，時率也比較低，所以社會發展程度遠不及我所在的世界：手機尚未普及，沒有地鐵，就科技發展程度而言應該落後了大約20年左右。或許在「古鐘」之內記載的內容，僅僅限於規範了有機物的存在，它無法影響自然科學的發展進程，所以才會出現人都是一樣的人，但是整個世界已經不一樣的狀況。

環境變化還是其次，真正讓我感到不適的，是節奏。

就拿最簡單的步行來說，我日常的步行速度（我平時的步行速度已經算是很慢的了，在我的「世界」基本上算是老年人行進速度）幾乎是其他行人的2倍左右，和一旁的慢跑者速度雷同，但是因為整個環境（所有行走的人）的速度都是一樣，如果不看我自己，從旁觀者的角度來說，還是很和諧的。這種因時率變低導致我和環境之間出現的違和感隨處可見，無論是人的動作，還是人與人之間的對話，都明顯顯出慢一拍的既視感。

按照閆浩宇的囑咐，我先到附近便利店買了一包煙，倒不是我真的煙癮犯了，而是想通過這個買賣行為查看下這個世界的錢幣是否與我的世界一致，要是版本不同的話我懷裡還揣著一塊老勞力士（閆浩宇給我和喬木一人準備了一塊這個硬通貨，而且還給了我們數額不等的舊版人民幣），可以去找個當鋪去兌換這個世界的現金。所幸這種情況並未出現，雖然這個世界並沒有線上支付，但幸而紙幣還是同樣的規格，於是買完煙後，我便直接打了一個的士車前往機場，準備飛向「我家」所在的城市——

北京。

用紙幣在售票廳購買了當天前往北京的機票，很多年沒有線上下買票，我還有一些不適應，好在闆浩宇還貼心得為我準備了一代身份證（在這個世界裡，身份證還未換代），可就算是這樣售票員看了看身份證之後，還是用一種奇怪的眼神盯了我好久，讓我渾身不自在。因為離起飛時間還有幾個小時，我便坐在候機廳等待。我知道這幾個小時再加上飛行時間很可能就是我在這個「世界B」最後的休息時光，一旦到達北京，我便需要爭分奪秒，抓緊時間尋找琳子。

可想是這樣想，我卻沒有半分睡意。看著這個本世紀初風格的機場，加在來來往往慢動作一般行走的人們，的確是有些恍如隔世的感覺。也不知道喬木現在怎麼樣了，距離我到達這個世界已經過去了兩個小時，喬木此刻應該已經通過了「通道」，也和我一樣到達了「新世界」，那個「世界」裡會有真正的琳子嗎？更大的可能是，我們兩都找不到琳子，那到時候該怎麼辦？雖然這些事情在出發之前我早已想過，但此時此景想到這些我還是心亂如麻。

拿到登機牌準備登機，停機坪裡停著的還是古老的國產運七客機，我估摸著測算了下，在這個「世界」客機的飛行速度按照我世界的標準應該只有300公里每小時左右，在空間沒有變化的情況下，時率變慢，那自然整體的速度都會變慢了。但計量單位在這個世界仍然是沒有變化的，比如光速仍然是80萬公里每秒，音速仍然是三百四十米每秒，所以我當到這裡的時候，聽到的所有聲音不僅緩慢，並且都似乎帶著些許延遲，想到這裡我不僅暗歎了下，生物肉體的適應性還是相當強的，我的視覺和聽覺幾乎沒有花太長時間就適應了新環境。

飛機起飛後，我坐在臨窗的位置看著外面的天空：因為風速的影響，雲的移動速度也明顯緩慢了很多，一切都慢下來的感覺讓我有一種彷彿生在童話故事之中的錯覺。六個小時的飛行時間，已經算達到了長途飛行標準，可我看旁邊的旅客仍然精神抖擻，我才反應過來，是我的肉體機能暫時還沒有適應這個世界的運行標準。

理論上講，這個世界雖然時率較慢，但時間刻度是與我的世界一致的，比如我的世界已經有五千年的文明歷史，那換算到這個世界來也該有一萬年了，應該科技水準和我的世界差不多，為什麼這裡看起來卻好似落後了幾十年？

我突然想起之前在便利店和店長閒聊的時候，他曾經提到在新世紀初（此刻在世界B仍然是二〇二二年）的之前世界的發展速度非常快，但以二〇〇〇年為節點，世界各國的整體發展速度都降了下來，GDP總額在之後的一年突然出現了斷崖時下跌，基尼指數開始上升，甚至很多人認為是人類文明受到了某些外星文明的影響，達到了技術瓶頸。

根據這個情況來看，這個世界的形成應該就是在二〇〇〇年左右，新世界剛形成之時人們還保存著對過去的記憶，因此造成了理解誤差。再加上因為時率變慢，人類的認知能力或許也出現了一定退步，所以目前這個世界還保持在當初的科技發展水準似乎也就說得過去了。我環顧了一下周圍旅客的表情，在這樣一個絕對不會出現「內卷」的世界，他們似乎都過得很幸福，這竟然讓我莫名有了一絲羨慕。

漫長的飛行之後，飛機終於落地北京，我迫不及待的叫了一輛計程車，上車之後便沉沉睡去。不知道過了多久，我被司機喊了起來，看了一眼時間，計程車行駛了大約一個多小時，此刻車已經停了下來，司機示意已經到達了目的地。

我搖下車窗朝外看了一眼，車外完全就是一片荒郊野嶺，哪裡有社區的痕跡？我有些氣憤沖著司機：「師傅，這個地方不對啊？」

「怎麼不對了？」司機一臉不滿：「不就按照你給的地址走的嗎？」

我突然明白過來：因為時率不同，雖然闫浩宇曾經說過除了人物自身存在以及人與人之間的關係存在依然保持，其他的所有一切都會變化。也就是說，我和琳子雖然在這個世界也結了婚，但是我們的房子有極大可能不在此處，甚至連這個社區或許都不會存在（因為時率降低，人們普遍更加「佛系」，「內卷」也不復存在，所以房地產開發這個行業必然也不會如我那個世界一樣發達），來之前我已經想了各種可能性，但現在出現的狀況還是令我始料未及。想了一會，我又給了司機一個新的位址，這正是 #FFF 書店的所在。

不管世界如何變化，對於自己我還是很瞭解的，無論在什麼時代，開書店或許都是我唯一可選擇的職業之路。

我猜的沒錯，到了目的地之後，我在車上透過車窗便看到了「#FFF」的標誌，或許是因為這個世界節奏比較慢，讀書人比較多的原因，和我的書店比起來，這個世界的 #FFF 書店面積大了不少，看起來經營情況比我好得多。我下了車，從隨身書包裡翻出墨鏡和帽子帶上（這是在下井之前閆浩宇給我準備的，因為在新世界我隨時可能遇見另一個「我」，所以喬裝一下還是很有必要的），便朝著書店走了過去。

我先在書店週邊轉了兩圈，確認書店裡並沒有看到「我」，於是便放心得朝裡走去，準備打聽下消息。這個世界的 #FFF 除了面積大了不少之外，無論是選書標準，還是裝修風格，就連靠近前臺的推薦作家，和我之前基本上是一模一樣。我饒有興致得翻了翻幾本擺在最前面的推薦書目，和我的書店一樣，博爾赫斯的《小徑分叉的花園》依然擺放在最醒目的位置，我拿起一看，出版社不同，封面設計也有所區別，不過經典的東西無論在什麼世界仍然經典，我不禁暗自感歎著。

就在這個時候，一個無比熟悉的聲音在我耳邊響起：「你也喜歡博爾赫斯嗎？」

若不是刻意控制，淚水當場便會不爭氣的流下來：這是一個我再熟悉不過的聲音，說出這句話的毫無疑問就是那個我朝思暮想的女人。我沒有絲毫猶豫，立即抬起頭，琳子就這樣亭亭玉立得站在我面前，沖我露出了那熟悉的微笑，此刻的 #FFF 似乎安靜了下來，仿佛天堂的模樣。

或許幸福來得過於突然，我一下子沒反應過來，只是呆楞在原地。琳子從我手中把書拿了下來，翻開我正讀的那一頁，喃喃自語道：「我覺得自己抽象的領悟了這個世界。[18]」

「你知道嗎？這家書店的老闆也很喜歡這本書。他。。」琳子慢慢將目光從書移到我的臉上，話語也隨著視線的到達戛然而止。我知道喬裝已經失去了應有的作用，我能騙得了別人，怎麼可能騙得

18 出自博爾赫斯短篇小說：《小徑分叉的花園》

了琳子，這個與我一起共同生活，互相深愛著的女人。

來之前我曾經設想過與琳子的重逢，在我的原有計劃中就算與琳子見面，也儘量先隱藏身份（比如喬裝、比如儘量不要和她有視線的接觸、甚至是可以改變下聲調），但此刻見到她本人之後，我卻沒有任何遲疑的取下墨鏡和鴨舌帽，用真實的面目注視著向琳子。

除了著裝之外，她與我的世界之中的琳子並沒有什麼區別，仍然是那個我熟悉的擁有著純淨水般眼神的女孩。雖然我仍無法確定她是否就是那個「我的琳子」，但與她重逢的喜悅幾乎讓我喪失了思考，只餘下一個想法：我不能再次與她分離。

見我取下偽裝，琳子的淚水也從臉龐默默滑了下來：「何夕，真的是你嗎？」

這句問話讓我更加激動，這句話的意思？難道我真這麼好命？她真的是「我的琳子」？

「是的。琳子，真的是我。何夕。」我幾乎用喊的說了出來：「我是來帶你回去的。」

琳子一下子破涕而笑：「我說小何先生，怎麼說也該是我帶你回去吧？」

這句話讓我瞬間清醒了過來：帶我回去？這是什麼意思？

我沒來得及思考，琳子已經一下子撲到我的懷裡，這熟悉而陌生的溫存讓我再次迷失，然而琳子的下一句話卻讓我瞬間由幸福跌入了冰天雪地。

「何夕，這些年你到底去了哪兒？」

此刻我雖然緊緊擁著琳子，內心卻如一團亂麻。

我這些年去了哪？琳子為什麼會問出這個問題？

難道琳子並不知道自己已經穿越到另外一個「世界」，而這個世界的「我」因為某種原因並不存在？但是這很明顯說不通，根據我的判斷，這個世界被分裂的時間少說也在十年之前，而琳子的失蹤才不過幾個月而已。就算她是在不知情的狀況下穿越過來，但以琳子的聰慧，這兩個世界之間的差異絕不可能讓她沒有懷疑。

當然，還有一種可能性：穿越世界的人不是琳子，而是我？

我會一直相信你

我使勁搖了搖頭，就目前的狀況而言，我仍然還是相信之前的判斷，不管怎麼說，「我才是那個穿越者」這個可能性實在太過荒唐。其實想要知道答案的辦法也很簡單：想辦法從琳子這裡瞭解情況。

此時琳子已經從剛開始的激動情緒之中逐漸緩和過來，見我沒有回答，便輕輕的對我說：「走吧，我先帶你回家。」

我點了點頭，目前我的確沒辦法確認琳子的「身份」。這個時候最好的辦法就是少說話，然後從與琳子的對話中來慢慢完善我自己的判斷，無論出現什麼狀況，我也只能見招拆招。此刻我也只能向上蒼，向那個能夠決定我們命運的「古鐘」祈禱，祈禱這次命運能夠眷顧於我，如我所願。

走出書店後琳子喊了計程車，我和她並排坐在後座，她給司機說了一個我無比陌生的位址，我想那或許就是在這個世界裡「我」與琳子的家。

琳子的家離書店並不遠，大概也就幾分鐘的車程（這個時候，我發現我已經適應了這個世界的時率，不得不說，人的感官適應能力是真的強），十分鐘後計程車便在一個社區前停了下來。

就算依照20年前的標準，這個社區仍然是有些樸素得過了頭。在我的世界裡，雖然我和琳子都只是一個工薪階層，可也足以負擔起比較好的房子支出，不知道為什麼在這裡會變成這樣？

「你走了這麼久，是不是都已經不認識自己的家了？」琳子有些疑惑得看著我，我趕緊收回了四處張望的視線：「當然不會……只是太久沒回來，的確有些陌生罷了。」

說者無意，聽者有心。仔細想想，琳子之所以會說「我離開了這麼久」只有兩種可能：要麼她本就是這個世界的琳子，而這個世界的「我」也的確因為某種原因失蹤了；還有一種可能性她就是那個我認識的琳子，但是因為無法確認眼前這個我的來歷，所以她也只能採用這樣保險的說辭。在並不確認這個琳子的真實情況之前，我決定還是小心為上，謹慎一些總是好的。

「你現在就在書店裡打理生意？」我決定找點話說，不管怎麼樣，總得先瞭解瞭解情況。

「對。」琳子似乎有些刻意的走在我的前面，我知道，她是怕我因為找不到路而難堪：「你知道書店一直並不是太景氣，自從你離開之後，書店的生意更是一落千丈，我就辭掉了林業部門的工作，全職來管理。」

「不過說來也奇怪，自從我接手之後，書店的生意竟然慢慢好起來了。」她笑著回頭對我說：「也不知道是什麼原因，現在的人倒是越來越喜歡讀書了。」

我點點頭：那是自然，這個世界因為分裂出來時率變慢，在慢節奏的生活之下，看書的人自然就慢慢多了起來，也只有在這種情況下，人不再有那麼強的趨利心理，才會有空餘的時間來讀書。

這是一套普通的兩室一廳房：一個客廳一間臥室一間書房。在琳子忙著去盛水的時候，我在房子裡四處逛了逛：客廳裡「我」與琳子的結婚照被放到了最醒目的位置，傢俱也很簡單：一個茶几，一張雙人沙發再加上餐桌就是客廳的全套傢俱了。屋子裡看起來比較有內容的估計就是書房了，除了窗戶的那面牆外，其他三面分別安置了三個置頂書架，我仔細看了看，裡面全部都是哲學類的書籍，看來這個世界的「我」比我還更加迷戀哲學。

「怎麼樣？」琳子端著茶水走了進來：「你看看，你這些書我可都是原封不動的好好保存著呢。」

我並沒有回復琳子，此刻心裡充滿苦澀：照琳子這段時間的表現，很大概率並不是那個我正在尋找的「她」。可如果她真的認為「我」是失蹤了，為什麼一直沒有直接問我這些年去了哪裡？這一點讓我感覺非常奇怪。

我接過茶杯，走到客廳裡在沙發上坐下，直接開口問道：「你，還記得我失蹤當時的情況嗎？」

「嗯。我們是該好好談談這個事情了。」琳子在我旁邊坐了下來：「你知道為什麼一見面我沒有直接問你去了哪裡嗎？」

「為什麼？」

「當時我是看著你消失的。」琳子的表情顯得有些害怕，很明顯她再次回憶起了當時的景象：「你還記得麼？當時你一個人在書房看書，我去給你換茶水，就在我端著茶走到書房門口的時候，你活生生得在我眼前一下子就消失了。」

話還未說完，琳子的眼淚已經落了下來，我把她的手拿過來放到了我的手中，試圖用這種辦法安慰下她。

「我當時簡直不能相信自己的眼睛。」琳子苦笑著說：「現在想起來好傻。你消失之後我還在房子裡找了好久，大聲喊著你的名字。之後給朋友們解釋，也沒有一個人願意相信我，這也不能怪他們，要不是親眼目睹，我也決計不會相信這種事情。」

我把水杯遞給了她，琳子喝了一口穩定了下情緒，繼續說道：「因為沒有人相信我，你剛消失那段時間我變得有些神不守舍，去看了很多次心理醫生也無濟於事，因為這個事情，我吃了整整一年的抗抑鬱藥物。」

握著琳子的手力度加強了，望著眼前的琳子我內心無比心痛：雖然現在已經基本明確她不是我的「琳子」，她那消失的丈夫也並不是我，但是眼前這個女人的悲傷，我感同身受。

琳子感受到了從我手心中傳來的心意，感激得看了我一眼：「這樣的身體狀況下，我的工作肯定是保不住了，於是只能自己辭職，好在我們還有個書店，我也就借坡下驢，開始全職來管理書店的日常運營了。」

「這些年你一定過得非常苦。」我發自內心的安慰道，既是說給琳子，也是說給我自己。我想到了琳子失蹤之後我的失魂落魄，什麼事也不想幹，幾乎丟掉了所有對未來的期望，雖然不在同一個世界，但我和琳子之間的愛絕不會改變，所以我相信這個琳子在「我」消失後也是應該是這樣的狀態。

聽到我這句話，本來已經收住了眼淚的琳子再次悲泣起來。她把頭靠在我的肩膀上默默流淚，不知道我的琳子在其他的世界會不會和她一樣無助。這讓我不禁想擁抱她，但我知道我不能，真正要安慰她的人，不應該是我。

也就是在這個時候，我心裡已經做出了決定：就算在這個世界找不到我的琳子，我也想盡力幫助眼前的「琳子」找回她的何夕。就算我自己找不回幸福，我也要努力幫助她，畢竟穿越的機會只有一次，我已經沒有了這個機會，可是她還有。

想到這裡，我輕輕拍了拍琳子的肩膀，她抬起頭望著我，仍然是梨花帶雨。

「我現在還不能告訴你整件事情的真相。」我艱難得說著：「但是請你相信我，我一定會給你一個交代。」

「嗯。」琳子點了點頭：「我雖然不知道你遇到了什麼，但是我一直會相信你。對於現在的我來說，其他什麼都不重要，因為你回來了。」

當我聽到琳子說出「我會一直相信你」的話後，眼淚也差點落了下來。無論在哪個世界，琳子對我的信任一直存在，相信此刻仍然不知道在哪個世界的另一個我也在努力尋找回來的辦法，我的琳子肯定也在等著我，我不應該放棄，也不能放棄。

想清了這個事情，我便對琳子說：「琳子，我現在還必須得離開個幾天，要去處理下事情。不過你放心，我很肯定不會再次消失了。請你相信我，再給我一些時間。」

「放心吧。」琳子擦了擦眼淚：「我說過我一定會相信你，都等了這麼久我也不在乎再多等幾天，你只需要記住，不管你要面對什麼，只用記得我永遠會等待你的回來。」

有妻如此，夫複何求。

「你是哪個何夕？」

離開「家」，我立刻喊了一輛計程車前往機場：我要去尋找這個世界的閆浩宇。

如果說這個世界還有人能瞭解這個「世界」，那只能是閆浩宇了。如果我沒猜錯，因為某種我並不知道的原因，這個世界分裂的時候穿越出去的人很有可能就是「我」（我之所以可以這麼確認，是因為琳子告訴我的線索：「我」失蹤的方式是突然消失），所以閆浩宇可能還好好的呆在這個世界，而據我世界裡的閆浩宇所說，自從他父親失蹤之後他就在研究這個事情，所以在我現在還沒辦法從這個世界回去的狀況下，能和我商量的或許也只有這個世界的閆浩宇了。

計程車裡，交通廣播電臺正在播放周傑倫的《晴天》。

「師傅，周傑倫的專輯出到哪一張了？」我突然對司機發問。司機有些丈二金剛摸不著頭腦，估計在他開出租的職業生涯裡，我是第一個問這麼無聊問題的人。

「我哪裡知道，這都是年輕人聽得歌了。」果然，司機很無奈的回答著。

「不知道《最偉大的作品》這張專輯出了沒有？」我喃喃自語道。我當然知道這不可能，在我的世界裡，這張專輯也才剛剛發售，這裡還早得很。

司機並沒有關注我的自語，車裡一片沉默，只剩下周傑倫還在輕輕唱著：「從前從前，有個人愛你很久，但偏偏風漸漸，把距離吹得好遠……」我突然想起了喬木，這個和琳子算是青梅竹馬的男人，不知道他現在怎麼樣了，是不是已經遇到了真正的琳子，或許他已經帶著琳子回去了也說不準。不過此時這些事情對我而言似乎已經不再那麼重要了，我有種預感，在這個世界，我可以找到一些我一直在尋找的東西。

這些東西裡面，不僅僅包括琳子。

六小時後，我成功抵達A市。閆浩宇家的位址早在我來之前就已經背得爛熟於胸（在寧偉給我材料裡，有詳細地址。當初本來是想著要是在金龍寺找不到線索，就直接去找閆浩宇），再次打了一個計程車，我看了看錢包裡的餘額，苦笑著搖了搖頭：要是再這麼飛來飛去，我的現金馬上就要花完了，到時候只剩下去當鋪一條路了。

因為沒有穿越，閆浩宇此時的身份應該還是當年在縣城裡呼風喚雨的角色，他住的地方肯定比琳子和「我」的家要好很多。不過當司機把車停在一個巨大別墅面前的時候，我還是深深吃了一驚：這是一棟占地面積至少兩千平米的別墅，從院外的門禁朝裡看過去就可以看到一大片草坪。這是我一般只能在美國大片裡才能看到的富豪住宅，我唏噓不已，僅從這點就可以看出，閆浩宇當年是如何風光無限。

「到了。」司機看著我，不再是之前的一副撲克臉：「你認識閆老闆？」看得出來閆浩宇在當地還是相當有名的，估計這一帶的出租司機都認識他。

「勉強算是認識吧。」我不想和他多話，立刻付了車費下車。

來到門口的鐵門前，我按下門鈴，裡面傳出一個陌生男人冷冷的聲音：「你找哪位？」

「找閆浩宇。」我的聲音同樣冷。

「請問你有預約嗎？」

「沒有。」我有些不耐煩：「你只用告訴他，何夕來找他了。」

「好的，」對方有些遲疑：「你稍等一會。」

以我對閆浩宇的瞭解，他要是聽到我回來了，必定會見我。果然不出所料，一分鐘過後，院子的大門就緩緩打開了。

我跟著一個管家似的人物走進別墅，遠遠的就看到一個男人迎了過來，果然就是「紙片人」閆浩宇。

他快步走到我的跟前，用懷疑的眼神把我打量了一圈，遲疑著問了一句：「你是何夕？」

這個世界的閆浩宇肯定沒有見過我，懷疑也是理所當然的。時間緊迫，我並不想在證明我是何夕本人這件事情上和他耗費時間，於是我點了點頭，直接了當的對他說了一句：「你應該知道『古鐘』吧？」

其實我也沒有什麼把握，我世界的閆浩宇是在穿越之後才在洞穴內發現了畫有古鐘的壁畫，我只能賭一把，這位閆浩宇研究了這麼多年，不會一點收穫都沒有吧？

閆浩宇臉色瞬間變了，他什麼話也沒說，引我到客廳坐下的同時，讓旁邊的周圍人等全部離開。我松了一口氣：看來是賭對了。

「你……知道古鐘？」

「是的。你應該也從琳子那裡得到我失蹤的消息了吧。」

「對。」閆浩宇點了點頭：「琳子之前告訴過我，想要我幫忙找到你。」

我把身體又朝沙發上蹭了蹭，儘量讓自己舒服一些：「那她肯定也告訴過我，我是怎麼失蹤的了？」

閆浩宇的臉色似乎一下子泛起亮光：「對，她說你是突然消失的。」

我點點頭：「那你應該知道我為什麼來找你了。」

閆浩宇陷入沉默，看得出來他在努力消化目前的資訊。突然他臉色變得異常冷峻，朝我厲聲質問道：「你到底是誰？」

我有些無語：「不是都給你說了，我是何夕。」

「我當然知道你就是何夕，我有你和琳子結婚時候的照片。」閆浩宇語氣愈發冰冷：「我想問的問題是，你是哪個何夕？」

「好問題。」我由衷稱讚道，閆浩宇心思果然縝密，一下子就猜出了事情的大概：「既然你察覺到了，我也沒有什麼好隱瞞的，事情正如你所想，我是何夕沒錯，但並不是這個世界琳子所認識的那個何夕。」

在我直接了當確認這個事情之後，閆浩宇臉上嚴峻的神色開始有所緩和：「那你。。是通過『通道』過來的？」他的聲音之中甚至有些許興奮。

這也難怪，他一個人獨自研究「分裂世界」的問題這麼多年，秘密從未告訴過別人（按照我世界的閆浩宇所說，他知道就算告訴別人也無濟於事，沒有人會相信他），突然之間一個活生生的來自「異世界」的人出現在面前，直接證實了他這麼多年的研究，換做任何一人都會很興奮的。

「是的，通道。」我並不打算對他隱瞞什麼，畢竟我有求於他，表達坦誠的態度還是很重要的。聽我親口確認了這個事實之後，閆浩宇的雙眼開始發光：「那你到時候能不能給我說下，『通道』的所在之處？」

「我會把我所知道的東西都告訴你。」我直言不諱：「但同時我也希望得到你的幫助。畢竟在這個世界，能幫到我的估計也只有你了。」說畢，我便將我的情況一五一十的給閆浩宇講述了一遍，當然，某些重要的敏感資訊我還是有所省略，比如去往其他「世界」的通道所在。

閆浩宇仔細聽完後給自己點了一根煙，陷入了沉默。我相信，這麼輕鬆得到關於「異世界」的一手資訊對他而言絕對是意想不到的，他在努力消化並且判斷我說的資訊的真偽。

許久之後，閆浩宇長歎了一口氣，滅掉了手中的香煙。我朝旁邊的煙灰缸瞄了一眼，就這幾分鐘的時間，他已經抽了不下十根。

「你應該知道。你所說的資訊對我而言非常重要。」閆浩宇語氣中帶著一絲無奈：「可我卻並沒有足夠的資訊來支撐判斷你提供內容的真偽。目前來看，我似乎只能相信你。」

我松了一口氣，來找閆浩宇之前我覺得要說服他相信我，決計是一個大工程（畢竟這些資訊實在過於荒誕），沒想到會這麼輕鬆，我不得不對他另眼相看，能夠把生意做到這個規模的人的確不簡單，需要有短時間內判斷並做出決策的能力。

閆浩宇毫無疑問擁有這樣的能力。

「如果我理解得沒錯。」閆浩宇接著說：「你來到我們這裡，是為了尋找到你那個世界裡消失的琳子，而現在你已經確認了我這個世界的琳子並不是你的目標。所以你來找我的目的，反而變成了要幫助她找到已經消失了的「你」。」

話聽起來有些拗口，不過意思沒錯，我隨即便點頭表示同意：「沒錯，就是想從你這裡多瞭解一些你的研究成果，看看能不能幫助琳子找到那個消失的『我』。」

閆浩宇笑了笑：「如果你這次能夠順利達成目標找到那個消失的『你』，那對於你尋找琳子也是大有助益的。」

我苦笑了下，不愧是閆浩宇，一下子就看出了我藏在這背後的動機。

「不過，」他話鋒一轉：「不管你真正的動機是什麼，就沖你想幫琳子找回丈夫這件事情，我就願意幫你。」隨即閆浩宇笑了起來：「這也算是你給我提供這麼多資訊的回報吧。」

他願意幫忙，我算是松了口氣。畢竟無論希望有多渺茫，我都希望能夠找到琳子。

「你知道嗎？」閆浩宇突然壓低聲音對我說著，這讓我不禁有些想笑，碩大的客廳裡只有我們兩個人，就算以正常的聲調說話，也決計不用擔心被人聽到，可他接下來所說的話卻讓我瞬間感到了寒意刺骨。

「你知道嗎？據我所知，在我現在這個世界裡，像你這樣從『異世界』過來的人不只你一個。」

「這是什麼意思？」雖然從邏輯上講，我既然能夠過來，那其他世界的人只要能夠找到「通道」，也都可以來。但我的潛意識卻一直在刻意逃避這種想法，畢竟要是你意識到你身邊的人隨時都可能不再是其本人，而是一個來自於「異世界」的TA，這該是一件多麼可怕的事情。

「就是字面意思。」閆浩宇接著說：「這意味著在你我周圍，隨時都有可能是其他世界過來的『替換者』。」

「替換者？」我有點啞然，這的確有些危言聳聽了。

「沒錯。我這些年的研究也不是白做的。」閆浩宇有些自豪得說：「就在上個月，我詳細分析了最近50年的失蹤人口資料，其中有極少一部分是失蹤時間長達5年以上，然後重新出現的人。而且這些失蹤者在重新出現之後普遍反應出對目前社會的不適應，而且無一例外的，他們全部宣稱自己已經喪失了失蹤這幾年的記憶，我把這群人統一命名為『替換者』。」

「你認為這些人都是從『異世界』過來的？」我意識到閆浩宇並非在危言聳聽，仔細想一想的確令人毛骨悚然。

「我當然沒有直接證據，不過這種情況的確很異常，特別對於我們這種知道這個世界真相的人來說。」閆浩宇不無遺憾的說：「我從中挑選了一部分人，正準備這個月去實際探查下。你要是晚來幾個月，我說不準就可以給你一個確切答案了，不過我有種預感，這群人是『替換者』的可能性非常大。」

閆浩宇所說的這件事情的確非常嚴重，我的額頭上已經不知不覺出現了汗珠。

「可就你所說的情況來看，雖然每個世界雖然時率不同，但是人物與關聯式結構是固定的，我現在有一個大膽的推斷。」

「什麼推斷？」

「在這種情況之下，每個世界裡知曉這個真相的人應該是極少數，可知道真相是一回事，瞭解『通道』的所在又是另一回事了。也就是說，這群「替代者」並非是通過「通道」穿越而來。」

他說的沒錯，能主動去尋找「通道」，並且成功找到而且有探索欲望的人應該少之又少，更何況還有極大可能無法返回，這種單向車票的事情也沒幾個人能幹得出來。

「所以我的推斷是：當世界出現分裂後，除了一開始被穿越到新生世界的「影子」，或許之後還會有一批人會在不自知的情況被穿越到新生世界，並且以實體形式存在。」

「你的意思就和『分裂』的情況時一樣？」

「對，你剛才也說過，由『世界分裂』轉換過來的人會在『新世界』以影子的形式存在，而這些『替換者』因為並不在世界分裂週期之中，所以他們會以實體的形式存在。」

這的確是一個大膽的推測，而閆浩宇不知道的是，我此刻心裡卻想起了一個人：16號。

我之所以能和16號成為朋友，一方面是因為我們彼此之間相處得的確很融洽（她很聰明，雖然年輕但某些時候顯得比我更加成熟，處理事情起來顯得更加老道，這也是我一直很詫異的），此外還有一個極其重要的原因：她和琳子非常相像。

這種相像我說不出具體的原因，或許是她的一些動作、一些語言方式、一些思考方式，總而言之我第一眼見到她時就有一種莫名的親切感。

我使勁搖了搖頭，打斷了自己這種荒誕的想法：16號和琳子的年紀差距這麼大，況且16號出現之時琳子仍然還在，如果按照閆浩宇的理論，這就不太可能了。

「沒事吧？」閆浩宇看到我搖頭，有些奇怪：「你覺得我的推斷有問題？」

「沒有。」我立刻回復道：「雖然是一個很大膽的推斷，但我覺得這種可能性是存在的。」這的確是實話，畢竟我最近這一個多月已經見到了太多異於常規的事情了，大膽假設反而是我和閆浩宇這樣的「知情者」唯一可以前進的方式。

「其實我設想過很多種可能性，但仔細分析下來，看起來最不可能的假設反而最有可能是真相。」閆浩宇歎了口氣：「但一旦按照這種假設推斷下去……」他沒有繼續說下去，但我知道他的意思，一旦這種假設成立，那我和他看待世界的方式又會再次遭到顛覆。

我們旁邊的每個人，都有可能是「替代者」，不僅是16號，甚至包括琳子在內。

「關於這裡的『我』消失這個事情，你怎麼看。」我決定結束這個沉重的話題，把話題轉向此次來找閆浩宇真正的目的。

「琳子給我說起過這個事兒，如果真如琳子所說，『你』是突然消失的，那只有兩種可能。」閆浩宇神色放緩了些：「第一種，這個世界再次發生了分裂，『你』作為穿越者以影子的形態出現在了其他世界，第二種可能就是『你』在某種情況之下，被選中成為『替代者』穿越到了其他世界。不過我更傾向於前者。」

我點點頭，「替代者」這個概念一直是閆浩宇和我的假設，我們唯一能夠知道的是，當世界發生分裂之時，失蹤的人會以直接在原世界消失的形式穿越，所以「我」如果是以消失的方式，那大概率應該就是出現分裂的時候。

「『你』失蹤的時間我記得。」閆浩宇拿出手機翻了翻，自言自語道：「對，是兩個月前的6號，我在想能不能從時間上看看有什麼線索……」

「兩個月前。那就是6月6號了?」我覺得這個時間很熟悉,卻又一時之間想不起來。隨著年齡增大,特別是琳子失蹤之後,我的記憶力也開始越來越差。

「對,6月6號,那還是一個週末。」閆浩宇也在思考著:「我還記得琳子當時哭著給我打電話……」

6月6號?

那段時間我正在很消沉的消化琳子失蹤的事情,我隱約記得6月6號這個時間發生了一件很特殊的事情,突然之間我想了起來:那正是我得知琳子失蹤的那天,在接到李碩電話前我夢到了影子,那也是我第一次在夢裡見到影子:在當天的日記裡我還特意標注了這個奇怪的夢,所以對這個日期還有些印象。

現在再想起來,結合我和閆浩宇目前的假設,影子應該就是在某個世界分裂之時,穿越到我這個世界之中的。

可「何夕(世界B)」在這個世界消失的時間與影子第一次在我面前出現的時間完全重合,這可能絕非偶然!那是不是意味著,那個在我夢中多次與我相見的影子,就是這個世界的何夕?

事情似乎一下子出現了轉機。

「你,是不是想到了什麼?」閆浩宇看著我突然陷入沉默,有些好奇的問。

我長歎一口氣，把我和影子的相遇以及影子出現和「我」消失的時間重合的事情告訴了他。

「這……」閆浩宇有些不敢相信：「這也太巧合了吧。」

「的確很巧合。」我點了點頭：「簡直有些不可思議。」

「你的意思是說。。」閆浩宇小心得選擇措辭：「你見到的這個影子就是我們這個世界的何夕？」

我苦笑了下表示同意：「我覺得這麼巧合的事情並不是偶然。也就是說，這裡的『何夕』不知道由於什麼原因穿越到了我的世界裡，而且是以影子的形態存在。」

閆浩宇心情似乎一下子好了很多，畢竟在這之前要說找到這個消失的「何夕」，在這種資訊極其有限的條件下，他是完全沒有把握的，而我提供的這個線索則帶來了希望。看得出來閆浩宇對於琳子這個侄女還是很上心的，畢竟琳子是閆家唯一的下一代。

「既然這樣，那我們就有解決方案了。」閆浩宇迫不及待說：「事情就變得簡單多了。」

我笑了笑，的確如此。只要我現在返回原世界找到影子，然後告知影子返回這裡的通道，它就可以像我世界之中的閆浩宇一樣成功返回。

「那事不宜遲。」閆浩宇果斷的說：「如果在這邊你沒有事情要繼續處理的話……」

我現在哪裡還有什麼好處理的事，既然琳子不在這個世界之中，那我自然也沒有繼續逗留的理由了。閆浩宇這邊看起來也沒有什麼新資訊可以幫到我，現在看來唯一找到琳子的希望，只能寄託在影子身上了。

「我這就回去。要是一切順利的話，幾天之後這個世界的何夕就可以回來了。」既然已經明確了計畫，我便沒有什麼好猶豫的。我想了想，還是對著閆浩宇補了一句：「不過，我還有個事情想要拜託你。」

「你說。只要我能幫上的一定不會推辭。」閆浩宇真誠得回答道。雖然和他見面沒多久，我們之間還是產生出了共同奮鬥尋找真相的惺惺相惜。

「我希望在『何夕』回來之後，」我緩緩說道：「請你不要告訴琳子實情。」

聽到我這個話，閆浩宇臉上突然顯露出一絲怪異的神情：「你的意思是不用讓琳子知道關於『異世界』的所有一切？」

「對。」我斬釘截鐵的回答道。我實在不想這裡的她和我的琳子一樣，因為這個所謂的真相而承受如此之重的壓力，不管是哪個世界的琳子，讓她自由自在的過自己想要的生活，這是我所希望的。就算真有一天，世界因為分裂而導致琳子穿越，至少她曾經幹著自己喜歡的事業，享受過單純質樸的愛情，擁有過真正的生活。

閆浩宇露出釋然的表情，並且鄭重的給了我承諾：「好。我答應你。琳子這邊你不用擔心，我知道該怎麼做。」

雖然我已經沒有機會驗證他是否會遵守諾言（我不會再有機會回來），但是我願意選擇相信他。

道別了閆浩宇，我便立刻乘上了返回金龍寺的飛機。既然這邊的事情已經告一段落，我也就歸心似箭，回去之後找到影子，送它返回的同時，尋求找到琳子的辦法。

離開之時，我拜託閆浩宇給琳子留了資訊，大概意思就是我會在外忙碌一些時日，幾天後就可以回家，我不想琳子再一次面對長久的等待，她已經等「我」等了足夠久，是該恢復正常的生活了。

八個小時後，我終於回到了金龍寺的門口，我環顧了一下四周，似乎只有這裡和我的世界裡一模一樣，樹林之中的一片空曠，時率的降低似乎並沒有對大自然來到實質性影響，也對，時間的快慢只會影響人類的生活，在離開人群後，時率快慢所帶來的影響微乎其微，這或許也是金龍寺之所以建在離群索居地方的原因，讓穿越者和歸來者儘量降低時率所帶來的不適，這或許也只有自然的力量才能做到了。

按照來之前閆浩宇（我的世界）的指示，我成功在主殿牆壁上摸到了入口的木板（也就是閆浩宇密室所在的地方，由於整座大殿都是木質結構，所以入口是被一整塊木板封住），然後使勁往外一扣，一個黑暗幽深的通道便立刻出現在了我的面前。

我彎著腰走進洞口，提前打開了頭部的探照燈（我之前在離開金龍寺的時候把它放在了廟裡），然後從內部重新把木板封上，雖然這個廟的所在人跡罕至，但還是要以防萬一，以免被其他人誤闖。

這個幾平米見方的空間便是之前閆浩宇密室的所在了，在喬木所說的「絕對黑暗」之中，探照燈的亮度也有些略顯不足，按照提示，我轉身朝右邊走了過去，很快便在前方不遠處看到了通往「家」的亮光。

自佛不歸，無所依處

他追求的，不是他人的理解

而是與自己的和解

第七章

再見影子

一個小時後，我終於回到了我的世界。我突然出現在大殿中央，著實把寧偉嚇了一跳。他一個人坐在大殿中央看著手機，直到聽到我喊他的名字才反應過來。

「我去。你終於回來了。」寧偉非常激動，直接朝我沖了過來狠狠的給了我一個熊抱。

「等等。」再次看到寧偉我雖然也很激動，但是還有個更重要的問題我必須馬上問：「喬木回來了嗎？」

寧偉搖了搖頭：「我們一直在這裡等著，說實在你這麼早就能回來完全超過我們的意料。」

「我離開了多久？」我在「異世界」停留的時間沒有超過二十四小時，不過因為時率不同，估計在這個世界會更短。

「我看看。」寧偉看了一眼手錶：「從你下井開始算，你應該離開了十五個小時。」我看了一下外面的天色，記得走的時候是下午，現在應該是第二天早上了。

「對了，為什麼這裡只有你一個人？」我有些奇怪：「其他人都去哪兒了？」

「閆浩宇昨天晚上說要回去查下資料，就先走了。應該一會就趕過來了。」寧偉繼續說著：「今早16號說要出去四周看看，結果到現在還沒回來。你說這裡又不能沒有人，我也沒辦法去找她。這個小丫頭，平時還挺好，關鍵時候還是讓人不省心啊。」

「等等，」寧偉突然之間想起了什麼，朝我背後看了看，然後一臉愁容得問我：「琳子，沒找到？」

「你還真是後知後覺。」我不禁想笑：「琳子並不在我去的那個世界，但我拿到了一些很有價值的資訊，應該對我下一步尋找琳子有所幫助。」

「什麼資訊？」一個男聲突然在寧偉的背後響起，我們轉頭一看，原來是閆浩宇。

「真沒想到你這麼快就回來了。」閆浩宇一臉欣喜：「『那邊』時率是不是慢一些？」

我點了點頭：「據我估計，我們這邊應該是那邊的1.5倍左右。」

「看起來你適應得還不錯。」閆浩宇贊許的點點頭：「雖然只過去了不到24小時的時間，也已經很不錯了。」

話是這樣說，我仍然還是明顯感覺到甯偉和閆浩宇說話的速度明顯快於我，或許我說話速度能馬上跟上，可聽覺還是騙不了人的。

「你們先別聊這些沒有用的。」寧偉有些著急：「你快給我們說說那邊的情況。」

我點點頭，然後把我在「異世界」的見聞給他們說了一遍。

「這個的確是太巧合了。」聽完我的講述，閆浩宇感歎道：「你去往了『異世界』，而『異世界』中的你卻因為某種原因來到了這裡？」

「沒錯，就是這個意思。」

「那你下一步的想法是？」寧偉問道：「去找『影子』？」

「是的。」我點了點頭：「這個你們倒不用擔心，我有我的辦法。不過現在當務之急是不是先把16號找到？這小姑娘畢竟是我帶過來的，要是有個三長兩短就不好了。」

閆浩宇和寧偉都點頭表示同意，看得出來他們都還是很喜歡16號。於是我們留下閆浩宇繼續在這裡等待喬木，我和寧偉就出發分頭找人。

結果我們兩都一無所獲，我甚至還跑到了旁邊的縣城走了一圈，依然沒有發現16號的蹤跡。

等我和寧偉再次回到金龍寺的時候，天色已經暗了下來，看了看閆浩宇，他搖了搖頭：喬木也還未回來。

「這個小丫頭到底去哪裡了？」寧偉有些氣憤：「去哪裡不說倒也罷了，聯手機也直接關機了，這也太不像話了。」

我沒有回話，在「世界B」的時候我就有些懷疑16號的真實身份問題，難道她這次的失蹤和她的身份有關係？

「難不成？」寧偉突發奇想：「難不成當時因為你一直沒回來，她直接下井去找你了？」

我搖了搖頭，我瞭解16號的性格：要是她願意去「異世界」，早在我下井的時候她肯定就跟著一起去了，她和琳子一樣，是決計不會做出中途反悔的事情來的。

「那難道世界又發生了一次分裂？」寧偉繼續發揮著他的想像力：「這次換成是16號消失了？」

「那不會。」閆浩宇把話接著過去：「按照當時我看到的山洞壁畫，上面很明確做出了說明：每個世界只會分裂一次。」

「這樣吧，我們繼續在此等待幾天。」我開始安排：「一方面等喬木回來，一方面也利用這幾天四處再找找16號。」我指著寧偉：「今天你和閆浩宇都先回去，今晚我在這裡守夜。」

「那怎麼行？我今晚一起陪著你……」寧偉正欲反駁，被閆浩宇一把拉住了。

「就讓何夕在這裡守一夜吧。」閆浩宇意味深長的看了我一眼：「這兩天你也沒好好休息，我附近有個房子，你可以住在客房。」寧偉還想再說些什麼，就被閆浩宇拉走了。

「好好聊，明天我們再繼續。」閆浩宇給我留下了這麼一句話。

他知道我獨自留在這裡的目的：我要和影子碰面。

生存的本能

閆浩宇和寧偉終於走遠，四周萬籟俱靜，一片祥和。

我點上了閆浩宇留下的蠟燭，靜靜端坐在主殿佛像前的蒲團上，看著面前的釋迦摩尼像，思緒再一次發散開來。

我想起了安和多年前送給我的那句批言：「自佛不歸，無所依處。」

自父母去世後，我一直在嘗試走一條與別人不同的路。無論是考進看似無用的哲學系，還是畢業後開了一家名為#FFF的獨立書店，不自覺中我為自己刻意打造了一個所謂的獨立人格形象。然而只有我自己知道：這一切與我真正想要的東西相去甚遠。

我是在逃避。

說直接一點，是在這個不斷異化的世界之中逃避所有可能出現的關係，就算是之後與琳子相戀並組成家庭，或許也是逃避的一部分。這是一場自我的叛變，而非瀟灑的退出。

「自佛不歸，無所依處。」真正的#FFF，不應該是向外求（逃避本質上也是向外求得平靜的一種方式），而是向內所求而得。

「或許我一直沒有真正走在路上。」我喃喃自語道。

「不僅是你。」一個聲音突然在我面前響起：「我們都一樣。」

我知道影子來了。抬起頭，在朦朧燭光之下，一個漫長的黑影走了出來。

「坦率講，我以為我們不會再見了。」影子緩緩走到我的面前：「上一次與你在現實中見面，應該還是在你家吧。」

「沒錯。」我點點頭：「我知道，其實你一直在我身邊。」

「是的。」影子回答道：「你也已經知道了我的身份，看來也不用我多做解釋了。」

「在你回去之前，我想我們應該好好聊一聊。」此刻的我，再也沒有了對於影子的恐懼，緩緩的說：「聊聊我們。」

於是影子也在我面前的蒲團坐了下來：「沒錯，機會難得。我們也該聊聊了，聊聊我們自己。」

於是，在微弱的燭光之中，一座巨大的釋迦摩尼像座下，一個男人和一個影子，開始了一段關於自我的聊天。

待影子坐下，我便率先發問：「第一個問題：你是什麼時候過來的？」

「就是你在三樓看到我的那天。」

果然和我想的一樣：「那第二個問題：你是怎麼過來的？」

「什麼意思？」

「我的意思是，你肯定不是由於世界分裂導致穿越到我們這個世界的，那你是怎麼過來的？」其實只要仔細想想就能明白，我所在的世界必然不可能是由世界B在兩個月前分裂而來（如果是這樣，那我的世界的科技發展水準和世界B不應該有這麼大差距）。

「你不是早知道答案了麼？」影子有些奇怪：「剛才你不是還和閆浩宇他們說『替代者』的事情麼，

我就是『替代者』。」

「可『替代者』不是只能以實體狀態存在嗎？」

影子笑了起來：「自然不是，確切來說我可以隨意轉換兩種形態。」

「實體和影子？」

「是的。不然你怎麼可能在現實中見到『影子』？似乎這和因『世界分裂』產生的影子形態不同。我不僅可以隨意切換形態，而且還擁有一些特別的形態。」

「比如進入夢境。」我恍然大悟：「還有個問題：從你『過來』之後，就一直在我旁邊對吧？」

「對。」影子並沒有讓我接著發問，而是反問我道：「琳子還好嗎？」

對它的回答我並不感到驚訝：它既然一直在我身邊，自然知道我去了哪裡，同時我也知道它所問的「琳子」的並不是這個世界的琳子：「她狀態不錯，我已經告訴她，你這幾天就可以回去了。放心吧。」

影子似乎松了一口氣：「那就好。坦率來說，其實我過來之後，唯一的牽掛也就是琳子了。」

「我能理解。」

「可問題點就在這裡，我真正的困惑其實不在於如何回去。」

我此時才突然想起：影子既然一直在我旁邊，那在我和閆浩宇碰面之後，它自然就已經知道了回去的辦法，它其實早就可以自己回去了。

「那你留在這邊是有比回去更重要的事情？」

「不錯，有件事情我只能在這個世界裡才能完成。」

「什麼事情？」

「觀察。」

「觀察？」

「觀察你。也就是觀察我自己。」

我瞬間明白：「這的確很重要。」

影子和我一直試圖尋求真正的自我，我甚至會幻想出一個作為觀察者的自己來完成自省的工作，而當「世界分裂」，有另一個自己出現在面前時，這自然比幻想出來的觀察者要好得多。雖然不在一個世界，也不在一個時率，但本質上，影子和我考慮的問題是一樣的。

「我現在算是比較明白了。」影子繼續說道：「自從父母去世之後，雖然不情願，但我，或者說是我們，還是不可避免得陷入到某種虛無主義之中。」

「我曾經想過這個問題，人類（自然包括我）的虛無主義都是來自於不確定。對於任何事情都不確定，因此就沒有了意義。我們在面對父母去世這種『意外』情況之後，就加重這種不確定性，虛無主義便自然出現了，一切變得沒有意義。」

影子表示贊同：「在這層虛無主義的假像之下，我們都厭惡人類，完全是因為人性的黑暗。」

「我最近讀過一本書，書裡探討了關於人類潛在動機的問題：自私自利其實並不可怕，這是所有生物的特點，不一樣的是人類很擅長自我欺騙。」說到這個，我興致勃勃起來：「最可怕的是，這種自我欺騙建立在潛意識之中，人類會給自己所有的行為都包裝為自己想像的那樣，但本質上這種行為是一種自我欺騙。」

「自我欺騙？」

「不錯。我們的大腦會在潛意識中把真正的動機隱藏起來，並且自發包裝為一個符合我們自己『價值觀』、『道德觀』的觀念給到我們，而我們對此一無所知。這就是所謂的『自欺者自欺以欺人』。」

「我記得謝林[19]曾經說過：『無知在最廣為人知的時候，效果才會最明顯。』」

「正如謝林所說，人對外宣稱自己無知的時候，也正是他希望把『自己無知』這個概念廣而告之的時候。這才是他真正的動機。考慮到這個原因，我甚至在想：或許我對於琳子的愛也是我自己包裝出來的。」

「你怎麼能懷疑？」聽到這個，影子似乎有些急了：「你怎麼能懷疑我們對於琳子的愛這件事情？從某種意義上來說，琳子就是我活下去的理由。」

「正是因為這個原因。」我面無表情的說著：「難道你不覺得有可能是生物的生存本能為了讓我們活下去，而製造了這樣一個『愛琳子』的理由麼？」

影子啞然。

19 弗裡德里希・威廉姆・約瑟夫・謝林：德國哲學家

「當然，如果所有事情都按照這個思路來看的話，這完全就屬於『過度自省』了，我們根本沒有任何理由可以活下去。」我接著說：「我真正想表達的意思是：所有人類面臨的黑暗或許都來源於表面的自我。」

表面的自我

「表面的自我？」

「不錯。這幾個月我都在尋找琳子的旅途之中，我遭遇了大部分人一輩子都不會遇到的事情：愛人詭異離奇的失蹤、全新的世界觀、時率的概念、一個沒有實體還會說話會思考的影子、另一個琳子。而也正是我去到了『你的世界』之後，我才真正明白了一件事。」

影子笑了起來：「你先別說，讓我猜一猜。」

我也跟著笑了起來，某種意義上來說，它就是我，而當它說出這件事情的時候，其實也在某種程度上證實了這件事。

「你應該也知道，我之所以會留在這個世界之中觀察你，其實和你去往『我的世界』得到的感悟是一樣的。我們都希望尋找到一個確定的答案，一個值得我們追求一輩子的確定答案。」

「不錯。」我微笑著回答：「這其實是對於休謨問題[20]最好的回答，從廣義上來說，有一個確定性的答案就是在肯定人類存在的意義，而對於我們個人來說，也是走出人性黑暗的最好途徑。」

「我們兩之間的對話，或許在人類歷史上還是第一次。在這件事情上，其實我比你更有發言權，畢竟我在暗處觀察了你這麼久。」

我微笑著催促它：「別說那麼多沒用了，你直接說答案：我到底明白了什麼事情。」

影子哈哈笑了幾聲：「你明白的事情就是：無論時率如何，無論在什麼世界，只要人的本身確定，那他的本質也是確定的。也就是說，只要你是你，那你的本質就是被確定好了的，就像我們兩一樣，在不同的時率之下，可能在表面上有不同的行為模式，但本質上仍然是一樣的，這是被確定且不可改變的。」

「你說得對。」我的心情很愉悅，語速也快了很多：「就像『#FFF』。」

「對，就像『#FFF』。不管經驗如何被經驗，自我的本質是確定的。」

影子說的很對，經歷這麼多事情之後，我曾陷入了很長時間的消沉（如同影子所說的陷入了「虛無主義」），這正是因為我厭惡且憐憫人類，也因為我無法穿越人性的黑暗（包括我自己），所以讓我長時間陷入迷失（琳子的失蹤只是導火索）。

20 休謨指出，我們對於因果的概念只不過是我們期待一件事物伴隨另一件事物而來的想法罷了，人類無法通過經驗得知真相。

而唯一能夠拯救我的，也就只能是找到那確定的可能性，讓我重新燃起對人類的希望，也對自己重新有所期待。我之所以喜歡加繆，是因為他筆下的西西弗斯精神在一定程度上治癒著我，但也僅僅是表面上的緩解，我需要一個契機承認自己，而這個契機就由琳子的失蹤帶來。

「對於琳子而言，是非常不公平的。」想到這，我不僅自言自語起來。

影子瞬間明白了我的想法：「其實在我看來並非如此。這個世界從來不存在自由，自然也就根本不存在公平一說。每個人每個行為的根本需求都源自於自我需要，因此你我沒有必要為這種事情而感到自責，無論是你還是琳子，都是一樣。你我之所以對於人類失望，僅僅是因為把看人類看得過於完美了。」

我點點頭：「當想明白這一點之後，我開始想通安和曾經送給我的一段話了。」

「什麼話？」

「這段話源自于六祖慧能的壇經：『自佛不歸，無所依處』。從慧能的觀點來看，每個人都是一尊佛，尋佛只能從自己的內心處尋找，向外尋是沒有任何意義的。當我確定了人有其確定性之後我就明白了這句話：只要找到了你的確定性，那你就『有所依處』了，每個人都一樣。人可以寄託希望於上帝、佛陀或者自己，唯一不該的，是寄希望於他人。或許安和正是看出了我這一點，才用這句話來勉勵我。」

我緊接著說：「人性的黑暗：無論是傲慢、嫉妒、暴怒、懶惰、貪婪抑或色欲，其實都來源於這個『表面的自我』，我們擁有所有生物都擁有的一項本能：趨利避害。我們不應該因為本能而感到羞愧，作為人類唯一要做的事情是超越本能，僅此而已。畢竟重要的不是治癒，而是帶著病痛活下去。」

「加繆？」

我情緒開始高興了起來：「沒錯，我以前一直無法理解他這句話，像西西弗斯那樣的人生到底有何意義，就像如何才能帶著病痛樂觀的活下去一樣，我現在才總算明白：有了確定性就有了一個支點，『表面的自我』並不重要，要是過於關注這個問題，就變成了某種意義上的『傲慢』，再一次陷入古鐘給予我們的陷阱之中。正如海德格爾所說：『畏之所畏就是世界本身』，在不知覺中，我們一直在嘗試逃避自己的『確定性』，因此我們才會如此苦惱。」

「就像我們自認為愛琳子一樣，在這場愛戀之中其實結果並不重要。」影子也興奮了起來：「我們只需要根據自己的『確定性』愛一個人就足夠了。誰付出多誰付出少，是否值得是否不值得，無論對於你或者對於她都並不重要。」

「最關鍵的是，」我繼續補充道：「愛情也好，友誼也罷，只是宏大人生之中的插曲而已，這個『確定性』的存在，讓我們這樣敏感多疑的人也有了確定性，眾生平等，所有人都有『黑暗』，那又如何？至少我們擁有『確定性』。人性從未改變，改變的只是時代，比如我的世界就處於一個科學被資本綁架的時代，造成我們大部分困擾的地方也來自於此：時率較快的世界，人對於永恆不朽的事物的追求會減少，被資本綁架，被動成為資本創新使用價值的工具，而所謂的創新也只不過是一種新使用價值的創造而已。」

「這讓我想起了伊壁鳩魯的一句話：『與其尋找幸福的辦法，不如想辦法消除痛苦。』」

「伊壁鳩魯的這個說法很棒。他或許早就明白，人生本來就沒有所謂的『幸福』存在，那只是人類為了滿足欲望而編造出來的謊言。我們沒有辦法創造永恆幸福，但是我們的『確定性』可以讓我們有機會消除痛苦。」

命運存在又如何

「可你不覺得？」影子有些欲言又止：「這種『確定性』在某種程度上確定了命運的真實存在麼？」

「有命運存在那又如何？」我笑著說：「本來就不存在絕對自由的說法。就如加繆所說，西西弗斯在周而復始推動巨石的時候，他所謂的『自由』與『意義』就是這個推動的過程本身。」

「不知命，無以為君子啊。」影子想了想，繼續說：「其實，我們這場對話是建立在有『真相』或者有『真理』的基礎上的。」

「絕對意義上的真相並不存在。我以前認為相對真相或者相對真理是存在的，只是它們會受到時間的約束，比如牛頓的經典力學在幾百年的時間內都被認為是真理，一直到相對論和量子力學出現後，經典力學的根基才被動搖。過去包括我們現在所認同的一些定論其實都是相對定論，只適用于某段時間範圍之內，但當我知道有了『異世界』這樣的存在之後，用時間來定義真理或許也有些不適合了。」

「是因為時率吧？」

「讓我們設想一下，假設有一個時率足夠低的世界，那某些理論（比如經典力學）適用的時間就會顯得無限長，以前我們的一個相對真理可以適用於幾代人，但在那個世界可以適用於幾十代人，甚至適用到人類毀滅，那這可便稱之為絕對真理了。」

影子點點頭：「畢竟真相是不可知曉的。」

「對，就像我們現在看到的『確定性』一樣，都是相對真相。每個人心中都有自己的一套『確定性』存在，這種存在無法以好壞抑或善惡來區別，但是只要每個人都找到自己適用的『確定性』，同時不違反大眾道德，那希望就是存在的。就像很多人都期望『自由』一樣，自由並非你想做什麼就做什麼，也並非現在網上所說的『不想做什麼就可以不做什麼』。真正的自由，是你對自己的一生要做什麼清楚無疑，不迷茫，不自欺，不矯揉造作。」

「但其實對於大部分人來說，『確定性』的重要性並不大。」

我點點頭：「這或許也是我們厭惡人類的真正原因所在：不認知自己的『確定性』，盲目陷入『表面的真相』，就如同海德格爾筆下的『常人』一樣，陷入人性黑暗的陷阱無法自拔，這才是真正的悲哀所在。在這種狀態下，我們看到聽到的所有資訊，本質上都是被恐懼和希望過濾過的，這種恐懼和希望在某種程度上會隨著這些資訊的傳播進一步放大，就像一個人要不要洗頭，都是因為希望和恐懼才做的。」

「包括尋找琳子。」

「說的很對，這次尋找琳子的旅途之中，我的希望很多，希望找到琳子，希望在這程旅途之中得到16號、甯偉甚至喬木的認可、希望琳子的懷孕並非事實，希望琳子與喬木之間並沒有什麼隱瞞我的事情。總的來說，我是希望一切都在我的掌控之中，反過來說這些都是我的恐懼。我現在明白了，如果你自己沒有一個『確定性』的支撐，這種恐懼與希望永遠不會消除。換句話說，如果沒有『確定性』的存在，那人的『安全感』便無從談起，這和金錢無關，只與自己有關。」

「琳子？」影子有些詫異：「懷孕了？」

「對。」我平靜的回答道：「但我可以肯定，孩子並不是我的。」

「我剛離開的時候，」影子那喃喃自語道：「琳子也懷孕了。」

聽著影子說出這句話，我心中隱隱有些違和感，但是又說不出是什麼問題：似乎有些關鍵資訊被我忽略了，但是我一下子又想不起來。

「這樣看起來就算是剛分裂出去的兩個世界，發展過程還是有些不同。」我隨口問道：「你的琳子懷孕多久了？」

「就在我離開的時候，剛查出來，當時孩子還不到一個月吧。」影子一臉遺憾：「真是可惜，在這種時候還沒辦法陪伴她，回去得好好彌補她。」

「你馬上就可以回去了。」想到這個，我歎了一口氣：「我還不知道什麼時候才能見到琳子。」

「嗯。」影子有些激動：「回去之後說不定孩子都已經快出生了。」

聽到影子這句話，我突然一激靈：我似乎發現了違和感出在了什麼地方。

何夕，我也相信你

我在「世界B」時所看到的琳子，似乎體型上並沒有什麼明顯的變化，當然也可能是因為我沒有太關注這個細節的原因，但按影子的說法，他穿越之前琳子已經懷有身孕，邏輯上講在我見到琳子的時候她的身孕至少也該有五六個月了，不管我再怎麼大意，也肯定會注意到她身型的變化。

站在琳子的角度細想一下：我失蹤這麼久，若看到她目前的狀況，決計會第一時間詢問孩子的情況，而我全程隻字未提。而且這次見面，從頭到尾琳子對於這件事也未曾談及，這實在不尋常。

同時我也想起，在我向「世界B」的閆浩宇提出不要讓琳子知道這件事情的時候，當時他臉上露出的怪異表情。把這些線索綜合到一起，我突然有了一種奇怪的想法，雖然聽起來很詭異，但有些時候，最不可能的事情反而才是真相。

想到這，我立刻向影子發問：「我有個問題想問問你。」

「你說。」我突然顯現的嚴肅讓影子一時之間有些不適應。

「你的琳子。」我斟酌著字句：「是不是已經知道了『世界分裂』的事情？」

影子臉色一變：「你的意思是？」

「你只管告訴我答案就可以了。」我來不及和他解釋，此刻頭腦一片混亂，無數線索和可能性在我腦海之中打轉。

影子想了想，回答道：「我覺得她至少是有部分知情。之前我無意中發現一封她和她舅舅之間通信的信件。中間就似乎講到了關於『世界分裂』的事情。不過當時我也沒細看，就覺得他們兩在談論一些很玄幻的事情，並未在意。」

我面色沉了下去：果然和我想的一樣，與我的世界情況類似，閆浩宇早已和琳子在「世界分裂」的資訊上有所交集。可閆浩宇當時卻對琳子知情的事情閉口不言，這當中一定有一些關鍵資訊被他隱瞞了，而這些資訊一定與我有關。

回想一下，「世界B」的琳子在見到我時，雖然還是很激動，但並未表現出過分的熱情，而且似乎對於我「消失」之後去了哪裡也並不太感興趣，再加上懷孕這個事情，顯得這一切都很不符合常理。

難道，她在見到我的時候，就已經知道我不是她的「何夕」了麼？

另外關於身孕的問題，為什麼影子在離開「異世界」之後這麼久，琳子的體型還未見變化，按理來說影子在我們這個世界至少呆了2個月，就算「異世界」的時率按照我們這邊的三分之二來計算，在「異世界」也已經過去了整三個月的時間，琳子體型的變化應該很明顯了。而為什麼出現這種情況，我想來想去也無非只有兩種可能。

第一種可能：琳子在影子離開之後就把孩子打掉了。這種可能性幾乎沒有，琳子決計幹不出這種事情來。

第二種可能：因為我的世界是由「世界B」分裂而來，所以兩個世界會有某種我不知道的並不是以「通道」形式來相通的辦法。所以「異世界」的琳子有可能其實就是我的琳子，但這種可能性隨後也被我打消了，我實在無法相信琳子在這種情況之下會不認我。

雖然我想到了這兩種可能性，但這兩種可能性都極低，我一下子苦惱了起來。

「你怎麼了？」影子看到我一臉愁容，不知道發生了什麼，心裡也有點慌：「難道是琳子出什麼問題了？」

我搖了搖頭。把我剛才考慮的所有情況都對影子說了一遍，對於這個鏡像般的自己，我實在沒有任何隱瞞的必要。

影子細細聽完，半響後才緩緩說道：「你說琳子有可能認出你不是我，這是完全有可能的。」

「為什麼？」

影子用手指了指自己的臉部的陰影部分：「我現在的樣子你是看不到了，可在現實之中，我的額頭上有一道疤痕。」

「疤痕？」我一下子恍然大悟，影子說得對，在大學期間我曾經因為一次摔倒在額頭上留下過疤痕，琳子一直在說這道疤痕很醜，所以這次出發前我特意去一個醫美醫院處理掉了，準備在找到她的時候給她一個驚喜。

「異世界」的琳子肯定注意到了這個細節，所以她對我的身份有所懷疑就顯得非常正常了。

「你說，有沒有一種可能性。。」影子遲疑著說：「琳子為了找到我，找到了通道穿越到這個世界，所以她才會在這個世界的醫院做檢查。然後因為沒有找到我，並且也發現這個世界存在的何夕並不是『我』，所以又回去了？」

「這也太巧合了吧？」我突然想起上次從茂名林場回到家後，在三樓看到的那個像琳子的影子（在看到影子的同時，它便消失了），難道那個影子就是世界B的琳子？想到這兒，我不由得倒吸了一口涼氣。

「不是沒這個可能。理論上來講，我們兩之間發生的一切都算是巧合。」

影子的想法的確是一個很大膽的假設。我又想起了琳子（本世界）之前留給我的那封信，信裡讓我不要相信任何有關她的事情，如果影子的說法成立，那就是琳子突然發現了在這個世界裡存在一個和她一樣的人（極大可能她發現了那份孕檢報告），之後在調查的過程中逐漸發掘出一些有關於「異世界」琳子的資訊，所以才會通過16號告訴我，這個孩子並非我之外的人，但最後由於某種原因（或許是本世界產生了分裂）她被迫穿越到了其他世界。

這一切都僅僅是猜測而已，影子回去之後應該可以從琳子口中得到證實（包括為什麼在我見到琳子之時，她的體型仍未有變化），而我肯定是與真相無緣了。

不過現在真相對於我來說，或許已經不那麼重要了。

「其實你也不用想太多。」影子安慰我道：「有沒有一種可能：你的琳子之所以會失蹤於這個世界，也可能不僅僅是因為『世界分裂』的原因，而是因為她找到了某個通道，想自行前往？」

對啊！我怎麼就沒想到這個可能性，如果琳子是由於「世界分裂」而失蹤，她便決計不可能有時間給我留下信件，或許她給我寫信的時候正是發現了「通道」的時候（閆浩宇告訴過我，最後一次他與琳子的見面，在談及「通道」的時候琳子神色便有些異常，估計那個時候她已經發現了「通道」）。

這樣看來，她通過「通道」去往其他世界的可能性極高。

「也就是說。」我突然有些激動，尋找琳子的好像又有了新方向：「只要我能夠找到琳子當初離開時候的『通道』，至少我就能和她在那個世界相聚？」

「是的。不過這樣你就要和琳子一起在那個世界繼續尋找回來的路了。」影子淡淡的說：「不過我想你也不會在意這一點了。」

它說的沒錯，我已經找到了自己的「確定點」，之後只要找到了琳子，其實身在何處都已經不再重要了。

我淡淡的笑著：「和你聊天果然有收穫。」

影子也笑了起來：「彼此彼此，能與另一個『自己』暢所欲言，正是我們這種人朝思暮想的事情。你還記得我們第一次聊天麼？」

「當然記得。」我點點頭：「你當時問了我很多問題，現在回想起來，你也應該是想從我身上找到一些答案吧。」

「沒錯。嚴格意義上來講，我們就是同一個個體，你剛才說到壇經，我記得裡面有一句：『悟人自淨其心』，對彼此而言，你我的存在本身就是我們兩的最大福報。我們並不需要得到他人的承認，其實一直以來我們想要的都是得到自己的承認。」

這時殿外下起了雨，八月的夜風帶著濕潤空氣與雨點飄了進來，山林之中的蟬鳴聲也終於停止，似乎蟬兒們也明白了這場對話已經到了盡頭，我和影子也終於不再有話，兩人不約而同的沉默下來。雨開始大了起來，雷聲也似有似無的出現，夜風越來越淩冽，吹起大片落葉進入大殿之中，輕輕的在我身上落了下來。我站了起來，轉身朝著風吹來的方向，心境一片清淨。此時影子也跟著站了起來，和我一同並排站著。

「差不多了。」

「是的，差不多了。」

影子想拍拍我的肩膀，可手伸到我的肩膀之上卻直接穿了過去。我們一同笑了起來。「回去的通道你知道在哪兒吧？」我笑著問。

「那是自然。」影子似乎也在笑著。

我看著影子慢慢向殿外走去，當它走到殿門前時，影子回頭對我說出了最後一句話：「何夕，我相信你。」

我也回復了一句：「何夕，我也相信你。」

影子不再多話，瞬間消失在我的眼前。

#FFF 殊途同歸

已知的異世界十條規則

一、當世界發生分裂時，原生世界中會有人類（可能為複數）以「影子」形態出現在新生世界；

二、分裂出現後，原生世界有概率出現人類再次穿越至新生世界中的情況，在這種情況下穿越後的人類以「替代者」形態出現；

三、每個個體同一個「入口通道」只能通過一次；

四、「返回通道」無法作為「入口」使用；

五、每個世界的「入口」與「返回」通道一一對應：如從A入口進入，那返回時只能通過與A通道對應的「A返回通道」返回；

六、對應的「入口通道」與「返回通道」會在同一時間出現，亦在同一時間消失，存在時間似乎並無特定規律；

七、使用「入口通道」的個體需在對應的「異世界」無該個體存在的情況下，方能通過。「替代者」不受此規則影響；

八、通道（包括「入口」和「返回」）打開的前提是兩個世界之間出現過「穿越者」。即當「影子」抑或「替代者」出現後，兩個世界的通道才會打開；
九、替代者：可以在實體或者「影子」形態之間自由切換，並且具有一些特殊能力（目前可知的一種為進入特定人群的夢境）；
十、影子：世界分裂的產物，穿越後可在世界範圍內任意瞬間移動（類似穿越蟲洞）。
影子走後的三個月，我幾乎把所有精力都放到了尋找琳子的「通道」上：以琳子失蹤的林區為圓心，五公里區域內為半徑（我預計琳子在這麼短的時間內不可能走太遠，林區的那座坎兒井是我第一個搜尋目標：但那真只是一口枯井並無什麼特別之處），除我自己之外，閆浩宇和寧偉都參與了這項行動，他們協助我調配人手搜索林區。
三個月過去了仍然一無所獲，不過因為有閆浩宇龐大的資金作為支撐，我們一開始制定的就是以年為週期的計畫，因此搜尋工作仍然在有條不紊的進行之中。
16號在金龍寺失蹤之後便再未出現，我當時回到北京還特意去找過她，無論是以往她喜歡去的書店，還是之前待的高中，都無法找到16號的蹤跡，她就仿佛人間蒸發了一般。我和閆浩宇討論過她的事情，我們一致認為她是「替代者」的可能性仍然存在，她在金龍寺一反常態的行為舉止，我在她身上看到琳子的感覺，以及後來的失蹤，讓我心裡幾乎肯定了她的「替代者」身份，甚至還有很大可能和琳子有關係，但在找不到她或者琳子之前這一切仍然是個謎。

喬木仍然沒有回來。如果排除他去往的世界時率過快（這樣的話，有可能我們這邊的一個月才是他那邊的一天）這種可能性，我認為他應該是因為那個世界的琳子而選擇留在了那裡。他是一個執著的男人，20年多前他就開始了尋找琳子的行動，現在在「異世界」終於見到「琳子」，他不想再回來似乎也是可理解的。

此刻我站在琳子失蹤山區的木制小屋（就是在那裡我發現了琳子留給我的度母翡翠，也就是因為這塊翡翠我才堅定了自己的信念）門口，一個月前我已經賣掉了北京的別墅，並從閆浩宇手中買下了這座小屋。一方面是為了搜尋琳子儲備資金，另一方面我也認為無論是尋找或者等待琳子，或許都需要很長的時間，我已經做好打持久戰的準備。家裡那棵琳子帶回來的榕樹，我也花了大價錢遷到了木屋旁邊，我會在這棵榕樹下等待著琳子回家。

#FFF 仍在營業，雖然我已經搬離了北京，但直到現在 #FFF 所有引進的書籍都還由我來把關，我已經將這個書店作為證明我「確定性」存在的一種象徵，同時書店也承載了我和另一個自己（影子）的精神聯繫。正如影子所說，我以前缺少的不是他人的承認（或許我從來不需要），而是我對於自己的認可，影子說每個人就是一個隱喻，我現在才明白，#FFF 不僅是一個符號，它更是我這個人的隱喻，這個隱喻所代表所包含的內容就是我對於自己最好的認可方式，有了它，我才能說我真正活在這個世界上。

尋找光亮是一條路，尋找黑暗也是一條路。只要不自欺，都是殊途同歸。

我抬頭望瞭望頭頂的榕樹，是值秋季，有不少葉片已顯得枯黃。

我看著那藏在樹中的枯葉，它早已不返年少時期的青綠，除了中心四分之一還保有進入半衰期的淺豆綠，其餘部分早已枯黃，葉面就像上了年歲的老人手掌，凸起的葉筋氾濫。它蜷縮一團膽戰心驚得望著我。於是我撥開樹葉將它取了出來。

葉柄處枯黃，果然是早掉了下來。

國家圖書館出版品預行編目

#FFF / 安和著. -- 臺北市 : 獵海人, 2025.03
面 ; 公分
ISBN 978-626-7588-17-8(平裝)

857.7 114002406

#FFF

作　　者／安　和
插　　畫／灰　雁
出版策劃／獵海人
製作銷售／秀威資訊科技股份有限公司
114 台北市內湖區瑞光路76巷69號2樓
電話：+886-2-2796-3638
傳真：+886-2-2796-1377
網路訂購／秀威書店：https://store.showwe.tw
博客來網路書店：https://www.books.com.tw
三民網路書店：https://www.m.sanmin.com.tw
讀冊生活：https://www.taaze.tw

出版日期／2025年3月
定　　價／380元